빛과 물질에 관한 이론

THE THEORY OF LIGHT AND MATTER
by Andrew Porter

Copyright ⓒ 2008 by Andrew Porter

이 도서의 국립중앙도서관 출판예정도서목록(CIP)은
서지정보유통지원시스템 홈페이지(http://seoji.nl.go.kr)와
국가자료종합목록 구축시스템(http://kolis-net.nl.go.kr)에서 이용하실 수 있습니다.
(CIP제어번호: CIP2019015830)

빛과 물질에 관한 이론

The
Theory
of
Light
and
Matter

앤드루 포터 소설

김이선 옮김

문학동네

차례

구멍

그 구멍은 탈 워커네 집 차고로 이어지는 진입로 끄트머리에 있었다. 지금은 포장이 되어 있지만, 십이 년 전 여름, 탈은 그 구멍 속으로 들어가 다시는 올라오지 못했다.

그 일이 있고 나서 몇 주 동안, 어머니는 별다른 이유가 없어도 나를 안아주곤 했다. 내가 밖에 나가려고 하면 나를 끌어당겨 꼭 껴안았고, 나중에는 밤에 잠자리에 들기 전, 내 까까머리를 쓰다듬고 내게 바짝 몸을 붙이며 내 이름을 속삭여 불렀다.

그 일이 있었을 때 탈은 열 살이었고 나는 열한 살이었다. 우리들의 집 뒷마당은 개나리 울타리를 사이에 두고 맞닿아 있었고, 삼 년 전 우리 가족이 버지니아주로 이사온 이래, 탈과 나는 이웃이었고 둘도 없는 친구였다. 우리는 같은 버스를 타고 다녔고, 학교에서도 옆자리에 앉았으며, 서로의 집으로 옮겨다니며 잠도 같이 잤다. 여름에는 탈의 집 뒷마당에 서 있는 비술나무 아래 합판 요새가 우리의 잠자리였다.

탈은 자기네 집에 그 구멍이 있는 것을 좋아했다. 다른 집에는 전혀 없는 것이어서 요새에서 캠핑을 할 때면 그것에 관련된 얘기를 즐겨 했다. 그 구멍은 탈의 아버지가 불법적으로 비집어 열어놓은 맨홀로, 진입로 아래쪽의 폐하수관으로 연결되어 있었다. 워커 씨네 가족은 그 거리에 사는 다른 이웃들처럼 잔디 깎은 것이며 잡초들을 쓰레기봉지에 모아 담지 않고, 맨홀의 철제 뚜껑을 들어올려 그 구멍 속에 버리곤 했다. 구멍은 부정한 어떤 것, 하나의 비밀 같아 보였다. 우리는 그 안에 무엇이 있는지 사실상 전혀 알지 못했다. 그것은 너무 컴컴해서 바닥을 내려다볼 수 없는, 커다란 빈 공간일 뿐이었다. 탈은 자기가 늦은 밤 늦지에서 똑똑히 봤노라고 맹세하던 생물체들—나뭇가지든 풀이든 아무거나 먹고 살 수 있고, 어둠 속에서도 앞을 볼 수 있는 특별한 시각 능력이 있는, 키가 180센티미터 이상인 도마뱀 인간들—과 똑같은 도마뱀 가족이 그곳에 산다며, 자신의 말을 믿으라고 나를 설득하곤 했다.

그것이 십이 년 전이었다. 우리 가족은 더이상 버지니아에 살지 않고, 탈은 더이상 살아 있지 않다. 그러나 다음이, 내가 밤중에 깨어나, 탈이 또다시 내게 말을 거는 것 같을 때에, 내 여자친구에게 들려주는 얘기다.

십이 년 전 여름, 7월 중순, 탈은 잔디 깎는 기계의 굉음 속에서 내게 고함을 질러대고 있다. 죽음까지 채 한 시간도 남지 않았을 때다. 녀석은 입을 움직거리고 있지만 나는 녀석의 말을 알아들을 수 없다. 탈은 열 살이고 잔디를 깎아서는 안 되는데, 그러나 그러고 있다. 탈의 부모님은 이글 호수로 낚시를 갔고, 탈의 형인 카일이 탈에게 50센트를 주며 뒷마당 일을 마무리하라고 했다. 탈과 나는 책임을 맡는다는 것을 매력적으로 여기는 나이이고, 카일 형은 우리가 잔디 깎는 기계를 다룰 수 있도록 친절을 베푸는 경우가 간혹 있었다. 내 아버지가 우리를 무릎에 앉혀놓고 당신 트럭을 몰아보게 한 것처럼.

버지니아는 가뭄철이다. 이 주째 비가 오지 않았고, 기온은 세 자리 숫자를 기록했으며, 저녁이 되어도 화씨 105도*에 머무를 것이라는 예보가 있었다. 늦은 오후의 공기는 거즈를 드리운 듯 얇아서 마치 그 속을 움직여 다니는 것이 느껴질 정도이고, 눈을 찡그려 뜨면 쇄석 진입로 위로 물결치듯 솟아오르는 열기가 보일 듯하다.

---

* 섭씨 40.5도.

탈은 잔뜩 자란 풀을 힘겹게 헤치고, 낡고 녹슨 기계를 긴 마곡을 이루는 타원형으로 끌고 다니며 서둘러 작업을 마무리짓고 있다. 티셔츠 등판이 흥건히 젖어 있고, 개미탑이나 나나니벌의 둥지를 치고 지날 때면, 녀석의 뒤쪽으로 먼지구름이 피어오른다. 자기 생의 마지막 시간이 가고 있었지만 녀석은 그것을 알지 못한다. 녀석은 웃고 있다. 기계가 숨을 캑캑거리고 탈탈거리다 가끔 시동이 꺼지면 탈은 맨발로 기계를 걷어찬다. 나는 벌써 수영복으로 갈아입고, 워커 씨네 집 뒤쪽 포치 그늘 속에서 라디오에서 흘러나오는 '아메리칸 탑 포티'를 들으며 기다리고 있다. 브래드쇼 씨네 집 수영장으로 가려면 탈이 마지막 잔디 쓰레기봉지를 구멍 속으로 털어넣어야 한다.

브래드쇼 씨네는 인근 최고의 부자다. 아이들은 다 자라 외지로 나간 터라, 올해 여름에는 탈과 나더러 일주일에 두세 번씩 수영장에서 놀아도 좋다고 했다. 우리가 욕을 입에 올리며 시끄럽게 굴거나 간혹 속옷 차림으로 나타나도 그들은 상관하지 않는다. 에어컨 바람이 나오는 큰 집에서 나오는 법 없이 가끔씩 창밖을 내다보며 손을 흔들 뿐이다. 우리는 언제나 홀딱 벗고 수영을 하지만 그들은 알지 못한다.

이상한 일이지만, 지금도 나는 가끔, 탈이 잔디 쓰레기봉지를 구멍 속으로 빠뜨린 후 진입로 끄트머리에 서 있는 모습을 보곤 한다. 녀석은 울고 있고 나는 이번에는, 녀석에게 걱정할 것 없다고 말한다.

"그냥 둬." 내가 말한다. "별일 아니잖아."

그리고 가끔, 녀석은 내 말을 듣는다. 우리는 브래드쇼 씨네 집으로 걸어내려가기 시작한다. 그러나 우리가 그 집에 다다랐을 때 녀석은 사라지고 없다. 뒤를 돌아본 나는 녀석이 구멍을 향해 발길을 돌렸고 때가 이미 늦었다는 것을 깨닫는다.

말을 할 때마다 이야기의 내용이 바뀐다. 때로 탈이 봉지를 떨어뜨리는 것은 맨발에 닿은 진입로의 열기 때문이다. 초조함 때문일 때도 있다―녀석은 진작부터, 브래드쇼 씨네 다이빙보드에서 포탄처럼 날아 떨어질 때 자기 피부에 닿게 될 차가운 물의 감촉을 떠올리고 있었다. 그러나 지금도, 십이 년이나 지났는데, 나는 여전히 이런 것들에 대해 아무것도 확신할 수 없다. 왜 그 순간 그 봉지가 녀석에게 그렇게 중요한 것이 되어버렸는지.

나이가 들수록, 경험하고 하루이틀 지난 일보다 수년 전에 있었던 일을 더 생생하게 기억하게 된다고 한다. 그 말은 사실인 것 같다. 나는 이 글을 쓰기 시작한 정확한 순간을 더이상 기억할 수 없다. 그러나 잔디 쓰레기봉지를 놓치던 순간의 탈의 표정은 여전히 또렷하게 기억하고 있다. 그것은 일부분 짜증의 표정이기도 했지만, 많이는 두려움의 표정이었다. 자기 아버지가 그 사실을 알고서 전처럼 자기나 카일 형에게 호통을 치지 않을까 겁을 먹었던 것일 수도 있고, 카일 형이 일을 망치지 말라고 주의를 줬는데 형을 실망시키고 믿을 수 없는 놈이라는 것을 입증한 꼴이 되어버렸다는 데 두려움을 느꼈는지도 모르겠다.

신문기사에서는 그 구멍이 3.65미터밖에 안 된다고 한다. 그 일이 있고 나서 사람들이 깊이를 측정했다. 그러나 내 기억에는 그보다 더 깊다. 봉지는 저 밑바닥에 있다. 우리는 그것을 안다. 하지만 배를 깔고 엎드려 살펴보아도 탈과 나는 어둠 속에 잠겨버린 봉지의 형체를 분간할 수 없다. 구멍에서 스멀스멀 피어오르는 뜨끈한 연기에, 우리는 약간 어지럽고 눈물이 난다. 눅눅한 악취, 십 년 넘게 썩어가고 있을 검은 풀죽의 냄새. 탈은 손전등을 들고 있고 나는 탈과 함께 차고에서 내온 사다리를 붙잡고 있다. 같이 사다리를 타고 구멍 속으로 내려가자니 마음이 불안하고 주저되기까지 하는지도 모르겠지만, 탈은 겉으로는 내색하지 않고 있다―녀석은 늪지의 도마뱀 생물체나 저 아래 있을지도 모를 다른 어떤 것에 대해서는 생각하고 있지 않다. 어쩌면 여름이 열 번 지나도록 쌓인 풀들만이, 푹신한 짚더미처럼 얌전히 기다리고 있을 것이라고 상상하는지도 모른다.

우리는 둘 다 잠시 구멍 속을 응시한다. 이윽고 탈이 조심스럽게 사다리를 타기 시작한다. 입에는 손전등을 물었다. 녀석의 텁수룩한 금발이 내 눈앞에서 사라지기 직전, 탈은 나를 힐끗 보며 미소를 지어 보인다. 마치 뒤이어 벌어질 일을 알고 있기라도 한 듯이.

잠시 뒤 나는 녀석의 목소리를 듣는다. "여기 냄새 한번 진짜 구리다!" 웃기도 하고 다른 말도 하는데, 나는 그 말은 알아들을 수가 없다

손전등이 켜지지 않는다. 소리를 질러봐도 마찬가지다. 나뭇가지와 돌멩이를 구멍으로 던져넣고 장난치지 말라고 해봐도 마찬가지다. 구멍 옆에 서서 오줌을 눠버리겠다고 위협을 해봐도―내 말이 농담이 아니라는 것을 입증하기 위해 수영복을 내리기까지 했는데―마찬가지다. 그래도 손전등의 불은 영영 들어오지 않는다.

이후, 10학년 때, 가족이 펜실베이니아주로 이사오고 몇 년이 지난 후에, 나는 카일 워커 형으로부터 편지 한 통을 받았다. 형은 고등학교 이래 죽 롤리*에서 살며 일을 하고 있었다. 형은 편지에 그날 일에 대해 알고 싶다고 썼다. 언제나 내게 물어보고

---

* 노스캐롤라이나주의 주도.

싶었는데 차마 그럴 수가 없었다고 했다. 나 말고 현장에 있었던 사람은 없으니, 나를 통해 자세한 내용을 알게 된다면 자기에게 도움이 될 것이라고 했다.

며칠 뒤 나는 형에게 모든 일을 자세히 묘사하는 장문의 편지를 썼다. 내 생각과 내가 꾸는 꿈에 대한 얘기를 조금 덧붙이기까지 했다. 언제라도 펜실베이니아주에 오게 될 일이 있으면 한번 만나보고 싶다는 내용도 편지 말미에 썼다. 그 편지는 몇 주 동안 내 책상 위에 놓여 있었지만 나는 그 편지를 부치지 않았다. 방에 들고 날 때마다 바라보기만 했다. 한 달 후 나는 그 편지를 내 책상 서랍에 넣었다.

탈을 구하려다 소방관 두 명이 죽는다. 또다른 두 사람이 극심한 뇌손상까지 입고 나자, 소방서장은 심각한 유독가스가 있다고 판단하고, 산소마스크를 착용하고 측면에서 파내려가기로 결정한다. 이후 지역 신문에는 탈과 소방관 두 명이 아마도 그 아래에서 삼십 분 정도 생존해 있었을 것이고, 처음에는 이산화탄소 때문에 의식을 잃었을 테지만 질식으로 사망하기까지는 점진적인 단계를 거쳤을 것이라는 내용의 기사가 실렸다.

젊은 소방관들이 탈의 시신을 찾아내 들것에 옮길 즈음에는 사람들이 몰려들어 보고 있다. 탈은 내가 알던 친구의 모습이 더

이상 아니다. 얼굴 피부는 창백하게 푸르죽죽하고, 낮잠을 자는 사람처럼 눈을 감고 있다. 이 광경을 지켜보던 카일 형은 집 반대편에 있는 작은 숲 지대로 몸을 피하고 만다. 그날 밤늦게 카일 형은 이글 호수 낚시 여행에서 막 돌아온 부모님에게 무슨 일이 있었는지 말해야 했다. 뒤쪽 포치에서 비명소리가 들렸고 형은 자기 방으로 들어가 나오지 않았다. 몇 년 동안 사람들 사이에선 어린 나이에 그런 마음의 짐을 안고 살아가야 하다니 참 힘들 것이다. 하는 얘기가 오갔다.

마지막 구급차까지 다 떠나자 어머니는 나를 데리고 집으로 돌아온다. 밤늦게 사람들이 모두 잠든 후에야 눈물이 흐르기 시작한다. 눈물은 멈추지 않는다. 탈의 부모님은 다시는 내게 말을 걸지 않는다. 장례식장에서도 마찬가지다. 만일 그분들이 내게 말을 걸었더라면, 나는, 때로 내가 꾸는 꿈속에서의 진실을 말해주었을지도 모른다. 내가 꾸는 꿈속에서 구멍에 잔디 봉지를 빠뜨리는 것은 탈이 아니라 나라고. 어떤 때는 내가 녀석을 밀어넣는다고. 한번은, 내가 녀석에게 내려가보라고 부추겼다고.

그것이 진실이에요, 라고 나는 그분들에게 말했을지도 모른다. 그러나 나는 내 꿈의 나머지 부분에 대해서는 말하지 않을 것이다. 내가 구멍 속으로 들어가고 탈은 살게 되는 그 부분은.

코요테

내 아버지는 실패한 다큐멘터리 영화 감독이다. 실패한, 이라고 말하는 이유는 평생 단 한 편의 작품밖에 만들지 못했기 때문이다. 그러나 70년대 후반의 아주 짧은 기간 동안, 내가 아직 아이였을 때, 아버지는 이후 본인이 적정한 명성이라고 언급하게 될 일가를 이루었다. 아버지의 적정한 명성의 원천은 네바다 주 남부에 사는 쇼쇼니 인디언족에 관한 짧은 다큐멘터리 영화였다. 지금이야 누가 그 영화를 기억이나 하고 있을지 모르겠지만, 영화 개봉 후 몇 주 그리고 몇 달 동안에는 몇몇 소규모 영화제에서 비평가들의 호평도 받았고 보조금도 얼마 정도 나와, 아버지는 이후 십 년 동안 계속해서 영화를 만들 수 있으리라는 희망과 용기를 얻었었다. 그러나 내가 아는 한, 아버지는 이후 다른 영화는 한 편도 완성하지 못했다. 이 프로젝트에서 저 프로젝트로 급하게 작품을 변경하며 몇 주 혹은 몇 달 동안 촬영을 해보다가, 결국 본인 생각에 더 가능성이 있겠다 싶은 다른 작품을 위해 현재 찍는 작품을 포기하는 과정을 거치면서, 당신 삶의 이후 십 년을 보냈다.

어머니와 나는 어머니가 변호사 일을 하는 캘리포니아 남부에 살고 있었다. 아버지는 몇 달에 한 번씩, 자신의 최신 기획에 관한 소식을 전하면서 전국 각지에서 전화를 걸어오곤 했다. 그리고 어머니에게 본인 물건 중에 뭘 팔거나, 채권을 매각하거나, 집 담보 대출을 한번 더 받으라고 했다. 그러다 결국 내다팔 물건이 남아나지 않게 되자 어머니에게 그냥 대출을 부탁했다. 엄밀히 말하자면 그즈음 부모님은 별거 상태였다고 봐야 하지만, 어머니는 아직도 아버지를 많이 사랑하고 있었고, 그 사랑은 멈추는 법이 없었고, 안되게도, 거의 근시안적으로 아버지의 재능을 믿고 있었다. 어머니는 어쩌면 아버지 자신보다도 훨씬 더 아버지의 성공을 바랐는데, 지금까지도 나는 이것이 어머니의 최대 결점이라고 생각하고 있다.

나는 이제, 이십 년이나 흘렀으므로, 아버지는 한때 자신이 성취하고자 했던 유형의 명성이 허락될 운명이 아니었다고 말할 수 있다. 위대한 영화감독(위대한 다큐멘터리 감독은 거의 없다)은 그의 몫이 아니었고, 동시대 많은 이들이 누린 뛰어난 재능도 그의 몫이 아니었다. 아버지에게 분명히 있기는 했던 조금의 재능은 단지 좌절의 원천으로만 작용하며, 실현되지 않은 막연한 잠재력을 끊임없이 상기시켜줄 뿐이었다. 그러나 그때— 내가 아주 어렸을 때—나는 아버지의 잠재력을 전적으로 믿었고, 아버지가 많이 그립긴 했지만, 빈번히 우리와 떨어져 지내는 아버지를 원망한 적이 없었다. 내가 열두 살이 될 즈음, 어머니와 나는 우리 삶에 아버지가 부재하는 것에 다소 익숙해져 있었다. 우리는 아버지가 영화 편집을 하기 위해 몇 달에 한 번씩 나타나는 것에도, 매번 좀더 자주 집에 오겠다고 약속하는 것에도, 그러나 한두 주쯤 후에는 올 때 그러했듯 홀연히 떠나버리는 것에도 익숙했다. 일 년 중 몇 달, 집에 있을 때, 아버지는 우리집 지하실에서 필름에 파묻혀 다음 프로젝트 작업을 위해 사전 조사를 하거나, 아니면 조만간 재개할 계획인 지난 프로젝트의 촬영분들을 편집했다. 지하실은 아버지의 은신처가 됐다. 부모님의 별거생활이 시작되고 나서는 전용 작업실인 동시에 침실이었다. 아버지는 지하실을 비울 때에는 항상 문을 잠가두었고, 지금은 인정하는 것조차 이상하게 느껴지지만, 우리가 그 집에 살 때 아버지가 나를 거기 들어가게 허락해준 기억은 단 한 번뿐이다.

열 살 겨울이었다. 아버지는 위층으로 상자들을 옮기는 데 손이 필요하다고 했다. 몇 차례 상자들을 옮기고 난 후, 아버지는 고맙다며 내 등을 톡톡 두드리고는 돌아서서 문을 잠갔다. 그게 다였다. 그 아래 머물렀던 시간은 고작해야 몇 분이지만, 기억하기로, 먼지투성이 영화 장비들이 잔뜩 들어찬 작고 어두운 공간이었을 뿐, 전혀 특별하달 것 없는 곳이었다. 한쪽 모퉁이에 좁다란 간이침대가 있었고 책장 몇 개가 벽에 기대 서 있었다. 그리고 나머지 공간에는 오래된 카메라와 마이크 및 편집 장비 들을 비롯하여, 일일이 무슨 표시가 되어 있고 아마 아직 현상되지 않은 필름 통들이 층층이 들어 있지 싶은 종이 상자들이 어수선하게 쌓여 있었다.

저녁마다—내 말은 그러니까, 아버지가 집에 있는 시기의 저녁마다—나는 과제로 내준 읽기 책을 뒤적거리고, 발 아래쪽에서 편집 장비가 작동하는 소리를 들으면서 부엌 식탁에 오래도록 앉아 있곤 했다. 그때 나는, 아버지가 그렇게 자주 우리와 떨어져 사는 것에 대해 화를 내거나 책임을 묻기에는 너무 어렸다. 대신 아버지가 우리 삶에 남긴 빈 공간에 아버지에 대한 이미지를 이상화시켜 채워넣었다. 아버지는 큰 명성을 얻게 될 사람이다. 언젠가 맘껏 자랑할 수 있게 될 사람이다. 나는 전국적으로 배포되는 잡지의 표지에 떡하니 실린 아버지 사진을 들고 학교로 걸어가는 상상을 했다. 언젠가 우리가 들어가 살게 될 커다란 집에 대한 상상을 했다—할리우드힐스 위에 있는 스플릿 레벨 구조의, 뒷마당에 야자나무와 불 밝힌 수영장이 있는 대저택 말이다. 그러다 과제 하는 것도 지겨워지면, 나는 부엌 저편으로 걸어가 어머니가 액자에 끼워 벽에 걸어놓은 조그만 신문기사를 유심히 들여다보곤 했다. 아버지가 만든 첫번째 영화에 대한 기사였는데, 리뷰 내용 대부분이 호의적이긴 했지만 그래도 좀체 내 마음을 떠날 줄 모르는 짧은 문장이 하나 있었다—기사 말미의 문장으로, 이 문장에서 그 비평가는 아버지의 영화를 "젊은 천재의 간과할 수 없는 작품"이라고 묘사했다. 이후 세월이 흐른 뒤 깨닫게 된 것인데, 내가 그렇게 오랫동안 아버지를 용서할 수 있었던 것은 어쩌면 그 단어들과 그것들에 실린 무게 때문이었는지도 모른다. 부엌 식탁에 홰를 친 새처럼 앉아, 만트라를 암송하듯이, 나는 머릿속에서 그 단어들을 되풀이해 중얼거렸다. 내가 그 단어들을 충분히 여러 번 말하면, 그 뉘앙스를 모사하면, 분명 모든 것이 그 단어들처럼 되리라고 믿어 의심치 않았던 모양이다.

내가 얘기하고자 하는 그 여름—내가 열세 살이 된 여름—의 어느 날 저녁, 텍사스 서부의 평평하고 황량한 사막지대를 돌며

반년 동안 촬영을 하던 아버지가 집으로 돌아왔다. 그전 해 한 해는 거의 일 년 내내 우리와 떨어져 지내면서, 멕시코 국경지대에서 북쪽으로 몇 킬로미터 떨어진 곳에 사는 이주 노동자들을 촬영하고 인터뷰하는 작업을 했었다. 아버지는 불법 이민 관련 다큐멘터리 영화를 만들고 있었고, 이주자들의 관점에서 접근했다. 그러다 아버지는, 내 생각에, 몇 가지 법적인 난관에 봉착했고, 노동자들이 촬영을 거부하는 바람에 좌절을 맛보게 됐다. 아버지에게는 벌써 수년째 팀을 꾸릴 만한 경제적 여유가 없었다. 해서 이제, 카메라와 장비들은 짐칸에 보관하고 잠은 차 뒷문 근처에 친 조그만 텐트에서 자면서, 밴 뒤에서 생활하다시피 하고 있었다. 여름 초입에 얼마 안 되는 촬영분을 편집하느라 긴 주말 동안 집에 왔었는데, 그리고 몇 주 후 우울하고 낙담한 모습으로 다시금 돌아왔다. 두번째로 아버지를 텍사스에서 돌아오게 만든 원인이 무엇인지 나는 알지 못한다. 가슴을 철렁하게 하는 무언가를 봤는지도 모르겠다. 아니면 우리와 떨어져 지낸 기간이 너무 오래되어 이제는 안 되겠다 싶은 자각이 있었던 것인지도. 다만 내가 아는 것은 아버지가 결국은 차를 몰아, 잠잘 때만 차를 세우면서 사흘을 내리 달려오게 되었으며, 마침내 어머니의 집에 도착했을 때는 너무 지쳐서 서 있기조차 힘든 상태였다는 것이다. 엎친 데 덮친 격으로, 아버지가 아무런 예고 없이 들이닥

친 그날 밤, 어머니는 집에 어떤 남자—어머니보다 나이가 많은 회사 동료로, 이름은 데이비드 스톤이고, 몸매가 탄탄하고 호리호리한 신사—를 초대한 참이었다.

길에서 사흘을 보낸 덕분에 맥없고 부스스한 모양새로 아버지가 나타났을 때 우리 셋은 부엌 식탁에 둘러앉아 있었다. 면도를 했을 리 만무한 아버지는 커다란 군용 가방을 오른쪽 어깨에 걸쳐 메고 있었다. 그즈음 나는 이런 갑작스럽고 예기치 못한 도착에 너무나 익숙했다. 아버지는 전화를 하는 법도 편지를 부쳐오는 일도 없었다. 자신의 일정을 사전에 알려주는 경우도 없었다. 그냥 핏발 선 눈과 잠 못 잔 얼굴을 하고서, 더플백 하나를 들고 문가에 나타나면 그만이었다. 나는 데이비드의 얼굴에서 확연한 불안을 읽을 수 있었다. 하지만 어머니가, 자리에서 일어나려는 그의 손을 살며시 잡으며 미소를 지었다. 그런 다음 일어나 아버지를 포옹했다.

"돌아왔네." 짐짓 놀라지 않은 척, 어머니가 말했다.

"돌아왔어." 아버지는 미소를 지었다.

아버지는 어머니 어깨 너머로 내게 윙크를 했고, 이어 데이비드를 바라보았다. 잠시 두 남자의 시선이 마주쳤고, 이어 아버지는 천천히 어머니의 포옹을 풀었다.

"저쪽은 데이비드 스톤." 어머니가 데이비드가 앉은 식탁 저쪽 끝을 가리키며 말했다. 그는 멍한 표정을 하고 있었다.

"만나서 반갑습니다." 아버지가 미소를 지었다.

"네, 반갑습니다." 데이비드는 고개를 끄덕했다. 아버지는 여행담—밴이 앨버커키에서 두 번 고장이 났다는 얘기며, 엘패소에서 하루를 꼬박 보냈다는 얘기며—을 조금 늘어놓더니, 고단하다면서, 곧장 아래층 지하실로 내려갔다.

아버지가 자리를 뜬 후, 어머니는 데이비드를 보면서 어깨를 으쓱했다. 그러자 그는 마치 이해한다고 말하는 듯이 고개를 끄덕였고, 잠시 뒤 어머니가 그를 문가로 배웅했다.

그때 내게는 그 모든 상황이 하나도 이상해 보이지 않았다. 어머니는 아버지가 우리와 떨어져 있을 때면 언제나 다른 남자들을 만났고, 아버지는 언제나 그것을 이해하는 듯했다. 나는 아버지가 그 문제를 염려했다고는 생각지 않는다. 나처럼 아버지 역시, 어머니가 그 남자들을 심각하게 만나는 게 아니라는 것을 아는 듯했다. 남자들은 언제나 같은 유형이었다. 부드럽게 말하는 학자 스타일. 시간을 내달라고 조르는 경우가 거의 없고 어머니가 제시하는 조건을 모두 받아들이는 남자들. 이후 어머니가 "완벽하게 착한"이라거나 "악의는 없지만 약간 지루한" 타입이라고 묘사하던 남자들. 이런 남자들과의 데이트는 몇 번 이상을 넘기지 못하고 금세 지루해져서 어머니는 얼마 안 가 그들과의 관계를 청산하곤 했다. 그러나 데이비드 스톤은 어딘가 달랐다. 그는 키가 크고 잘생긴 전직 공군 조종사로, 지금은 어머니가 일하는 로펌의 대표 중 한 명이었다. 스탠퍼드 로스쿨을 나왔고 젊었을 때는 유럽을 유람했으며, 어머니가 그를 사랑했다고는 생각하지 않지만, 그렇다고 어머니가 그와 절연을 하고 멀리한 것도 아니었다. 어머니가 원한 것은 다만, 아버지의 질투심이었을 수도 있다. 아니면 아버지에게 자기는 자신의 삶을 이어나가고 있고 더이상 아버지를 기다리지 않겠다는 뜻을 밝히고 싶었는지도 모른다. 이유가 뭐였든 간에, 어머니는 일을 마치고 나면 저녁마다 데이비드와 데이트를 했고, 아버지는 집에 계속 머무르면서, 지하실에서 조용히 필름 편집을 해나갔다.

내게는 그 시기의 아버지에 대한 기억이 거의 없다. 아버지는 평상시보다 훨씬 많이 지하실에 칩거했다. 하루에 열 시간씩 일했고, 어쩌다 식사를 할 때만 밖으로 나왔다. 한 가족으로 같이 식사를 한 몇 번의 저녁 자리에서, 아버지는 자신의 프로젝트 내용이며 불법 이민의 "진짜 문제"가 무엇이라고 생각하는지에 관해 장황하게 얘기를 늘어놓았는데, 산만하고 안절부절못하는 것처럼 보였다. 아버지는 쉬지 않고 말했고, 어머니가 중간에 끼어들어 약속에 늦겠다고 해도 그 말을 무시하는 척했다. "이 문제는 없어지지 않을 거야." 딱히 누구 들으라고 하는 말은 아니었다. "어느 쪽으로도 움직이지 못할 거야."

"그런데 나는 어딘가로 움직여야 해." 어머니는 웃으며 말하곤 했다. "그리고 벌써 늦었어."

아버지는 어머니가 저녁마다 어디를 가는지 무엇을 하는지 한 번도 묻지 않았다. 나는 아버지가 어머니를 지지하고 이해하기 위해 최선을 다하고 있었다고 생각한다. 그러나 또한, 어머니에게 이제 진지한 남자친구가 생겼으며, 이 남자친구가 애스턴 마틴을 몰고 어머니와 나를 멕시코 연안의 조그만 섬으로 데려가겠다는 제안을 했다는 사실로 인해 맘고생을 하고 있었다고 생각한다. 하지만 아버지가 이런 감정을 입 밖으로 낸 것은 아니었다. 아버지는 언제나 자기 감정을 속에 담아두었다. 그리고 어머니가 대화중에 데이비드를 언급하면 그저 고개를 끄덕이며 어머니가 화제를 바꾸기를 기다렸다. 내 기억에, 아버지가 그의 존재를 인정이라도 한 것은, 어느 날 저녁 딱 한 번이었다. 그해 여름, 내 첫번째 수영 대회가 있던 날 밤, 우리는 식탁에 둘러앉아 있었다. 아버지는 담배를 피우고 있었고 어머니는 다음날 처리할 사건 파일을 훑고 있었는데, 어찌하다보니 화제가 데이비드가 담당하는 사건에 이르게 됐다. 아버지는 그가 고객을 올바로 변호하지 못한다고 생각하는 듯했다. 데이비드가 사건을 대하는 방식에 뭔가 비난할 거리가 있다고 생각하는 듯했고, 곧이어, 그의 성격에 관한 애매한 확언을 줄줄이 잇기 시작했다.

어머니는 참을성 있게 아버지 말을 듣고 있었다. 데이비드를 옹호하지도 않았고, 그렇다고 아버지가 생각하는 그의 결함들을 인정하는 것도 아니었다. 나는 어머니가 아버지의 강요에 못 이겨 데이비드를 나쁘게 말하지 않으리라는 것을 알 수 있었다. 그러나 동시에, 어머니가 싸움을 원했다고도 생각지 않는다. 어머니는 그저 어안이 벙벙한 미소를 띤 채 자리에 앉아 있었고, 아버지가 마침내, 이 사람의 성격에 대해 당신이 진짜 아는 게 뭐냐고 물었을 때 어깨를 으쓱하고는 이렇게 대답했다. "알아야 할 건 많지 않아. 데이비드는 아주 단순한 사람이거든. 제 길에서 크게 벗어나지 않는 사람, 내 말이 무슨 뜻인지 당신이 알지 모르겠지만."

아버지는 고개를 끄덕이더니 창밖을 보며 담뱃불을 붙였다. 그리고 잠시 뒤 말했다. "돈이 있으니까, 좋을 거야."

어머니가 웃었다. "좋을 거야. 나야 알 수 없겠지만."

"그래. 당신은 알 수 없겠지."

어머니가 손목시계를 봤다. "이런, 늦었네. 뒷정리는 남자들이 알아서 해줄래?"

나는 우리가 하겠다고 했다.

아버지는 어깨를 으쓱했다.

어머니가 자리에서 일어나 부엌을 가로질러갈 때, 아버지는 하나뿐인 딸이 염려되어 어쩔 줄 몰라하는 아버지처럼 무거운 표정을 짓고는 어머니를 쳐다보았다. "기억해." 아버지가 말했다. "결국 그리 단순하지 않은 것으로 드러나는 사람들은, 처음에 단순해 보이는 사람들이야."

"명심할게." 어머니는 미소를 짓고는 부엌에서 나갔다.

어머니가 데이트 준비를 하기 위해 방으로 들어가면, 아버지는 그 즉시 지하실로 내려가 본인에게 있는 벨러 버르토크의 희귀 음반들 중 하나를 틀어놓고 홀로 심취해 들어갔다. 뒷정리를 위해 남겨진 나는, 자기그릇들의 바닥을 문질러 씻고, 발 아래쪽에서 들려오는 음악의 고동 소리와 편집 장비의 정신없는 윙윙 소리에 귀를 맡기며, 맡은 바 임무를 다하기 위해 개수대에 서 있었다. 그런 밤이면, 아버지는 몇 시간이고 그 아래에서 나오지 않았다. 일을 하는 척했지만, 사실은 진입로에 들어서는 어머니의 자동차 소리를 기다리고 있었다. 몇 시간 후, 현관문이 열리면, 아버지는 자신의 지하 침실에서 나와 어머니를 따라 이층으로 올라갔다. 복도 맞은편 내 방에 있으면, 어머니에게 얘기를 건네는 아버지의 목소리가, 때로는 아버지의 울음소리가 들려오곤 했다. 비록 어머니가 아버지를 깊이 사랑했고 어떤 날 밤에는 자기 방에 머물도록 허락해주기까지 했다는 것을 알지만, 어머니가 아버지와 재결합할 수 없다는 것 또한 알고 있었다. 아버지가 재결합을 원했는지에 대해서는 전혀 알 수가 없다. 어머니가 저녁마다 사라지는 것을 지켜본 지 이 주가 지나자, 데이비드의 차가 우리집 진입로에 들어서는 소리를 들은 지 이 주가 지나자, 아버지는 자신의 애초 계획을 저버리고, 프로젝트를 끝내기 위해 텍사스로 돌아가겠다고 발표했기 때문이다. 아버지가 이 얘기를 꺼낸 것은 저녁식사 자리에 우리 셋이 빙 둘러앉아 있을 때였다.

나는 그때 어머니가 무슨 말이라도 할 줄 알았다. 늘 그러던 것처럼 항변이라도 하면서. 하지만 어머니는 말없이 자리에서 일어나 설거지를 하기 시작했다.

"언제 돌아오세요?" 내가 물었다.

"확실히는 알 수가 없어." 아버지가 어머니의 등을 물끄러미 바라보며 말했다. "이번에는 좀 오래 걸릴 수도 있고."

"반년이요?"

"반년. 일 년이 될 수도 있어. 확실히 말하기가 어렵다."

"일 년이라고요?"

아버지는 어깨를 으쓱했다. "그럴 수도 있지."

"언제가 될지 미리 알려주기만 해." 어머니가 개수대에서, 뒤도 돌아보지 않고 말했다.

"그러지."

그리고 아버지는 식탁에서 일어나 잠시 부엌 한가운데 선 채로 있었다. 어머니가 뒤를 돌아보기를 기다리는 것 같았지만 어머니는 그러지 않았다. 잠시 후 아버지는 지하실로 내려가버렸다. 다음날 아침, 태양에서 안개가 걷혀갈 때, 나는 아버지의 밴이 진입로를 빠져나가는 모습을 지켜보았다.

그해 여름의 저녁에는, 간혹 인근 언덕 지대에서 코요테의 울음소리가 들려왔다. 어머니가 데이비드와 나가고 없을 때 나는 걸핏하면 내 침실 창문 밖에 있는 지붕 위에 앉아, 우리집 뒤쪽의 가파른 경사지에 사는 녀석들의 울음소리를 듣곤 했다. 녀석들은 낮에는 보이지 않다가, 밤이 되어 해가 거리 저편으로 떨어지고 나면, 멀리서 개들처럼 우짖었다. 뒤뜰의 잔디 너머로, 달빛을 받아 은빛으로 반짝이는 어두운 태양과 요트 정박지에 있는 자그마한 집들의 불빛들이 보였다. 나는 내 유년의 모든 때를 그 지붕에서 보냈을 것이다. 바다를 내다보면서, 충분히 오래 바라보고 있으면, 세상이 움직이는 방식에 대해 뭔가 의미심장한 발견을 할 수 있게 될지도 모른다고 믿었다.

그때 내게는 친구가 한 명뿐이었는데—차우 응우옌이라는 이름의 깡마른 베트남 남자아이였다—저녁을 먹고 나면 차우는 간간이 지붕 위에 앉아 있는 내게 합류하곤 했다. 차우와 나는 수영 팀에서 같이 수영을 했고 학교에서도 옆자리에 앉았건만, 나이가 엇비슷한데도—나보다 겨우 한 살 많았다—그애는 자기에게 소위 "방대한 세상 경험"이라는 것이 나보다 훨씬 많다고 우겨댔다. 그리고 베트남에서 자란지라 그곳에서 있었던 일들을 장황하고 상세하게 들려주는 것을 좋아했다. 학교에 마체테를 가져와도 좋다는 허락을 받은 적이 있다는 얘기며, 자기에게 함부로 구는 사람들에게 그 칼을 휘둘렀다는 얘기도. 그애가 하는 얘기의 대부분이 말짱 거짓말이라는 것을 알았지만, 워낙에 자주 듣는데다 묘사가 아주 생생했기 때문에, 듣다보면 어느새 나도 반 정도는 그 얘기들을 믿어버리곤 했다. 차우가 가장 좋아하는 것은 물론 여자가 등장하는 이야기였다. 언젠가 한번은, 베트남에 있을 때 자기에게 여자친구가 여섯 명 있었는데, 동시에 그렇게나 많이 관리하자니 여간 기술이 필요하지 않았다고 했다. 꼬박꼬박 찾아갔었다는 십대 창녀들—탄 응오아이—에 대한 얘기도 했다. 하지만 방대한 세상 경험과 남자다운 척하는 허세와 전문적인 성 기술에도 불구하고 차우는 아직 잠자리에서 오줌을 쌌고, 이 때문에 어머니는 그애가 우리집에서 자고 가는 문제에 대해서만큼은 언제나 주저하는 태도로 일관했다. 나는 애원했지만—다시는 그런 일이 없을 거라고—어머니는 언제나 그날 차우가 우리집에서 자고 갈 수 없는 이런저런 이유를 만들어냈다. 이런 실랑이는 그해 여름이 시작되고 거의 내내 반복되다가 7월 중순이 가까워질 무렵의 어느 날 저녁에 한 가지 타협안이 제시됐다. 어머니는 시트 보호용 비닐 포장을 가져오더니, 내게 차우 침대의 일반 시트 아래에 대라고 했다. 차우는 이것에 대해 내게 한마디도 하지 않았지만, 나는 그애가 몸으로 그것을 느꼈으리라고 생각한다. 아버지가 떠나고 일주일 남짓 됐던 한여름 날이었다. 데이비드가 뉴포트비치에서 열리는 공식 파티에 어머니를 데려가기 위해 턱시도 차림으로 우리집 현관에 나타난 날 저녁이었다. 데이비드는 그날 밤 리무진을 빌렸고 비싼 와인을 샀다. 파티가 시작되려면 아직 몇 시간 남아 있었기 때문에 데이비드와 어머니는 뒤쪽 테라스에 앉아 와인을 마시며 웃고 즐겼다. 차우와 나는 텔레비전을 보며 냉동 피자를 먹었다.

나중에, 어머니와 데이비드가 파티 장소로 떠난 뒤, 차우와 나는 그들이 마시다 남긴 와인을 들고 지붕 위로 올라가 코요테 소리를 들었다. 밖은 따뜻했고, 해는 거리 저편으로 지고 있었으며, 우리는 만약 코요테를 보게 된다면 어떻게 할지에 대해 오래도록 이야기를 나누었다. 우리는 일반 개들처럼 녀석들을 길들여 우리 방에서 재울 수 있을 거라고 믿었다. 우리는 늦게까지 자지 않았다. 차우가 자기 할아버지 침실에서 훔쳐낸 말레이

시아산 담배 한 갑을 가져온 터라 우리는 그것들을 한 대 한 대 모조리 피워댔다. 나중에, 차우가 잠든 후에, 나는 침대에서 나와 다시 지붕 위로 기어올라갔다. 습관적으로, 어머니가 데이트에서 돌아오기 전까지 나는 잠을 이루지 못했다. 어머니가 올 때까지 잠을 자지 않고 기다리는 것이—집을 보살피고 지키는 것이—내 의무라고 스스로 확신했지만, 실제로는, 진입로로 들어서는 어머니 차 소리를 듣지 못하면 쉬이 잠이 오지 않았다. 그날 밤 나는, 참을성 있게 리무진의 전조등을 기다리면서, 달빛 아래 은빛으로 반짝이는 대양을 내다보면서, 몇 시간이 흘러가도록 지붕에 머물러 있었다. 나는 어머니가 돌아왔을 때 거기에 있고 싶었고, 현관문을 향해 걸어오는 어머니 표정을 보고 싶었다. 그러나 결국 지루함을 이기지 못해 집안으로 들어오고 말았고, 물을 좀 마시기 위해 아래층으로 내려갔다. 집안은 싸늘했다. 공기 속에 바람이 느껴졌다. 거실을 지나 부엌으로 갔을 때, 나는 아버지인 듯 보이는 어슴푸레한 형체가 부엌 식탁에 웅크리고 앉아 제철 노트에 뭔가를 쓰고 있는 모습을 보았다. 내가 꾸는 꿈속에 아버지가 들어와 돌아다니고 있는 게 틀림없지 싶었다. 아니면 아버지가 꾸는 꿈속에 내가 들어가 돌아다니고 있거나. 아버지 뒤쪽으로 테라스 문이 열려 있었고, 그 틈으로 바람이 들어오고 있었다. 나를 보고 아버지는 고개를 들었고, 미소를 지었고, 그런 다음 다시 펜을 움직였다. 처음에 나는 아무 말도 하지 않았다. 그냥 그 자리에 서 있었다. 머릿속에는 아버지가 왜 우리집 부엌에 있는 거지, 하는 생각뿐이었다. 잠시 후, 아버지가 노트에서 종잇장을 찢어내더니, 봉투에 넣고, 내게 그것을 내밀었다.

"엄마에게 전해줘라."

나는 아버지를 물끄러미 바라보았다. "텍사스에 계신 줄 알았어요."

"아직은 아니야. 시내에 머무르고 있었어. 처음에는 떠날 수가 없었거든. 하지만 지금은 떠날 수 있어." 아버지는 내 어깨에 손을 얹으며 말했다. "이번에는 깨끗이 청산하려고 한다."

"깨끗이 청산한다고요?"

아버지는 고개를 끄덕였다.

나는 깨끗이 청산한다는 아버지의 말이 무슨 뜻인지 이해하지 못했지만, 직감적으로, 아버지가 한동안 돌아오지 않으리라는 것을 알 수 있었다.

"나와 같이 갈래?" 잠시 후 아버지가 말했다. 아버지가 내게 그런 초대를 한 것은 난생처음 있는 일이었고, 한편에서는 그러겠다고 말하고 싶은 마음도 있었지만, 그랬다간 어머니가 나를 절대로 용서하지 않을 터였다.

"저 수영 팀이에요." 나는 말했다.

아버지는 고개를 끄덕였다. "수영 팀이라." 그리고 미소를 지었다. "그래, 그렇지, 맞다. 물론 그래야지." 그런 다음, 그것이 우리 사이의 차이점을 영원히 설명이라도 해줄 것처럼, 아버지는 내 어깨를 두드리고 테라스로 통하는 미닫이 유리문을 열고 사라졌다.

지금까지도, 십오 년이 흐르도록, 어머니와 나는 한 번도 그 편지에 대해 얘기를 나눈 적이 없었다. 아버지가 떠난 후, 나는 그냥 조리대 위에 그것을 올려두었고, 다음날 아침 차우와 내가 아침을 먹으려고 아래층으로 내려왔을 때 편지는 놓아둔 자리에 있지 않았다.

이어지는 며칠간 나는 어머니의 얼굴에서 아버지가 써놓은 편지의 내용을 밝혀줄 만한 단서를 찾기 위해 눈치를 살폈다. 그러나 어머니는, 들뜨지도 않고 풀죽지도 않고, 아버지가 남겨놓은 뭔지 모를 조건을 태연히 받아들이는 예전 모습 그대로였다. 어머니는 저녁마다 데이비드와의 데이트를 이어갔고, 주말이면 그와 함께 해안가를 따라 들어선 다양한 비치타운 파티에 갔다. 이런 파티는 늦게 끝나는 경우가 많았다. 어머니는 어떤 날에는 이른 아침이 돼서야 돌아오기도 했다. 그렇지만 나는, 어머니가 언젠가는 데이비드와의 일이 잘 풀리지 않을 것이라는 사실을 받아들이고 괴로운 표정과 눈물진 눈으로 돌아올지도 모른다는 미련한 희망을 버리지 못한 채, 언제나처럼 어머니를 기다렸다.

만약 어머니가 그 여름 무엇을 견디고 있었는지 알았다면, 어쩌면 나는 어머니를 보다 연민했을 것이다. 밤새도록 데이비드와 있다거나 예전처럼 주말마다 아버지에게 전화를 하지 않는 어머니를 어쩌면 용서했을 것이다. 그러나 나는 알지 못했고, 그래서 일부러 어머니와 거리를 두기 시작했다. 나는 늦게까지 수영 연습을 했고, 차우네 식구들과 저녁을 먹었고, 늦은 밤에 혼자 해변을 산책했다. 어머니가 데이비드와 데이트를 하는 것으로 아버지 마음에 상처를 입히려 한다고 스스로 확신했다. 나는 아버지가 떠나버린 책임을, 소식 한 자 없이 지나가는 그 세월에 대한 책임을 어머니에게 전가했다. 어머니는 스스로 아버지 자리를 대신하려는 듯이 보였고, 나는 남은 생을 밖에서 보내야 하는 게 아닌가—저녁마다 어머니와 데이비드가 나가는 모습을 지켜보면서, 그들이 돌아올 때까지 몇 시간이고 기다리면서—걱정이 됐다. 진실을 말하자면, 나는 데이비드를 좋아하지 않았다. 내게 그 사람은 어머니가 데이트를 하는 다른 남자들과 하등 다를 바가 없었다. 진실하지 않은 아첨이나 떨고 거짓된 애정이나 쏟아붓는 사람이었다. 차이점이라야 단지 생김새가 조금 낫고, 경제적으로도 조금 나을지 모르고, 어쩌면 조금 더 점잖다는 거였지만, 그게 뭐, 그것 빼고는 평범했고, 나는 어머니 역시 그 점을 모를 리 없다고 믿었다.

어떤 날 저녁에는, 어머니가 외출 준비를 하는 동안, 데이비드는 나와 함께 테라스에 앉아 있기도 했는데 그럴 때면 그는 내게 이러저런 것들을, 수영 팀에서 잘하고 있는지, 학교 친구들과는 잘 지내는지 물었고, 가끔 내 단답형 대답이 지겨워지면 자기 얘기를 해버리기도 했다. 그는 검사생활을 하기 전에는 공군에 있었다고 했고, 자기가 비행한 장소들에 대한 이야기를 시시콜콜 늘어놓기를 좋아했다. 베트남전쟁 말미에 동남아시아에 주둔했던 얘기며, 자기 생에 그런 때가 있었다는 것에 대해 후회가 없다는 얘기며. 그는 전쟁에 대해, 마치 엊그제 일어난 일이라도 되는 양 낭만적인 분위기로 얘기했고, 그러면 나는 차우네 가족을 떠올리곤 했다—차우의 삼촌은 어느 날 밤, 이웃마을에 사는 여자친구의 집에 갔다 오는 길에 정글에서 살해됐다.

"사람 죽여본 적 있어요?" 어느 날 밤, 나는 저녁을 먹으러 온 그에게 물었다.

어머니가 나를 노려봤다.

"아니." 그가 말했다. "내가 그곳에 도착했을 때 우리 편이 철수하고 있었거든. 그즈음 전쟁은 끝났으니까."

"하지만 그러라고 했으면 그랬을 거예요?"

"알렉스." 어머니가 말했다.

"알고 싶어요." 내가 말했다.

그러자 어머니는 자리에서 일어나 개수대로 갔다. 그리고 말했다. "네 방으로 가서 자면 좋겠다."

"저는 아저씨 대답을 들으면 좋겠어요."

어머니가 고개를 돌리고 나를 쳐다봤지만 나는 움직이지 않았다. 나는 데이비드만 뚫어지게 보고 있었다. 그는 천천히 커피를 마셨다. 그리고 우리는 절대 친구가 될 수 없을 것이라고 말하는 눈빛으로 나를 바라보며 말했다.

"그래. 그랬을 거다."

나는 세월이 흐르고 나서야, 그해 여름 어머니와 아버지 사이에 있었던 일을 모두 알게 되었다. 그때 나는 아버지의 정신이 조금씩 무너지고 있다는 것을 알지 못했다. 아버지가 우리와 '떨어져' 있던 내내 사실은 시내의 한 모텔에 머무르고 있었다는 것을 알지 못했다. 어머니는 여전히 아버지와 전화통화를 하고 있었다는 것이나 일이 끝나고 저녁마다 아버지를 만나러 갔다는 것을 알지 못했다. 내가 아는 것은 우리 삶의 뭔가가 돌이킬 수 없이 변하고 있다는 것뿐이었다. 그리고 내가 기억하는 건, 어느 날 저녁 수영 대회를 마치고 차우와 내가 자전거를 타고 집으로 가고 있는데, 우리집 앞에서 아버지의 파란색 밴을 발견했다는 것이다. 모터가 돌아가고 있었고, 내가 자전거를 타고 스르르 미끄러지며 조수석 문가로 다가갔을 때, 아버지는 내게 윙크를 하고 미소를 지었다. 아버지 앞니 끝이 깨져 있었다.

"타거라."

나는 아버지를 물끄러미 바라봤다.

"짐은 놓고 오라고, 친구."

"어디 가는데요?"

"나도 그걸 아는 데 네 도움이 필요하단다."

나는 진입로 쪽으로 자전거를 몰고 가 앞마당 잔디밭에 놓아두고 밴으로 뛰어 돌아왔다. 나는 뒤돌아 차우에게 손을 흔들었다. 차우는 당혹스러운 표정으로 자전거 위에 걸터앉아 있었다.

아버지는 몸을 숙여 조수석 문을 열어주었다.

"텍사스는요?" 나는 앞좌석으로 오르며 물었다.

"아직 제자리에 있을걸?" 아버지는 미소를 지었다.

"왜 거기 안 계시냐고요."

"말하자면 길어."

"죽 여기 계셨던 거예요?"

"무슨 뜻이지?"

"돌아가지 않으셨던 거예요?"

아버지는 고개를 저었다. "돌아갔었지. 잠시 텍사스에 있었는데 돈이 다 떨어져버렸어. 그 문제에 대해 네 엄마하고 얘기를 좀 할 참이고."

차를 타고 가는 동안, 아버지는 어머니가 일하는 새 회사 위치를 알아야겠다고 했다. 어머니와 '경제 문제'를 상의해야 한다고 했다. 아버지는 무표정한 얼굴로 내내 도로만 응시하고 있었다. 나를 보지 않으려 했고 내 쪽으로 고개조차 돌리지 않으려는 태도로 보아, 아버지는 거짓말을 하고 있었다. 아버지는 아무 데도 가지 않았다는 느낌이 들었다. 그러나 나는 어쨌거나 고개를 끄떡였고, 어머니의 새 회사로 가는 가장 빠른 길을 알려주었다. 아버지는 운전하면서 담배를 피웠고, 이따금씩 나를 보고 윙크를 했다. 신호에 걸려 멈춰 섰을 때, 아버지가 내 어깨에 손을 얹으며 말했다.

"궁금해서 그러는데 말이다. 너는 이 비슷한 일을 업으로 삼고 싶다는 생각이 드니?"

"무슨 일이요?"

"내가 하는 일."

"영화movies 찍는 일이요?"

"영화films 찍는 일."

"영화films."

"그래."

"글쎄요."

아버지는 웃었다. "나라면 안 할 것 같다. 할 수만 있다면 안 해."

"무슨 뜻이에요?"

아버지는 대답하지 않았다. 그냥 미소만 지었다. 신호가 바뀌자 아버지는 차창 밖으로 담배를 던지고 내 팔을 잡으며 물었다. "너는 괜찮지?"

"네." 나는 대답했다. "전 괜찮아요."

마침내 우리가 회사의 빈 주차장으로 들어섰을 무렵에는 해가 져 있었다. 아버지는 건물 옆 반얀나무 아래 차를 세우고 시동을 껐다. 어머니의 이층 사무실 불이 아직 밝혀 있는 것이 보였고, 어머니가 창가로 다가와 그곳에 섰을 때, 나는 아버지가 돈 때문에 어머니를 만나러 온 것이 아님을 깨달았다. 아버지는 우리가 그 아래 와 있다는 것을 어머니에게 알리고 싶어하는 것 같지도 않았다. 아버지는 어둠 속에 얼굴을 숨기고 좌석 뒤로 몸을 젖혀 기댔고, 남청색 치마를 입은 어머니가 전화통화를 하면서 창문 앞에 섰을 때, 나는 아버지가 성공한 변호사가 되어 있는 어머니를 보고 있지 않다는 것을 깨달았다. 아버지는 당신이 결혼한 열

아홉 살의 아가씨, 버클리대 미대 학생, 학생 시절 찍은 자신의 모든 영화에 등장했던 주인공, 몇 년에 걸친 그의 유일무이한 팀원을 보고 있었다─아버지가 그때 내게 고개를 돌리고 미소를 지으며 이렇게 말했기 때문이다. "네 인생에 네 엄마처럼 아름다운 사람은 다시 없을 거야."

나는 고개를 끄덕였다.

"기억해." 아버지가 내 어깨에 손을 얹으며 말했다. "다른 건 기억하지 못해도 그건 기억해야 해."

잠시 뒤 어머니가 전화를 끊고 서류가방을 챙기고 있는데, 데이비드가 사무실로 들어가는 모습이 보였다. 그는 법 관계 서류처럼 보이는 종이 뭉치를 들고 있었고, 그가 말을 하면서 앞쪽에 와서 서자 어머니는 책상 위에 걸터앉았다. 어머니가 그에게 무슨 말인가를 했고, 그러자 그가 다가가 어머니를 안았다. 나는 그가 어머니 엉덩이에 손을 갖다대는 모습을 보았다. 나는 어머니가 웃는 모습을 봤다. 이어 어머니가 그에게 안겨 그의 목에 키스했다. 길게만 느껴지던 시간 동안, 그들은 그렇게 서로를 껴안은 채 있었다. 이제 나는 더이상 그들을 지켜보지 않았다. 대신 나는, 얼굴에서 핏기가 죄다 사라져버린 것 같은 아버지를 보고 있었다. 아버지는 아랫입술 언저리를 깨물고 있었고, 나는 아버지가 눈물을 보이지나 않을까 걱정했다. 그러나 그런 일은 없었고 아버지는 이렇게 말할 뿐이었다. "아들아, 내게 이 상황을 설명해보렴."

나는 어깨를 으쓱했다.

"내게 이 상황을 설명해줄 수 있을까?"

나는 고개를 저었다. "아뇨. 전 할 수 없어요."

아버지는 얼굴을 문질러 비비고, 차창을 내린 다음, 밴을 출발시켰다. 나는 아버지가 한번 더 사무실 창문을 힐끗 올려다보는 것을 보았다. 아버지는 기어를 넣었다.

"충분히 다 봤지?" 내 쪽은 보지도 않고 아버지가 물었다.

나는 그렇다고 했다.

그날 밤, 대양을 따라 난 도로를 달리면서, 아버지는 내게, 내가 마치 다 자란 성인인 것처럼, 내가 당신 아버지인 것처럼 말을 했다. 당신이 알아내고자 애쓰고 있는 뭔가에 대한 대답을 내가 주었으면 하는 듯이 말했다. 그러나 나는 너무 화가 나서 아버지 말을 듣고 있지 않았다. 아버지로 인해 내가 보게 된 일 때문이 아니라, 아버지가 자기 계획에 나를 연루시켰다는 것 때문에 화가 났다. 나는 어머니가 알게 될까봐, 내 도움을 하나의 배신으로 여길까봐 걱정이 됐다. 내 평생 처음으로, 나는 아버지와 한편이 되고 싶지 않았다. 처음으로 나는 아버지가 다른 사람이기를 바랐다. 그후 오랫동안 아버지를 못 보게 될 줄 알았다면, 어쩌면 나는 아버지를 다르게 대했을지도 모르겠다. 그러나 나는 알지 못했고, 아버지가 결국 입을 다물 때까지 아버지 질문을 무시하면서, 창밖 너머로 태양을 보고 있었다.

나는 아버지가 그날 밤 나를 집 앞에 내려주고 바닷가 옆 모텔 방으로 돌아갔으리라고 상상했다. 어쩌면 맥주를 한 병 마시고 잠자리에 들었을 것이라고 상상했다. 나는 내 방으로 올라가 지붕으로 나갔고, 코요테 소리를 들으며 그곳에 앉아 있었다. 오랫동안 앉아 있었는데, 그날 밤늦어서야, 정신이 나간 것처럼 보이는 어머니가 현관문을 벌컥 열어젖히며 들어오고 나서야, 아버지가 어머니 회사로 되돌아갔구나, 하고 깨달았다. 홰를 친 듯 앉아 있던 지붕에서, 나는 집안으로 휘청휘청 들어오는 어머니의 울음소리를 들을 수 있었다. 아래층 부엌으로 뛰어내려갔더니, 손으로 얼굴을 감싼 채, 어머니가 식탁에 앉아 있었다.

"엄마."

그러나 어머니는 나를 쳐다보려 하지 않았다. 키친타월 사이로 어머니의 왼손에서 피가 흐르고 있었다.

"다쳤어요?"

어머니는 시선은 여전히 아래쪽으로 둔 채, 고개를 가로저었다.

"엄마, 대체 무슨 일이에요!"

몇 해에 걸쳐 어머니는 내게 여러 가지 다른 버전의 이야기를 들려주었다. 어떤 버전에서는 아버지가 데이비드를 슬쩍 밀치면서 그를 위협했다. 그러나 다른 버전들에서는 상황이 그보다 훨씬 폭력적이었다는 암시가 있었다. 좀더 나중에는, 경찰이 와 상황을 수습했고, 아버지를 연행해 갔으며, 데이비드는 구급차에 실려갔다고 말해주었다. 어머니는 고개를 젓고는 잠시 말을 멈추고 나를 바라보았다. "인생 최악의 일이야. 사랑하는 사람의 마음이 그런 형편이 되어버린 모습을 본다는 것은."

그날 밤 이후 내가 아버지를 다시 본 것은 몇 년이 흐른 뒤였다. 어머니는 아버지가 어려운 시기를 보내고 있고 내가 아버지를 보지 않는 것이 모두를 위해서 최선일 거라면서, 고등학교에 들어갈 때까지 내게 아버지의 행방을 숨겼다. 이제 나는 그 시절의 얼마 동안 아버지가 로스앤젤레스의 한 병원에서 심각한 우울증 치료를 받았고, 뒤이어 패서디나에 있는 재활 시설에서 머물렀다는 것을 알고 있다. 그후 나는 아주 간간이 아버지에게서 소식을 전해들었는데—생일이나 크리스마스에 전화가 걸려왔다—그런 짧은 전화통화의 횟수도 시간이 지나자 차츰 줄어들었다. 지금은 십대 때처럼 아버지에게 분개하지 않는다. 아버지에게 발생한 일이 자의가 아니었음을 알고 있고, 어머니가 아직도 스스로를 탓한다는 것을 알지만, 어머니를 비난할 마음도 없다. 그러나 아버지가 완성한 그 한 편의 영화를 내가 단 한 번도 보지 못했다는 건 늘 마음에 걸린다. 아버지는 로스앤젤레스 어딘가에 있는 안전금고에 오리지널 프린트를 보관하고 있는데, 보여달라고 부탁한 것이 한두 차례가 아니지만, 아버지는 내게 그것을 보여주지 않을 것이다. 어머니 말에 따르면, 그 영화는 쇼쇼니 인디언족에게서 보이는 영혼에 대한 믿음, 육체적인 세계와 정신적인 세계가 아주 긴밀히, 거의 공존하다시피 연결되어 있다고 믿는 그들의 의식 태도를 다루고 있으며, 어머니 당신이 본 중 시각적으로 가장 놀라운 영화라고 한다. 내 거실에는 아버지와 어머니가 그 영화의 프리미어 시사회 날 밤에 찍은 사진이 있다. 그들은 뉴욕의 어느 소극장 밖에 서 있고, 아버지는 위쪽으로 보이는 마르키*의 불빛을 가리키고 있다. 아버지는 슈트 차림으로, 어머니는 긴 이브닝드레스 차림으로, 둘이 나란히 있는 모습을 본 내 기억 속 유일한 때다. 그들은, 그 둘은, 바람 불어오는 쪽으로 몸을 살짝 숙이고, 자신들이 아직 보지 못하는 무언가에 맞서, 서로를 감싸안은 모습으로 미소를 머금고 있다.

---

* 극장이나 영화관 간판에 상영작 제목 등을 적어넣고 주위에 전구나 네온 등을 설치해서 반짝거리게 하는, 일종의 상영 정보 게시판.

아술

오늘밤 나는 우리집에 묵고 있는 교환학생인 아술을 건너편 동네에 있는 그 아이 연인의 집으로 태워다주고 있다. 아술은 지난 석 달 동안 동성인 라몬을 만나고 있으며, 나는 비록 썩 내키는 심정으로는 아닐지라도, 그를 만나러 가는 아술을 태우고 금요일 밤마다 우리가 사는 소도시를 가로지른다. 아술은 가는 동안 내게 말을 건네는 법이 없고, 내가 있다는 사실조차 인식하지 않지만, 라몬의 아파트가 가까워 오면 거울에 얼굴을 비춰보고, 머리를 빗고, 셔츠의 매무새를 가다듬기 시작한다. 그리고 내게 슬쩍 미소를 지어 보인 뒤, 창문 쪽으로 고개를 돌리고 거리를 따라 길게 늘어선 야자나무를 내다본다. 그 아이는 내게 한두 차례 넘게 자기와 라몬은 친구 사이일 뿐이라고 말했지만, 나는 내 아내인 캐런을 통해, 그 말은 사실이 아니며 그 아이와 라몬이 연인 관계가 된 지 근 한 달이 되어간다는 것을 알고 있다.

나는 그 문제를 가지고 아술을 다그치지 않는다. 나는 엄밀히 말해 그 아이가 고등학교에 다니는 다른 친구들에게 커밍아웃하지 않았다는 것을 알고 있고, 내심 내게 말을 하고 싶었을지 몰라도 마음 편하게 그 문제를 꺼낼 수 없으리라는 것을 알고 있다. 그 아이는 캐런과 훨씬 더 가까워서, 어느새 캐런을 엄마라고 부르기 시작했고, 둘은 일주일에 한 번씩 저녁에 사진 수업을 듣고 있다. 둘은 밤늦게까지 자지도 않고 부엌에서 얘기를 나누고 농을 주고받으며 웃는다. 이따금, 캐런이 나보다 아술과 더 가까운 사이가 되었다는 느낌이 드는 때도 있다. 그러나 자기를 라몬에게 데려다주는 문제와 관련하여 아술이 청을 해오는 사람은 늘 나다. 오늘밤이라고 다르지 않고, 대부분은 마음이 딴 데가 있어 내 쪽으로는 눈길도 주지 않지만, 이때가 우리가 단둘이 있게 되는 유일한 시간이다.

오늘밤 아술은 멍하니 창밖을 내다보고 있고, 나는 그 아이의 기호에 맞는 주파수를 찾아 라디오 다이얼을 돌린다.

"거기요." 라틴 테크노 음악 방송에 다이얼을 맞추자 그 아이가 말한다. 그리고 미소를 지으며 고갯짓으로 리듬을 탄다. "들어보세요. 들어봐요, 폴 아저씨."

나는 가끔, 그 아이의 부모가, 정식으로 만나본 적도 없는 남자아이와 주말을 보내고 오라고 자기 아들을 건너편 동네로 태워다주는 나를 어떻게 생각할지 궁금해진다. 캐런과 나는 이 문제 때문에 수도 없이 말다툼을 했고, 대부분은, 아술은 성인이다, 만약 만나라고 데려다주는 상대가 동성이 아니라 이성이라면 당신은 그것을 하등 문제삼지 않을 것이다, 라는 그녀의 주장에 내 쪽에서 항복하는 것으로 끝이 나지만, 내 입장은 솔직히 그래도 잘 모르겠다는 쪽이다.

"그애들은 안전해." 캐런이 요전날 밤 잠자리에서 말했다. 그러면서 나도 그 나이 때 그 아이와 똑같은 행동을 했다는 점을 상기시켰다. "열여덟 살이야. 사랑에 빠졌다고." 그녀는 내 손을 잡고 꼭 쥐었다. "그애는 바보가 아니야, 폴."

아파트 앞에 있는 조그만 잔디밭 옆에 차를 대는 동안 라몬 크루스는 출입구에서 기다리고 있다. 180센티미터가 넘는 키에 어기적어기적 걷는 라몬 크루스 옆에 서면, 아술은 30센티미터는 작아 보인다. 아술이 차에서 내려 그를 향해 걸어간다. 그들은 잠시 마주서 있다가 포옹을 나누고, 그런 다음 아술이 내 쪽을 돌아보며 손을 흔든다.

"고마워요, 아저씨." 그 아이가 외친다. "전화할게요."

"그래" 하고 외쳐준 다음, 나는 문가에 서 있는 라몬 크루스에

게 미소를 지어 보인다. 라몬이 나를 보며 고개를 끄덕한다. 그
런 다음 아술에게 팔을 두르고 안쪽으로 데리고 들어간다.

애초 집에 교환학생을 들이는 것은 캐런의 생각이었다. 그게
우리를 위해 좋을 것 같다고, 거의 십 년 동안이나 아이가 없어
서 우리 사이가 소원해진 것 같다고, 그런 말을 할 때 나를 책망
하지 않기 위해 조심하긴 했지만, 여하간 그녀는 그렇게 말했다.
나는 그녀가, 마음 한편으로는, 우리에게 아이가 없다는 사실에
대해 나를 책망하고 있다는 것을 안다. 그러나 자기가 그런 생
각을 하고 있다는 것을 내가 알지 못하도록 언제나 유념해왔다
는 것도 안다. 그 문제라면 이제 더이상 마음이 쓰이지 않는다.
의사가 처음 내게 아내를 임신시킬 수 없는 몸이라는 말을 했을
때, 나는 일주일 내내 술을 마셨다. 우리 둘 다 그랬다. 그때 나는
캐런에게 "지금 당장 나를 떠나도 좋아. 그래도 당신을 원망하지
않을 거야. 지금 당장 떠나도 좋아. 그래도 당신이 나쁜 사람이
라고 절대 생각하지 않을 거야"라고 말했다.
내 말은 모두 진심이었다.
그러나 그날 밤 잠자리에 들었을 때 캐런은 나를 꼭 안아주었
고, 전에 한 번도 그래보지 않은 것처럼 꼭 안아주었고, 다음날
아침 눈을 떴을 때에도 여전히 나를 꼭 안고 있었다.

"나는 떠나지 않아." 방안 고요한 어둠 속에 누워 그녀가 말했다. 그리고 그녀는 나를 떠나지 않았다.

나는 수많은 다른 여자들이 그러지 않았을지도 모르는 상황에서 내 곁에 머물러준 그녀를 존경한다. 그것 때문에라도 나는 영원히 그녀를 사랑할 것이다. 그러나 나는 그녀가 아이에 대한 생각을 완전히 포기하지 않았다는 것 역시 알고 있다. 한때 입양을 고려한 적도 있지만, 왠지 우리하고는 잘 맞지 않아 결과로 이어지지 못했다. 우리는 우리가 낳지 않은 아이를 키운다는 상상이 잘 안 됐다. 그래서 지난봄에 캐런이, 강사로 일하고 있는 라이스 대학*에서 팸플릿과 브로슈어를 한아름 들고 집에 돌아왔을 때 나는 놀라지 않을 수 없었다. 그녀는 내 앞에 있는 조리대 위에 그것들을 펼쳐놓고 미소를 지었다.

"그래봐야 일 년이야. 모험이라고 생각하면 될 것 같아."

"모험?"

"아니면 적어도 기분전환은 될 수 있을 거야."

"기분이 안 좋았어?"

그녀는 나를 보고 한숨을 내쉬었다. "폴, 부탁이야. 난 이거 해보고 싶어."

---

* 텍사스주 남동부 휴스턴에 위치한 사립 대학교.

오늘밤 캐런은 라이스 대학 영문과 동료 몇 명과 외출을 한 터라, 돌아와보니 집은 어둡고 텅 비어 있다. 나는 우리만의 이런 긴 주말을 내심 고대하고 있었다. 물론 아술이 집에 없으면 캐런이 아쉬워한다는 것은 알고 있다. 그녀는 가끔씩이라도 라몬이 우리집에 와서 주말을 보내는 것은 어떻겠느냐고 제안하기까지 했다. 그럴 때마다 아술은 "엄마, 왜 그래요? 미쳤어요?"라며 짜증 섞인 반응을 보였지만.

나는 위스키콕 한 잔을 들고 수영장 옆쪽의 테라스로 나간다. 따스한 바람. 바람을 타고 이웃집 마당에서 재커랜더나무들의 꽃향기가 풍겨온다.

휴스턴은 예전의 휴스턴이 아니다. 나는 이곳에 오래 살아서 오일 붐을 기억하고 있다. 소도시에 지나지 않았던 우리 마을은 하룻밤 사이에 도시가 됐고, 마을은 예전의 것들을 너무 쉽게 잃어버리는 것 같았다. 나는 더이상 그 시절을 낭만적으로, 일부 사람들이 하는 식으로는 바라보지 않지만, 이따금은 그 시절이, 대기에 흐르던 그 에너지와 그때의 낙관과 희망이 그립다. 내가 좋아한 것은 단지 돈만이 아니었다. 당시에는 세상 모든 일이 가능하다는 분위기가 있었다. 바에 앉아 있으면, 누군가 걸어들어와, 당신 눈빛이 마음에 든다며 백 달러짜리 지폐를 내밀 수도 있었다. 그다음날 밤에는 누군가에게 백 달러짜리 지폐를 건네는 사람이 당신이 될 수도 있었다.

머릿속에서 이런 생각이 엎치락뒤치락하고 있는데 전화벨이 울린다. 전화를 건 사람은 캐런인데, 자기 차가 고장이 났다고 말한다.

"몬트로즈에 있어. 미술관 옆에."

"무슨 일이야?"

"몰라. 갑자기 시동이 꺼지더니 연기가 나기 시작했어."

"연기? 어떤 연기 말이야?"

"몰라. 대체 무슨 말을 듣고 싶은 거야? 검은 연기였어. 연기 몰라, 연기?"

"알았어. 알았다고."

나는 잠시 말을 멈추고 도로 맞은편 전화박스에 서 있는 그녀의 모습을 상상한다. 나는 그녀가 울고 있는 모습을 상상한다.

"여보세요?" 그녀가 말한다.

"응."

"데리러 올 거야, 말 거야?"

캐런과 내가 처음 만났을 때 그녀는 첫번째 남편과 막 헤어진 상태였다. 그는 교수, 그녀가 예일 대학에 다닐 때 데이트한 많은 대학원 교수들 가운데 한 명이었고, 휴스턴에서 생활하게 된 첫해 내내 그녀는 자기가 아는 모든 사람들에게 절대 그런 부류와는 데이트를 하지 않을 작정이라고 말하고 다녔다.

우리가 첫 데이트를 하던 날, 그녀는 내가 미스터리 소설과 톨스토이를 가리지 않고 읽는다는 사실이 좋다고 했다. 그녀는 내가 아널드 슈워제네거 영화를 보러 가고 축구 경기를 시청하고, 누가 '페리퍼테틱peripatetic'이라는 단어를 잘못 발음해도 얼굴을 찌푸리지 않는다는 사실이 좋다고 했다. "당신은 자연스러워." 그날 밤 그녀는 내게 말했다. "당신은 진짜야."

"비현실적이지 않다는 뜻인가?"

"비현실적이기도 해. 좋은 의미로."

그녀의 첫번째 결혼은 시작부터 운이 다해 있었던 것 같아서, 그녀가 그 얘기를 해줄 때면 나는 그녀의 말을 듣고 있기가 힘들었다. 끊임없는 경쟁이었어, 라고 그녀는 말했다. 그녀가 박사 학위를 받을 때까지는 문제가 없었다. 그러다 그녀가 첫번째 소논문을 발표하자마자, 라이스 대학에서 그녀에게 일자리를 제안해오자마자, 그녀의 남편은 그녀에게 말을 건네지 않았다. 분위기가 험악해졌어, 라고 그녀는 말했다. 남편은 파티나 강의 같은 공식 석상에서 그녀를 당혹스럽게 만들기 일쑤였다. 그녀가 자신의 주장을 펴려 할 때면, 자기 동료들 앞에서 그녀의 실수를 바로잡거나 그녀의 지식의 허점을 은근히 지적했다. 그래서 라이스 대학에서 일자리 제안이 오고 그가 그녀에게 가면 안 된다고 말했을 때, 그녀는 동부를 떠나, 그를 떠나, 휴스턴으로 왔다.

둘 다 아는 친구의 소개로 파티에서 그녀를 만났을 때, 그녀는 아직 그곳에서 첫 학기를 보내고 있었다. 나는 그 파티에 대해서는 기억나는 것이 별로 많지 않지만, 그녀와 함께 그녀의 차로 걸어갔고, 별들 아래서 우리가 취한 듯 키스를 나누었을 때, 그녀가 반얀나무에 등을 기대고 있었다는 것은 또렷이 기억하고 있다.

일 년 후 우리는 같이 살게 되었고, 다시 일 년 후 우리는 결혼을 했다. "나는 다시는 결혼하지 않을 거야." 결혼식 날 밤 그녀가 내게 말했다. "그러니까 그 점을 분명히 알아둬. 왜냐하면, 좋든 싫든, 당신은 이제 내게서 떨어질 수 없으니까."

"그거 협박이야, 약속이야?"

"둘 다지."

그날 밤, 정비소에서 돌아오자, 캐런은 내게 자기 과에 새로 온 고대 영어 전문가 그레이든 리어에 대해 말한다. 이 그레이든 리어라는 사람은 하버드에서 박사 학위를 받았고 출간물의 수만 해도 자기 과에서 둘째가라면 서러울 정도라고 한다. 그는 스물여덟 살밖에 안 됐고 자기 대신으로 온 것 같다고 한다. 그녀가 내게 그레이든 리어의 업적과 그의 전도유망한 미래와 다른 교수들이 그의 말 한마디 한마디에 얼마나 귀를 기울이는지 모른다는 말을 할 때 나는 그녀의 말을 귀담아 듣고 있다. 그런 다음 그녀는 내게 다음주 수요일 밤에 그레이든 리어가 최신 저서에 관한 강연을 할 텐데 우리 둘 다 가야 한다고 말한다. 대개는 이런 상황을 피해가려고 노력하는 편이지만―나는 과거에 이런 강연에 불필요하게 많이 참석했다―오늘밤은 그녀에게 나의 지지가 필요하니, 나는 그녀의 손을 잡고 미소를 지으며 말한다.

"알았어. 당신 좋을 대로 해."

그레이든 리어는 낡고 지저분한 청바지와 티셔츠 차림으로 강의를 한다고, 저녁을 먹은 후 그녀가 내게 말한다. 그는 대학원 학생들과 클럽에 가고 면담 시간에는 펑크록의 퇴보에 대한 얘기를 나눈다. 그가 시디플레이어 볼륨을 최대한도로 틀어놓으면 복도를 따라 거친 기타 릭이 큰 소리로 울려퍼진다. 그런데 아무도 뭐라 하는 사람이 없다고 그녀는 말한다.

"하는 행동이 꼭 십대 같네."

"맞아." 그녀가 말한다. "굉장히 똑똑한 십대."

일요일 밤에 아술이 라몬의 집에서 전화를 걸어오자 캐런이 그 아이를 태워오기 위해 리버오크스로 간다. 그들은 쇼핑몰에 들른 다음 조그만 식당에 간다. 집에 돌아왔을 때 그들은 서로 주고받은 농담을 회상하며 키득거리고 있고, 아술은 출입구에 서서 새로 산 셔츠를 입어본다.

나는 아술을 바라보면서 스토브가에 서 있는데, 그 아이가 뒤돌아 나를 보고 웃기 시작한다. 그러더니 뒤쪽으로 발을 헛디뎌 하마터면 넘어질 뻔한다.

캐런을 쳐다보자 그녀는 어깨를 으쓱한다. 그들 둘 다 술을 마셨다. 이것은 그들의 관계에서 새로이 진전된 요소다. 외출 때마다 둘은 술을 마신다. 아술은 캐런에게 고향에서는 부모님이 술 마시는 걸 용인했다고 말했고, 그래서 캐런은, 저녁 먹을 때 와인을 조금 마신다거나 학교 끝나고 맥주 한 잔 정도 하는 것은, 가끔이라면 허락하기로 했다. 그러나 이 정도로 취하게 내버려둔 적은 처음이다.

"왜 그래요, 아저씨?" 아술이 묻는다. 웃음을 애써 참고 있다.

나는 캐런과 눈을 마주치려 하지만, 그녀는 이 가방 저 가방을 헤집어가며, 바지와 팬티와 벨트와 구두를 꺼내며, 아술에게 입어보라고 권하느라 여념이 없다.

"전부 다." 그녀는 말한다. "전부 다 입은 모습을 보고 싶어!"

아술은 수줍은 척 부끄러운 미소를 짓고는 옷가지들을 집어들고 홀 저쪽으로 사라진다.

잠시 캐런과 나는 단둘이 되고 그녀는 미소를 짓는다. 그것은 친절한 미소다, 긴장할 거 없어, 라고 말하는 미소. 그러나 그녀가 입을 떼기도 전에, 나는 홀 저편으로 걸어가 계단을 오르고 있다.

나중에, 방으로 올라온 캐런은, 어둠 속에서 옷을 벗고, 침대에 누운 내 옆쪽으로 미끄러지듯 들어온다.

"그 아이는 나를 미워해." 그녀가 내 가슴에 머리를 누일 때 나는 말한다. "난 알아."

"그 아이는 당신을 미워하지 않아. 그냥 조금 무서운 것뿐이야."

"같은 거잖아."

"아냐." 그녀는 말한다. "그렇지 않아."

나는 그녀를 본다.

"있잖아, 폴." 그녀가 말한다. "가끔씩은 긴장을 푸는 것도 괜찮아. 그건 죄악이 아니잖아."

"뭐가 죄악이 아니야?"

"행복한 거." 그녀가 내 손을 잡으며 말한다. "그건 죄악이 아니야."

다음날, 캐런의 제안으로, 나는 아술을 사진 수업에 데려다준다. 캐런이 자기는 할일이 너무 많아 못 가겠다고 하고, 내가 보기에 아술은 혼자 수업을 들으러 가는 것을 썩 내켜하지 않지만, 결국 캐런이 시키는 대로 한다.

사진 수업을 하는 곳은, 내가 예전에 살던 아파트와 지금 일하는 광고 에이전시에서 몇 블록 떨어지지 않은 곳에 있는 커뮤니티 칼리지인 HCC의 작은 강의실이다. 우리가 도착했을 때는 여섯 명가량 되는 사람들이 조그만 유리 탁자에 둘러앉아 있다. 나이가 조금 있는 남자 강사가 보드에 렌즈의 도해를 그리자 아술은 필기를 한다. 강사는 조리개와 노출계에 대해 이야기하고 아술은 열심히 고개를 끄덕인다. 나는 그곳에 앉아 지난달 캐런이 아술에게 사준 신형 펜탁스 카메라를 물끄러미 바라본다.

수업이 끝난 후 나는 아술에게 가는 길에 저녁을 먹을지 묻는다. 아이는 어깨를 으쓱하고 말한다. "좋을 대로 하세요."

아술은 저녁 내내 입을 다물고 있다. 나는 이 아이가 캐런을 생각해서 나와 함께 시간을 보내는 시늉을 하고 있다는 것을 깨닫는다.

"베트남 음식 좋아하니?" 앨라배마 애비뉴를 향해 가고 있을 때 내가 묻는다.

아이는 어깨를 으쓱한다. "별로요."

"피자는?"

아이는 고개를 젓는다. "배가 많이 고픈 것 같지는 않아요."

"그럼 한잔할까?" 내가 옳은 판단을 내린 것 같지는 않지만, 나는 아술에게 내가 아는 어떤 바에 대해 말하기 시작한다. 하이츠에 있는 오래된 바로, 캐런과 내가 신혼 때 자주 다니던 곳이다. "당구대도 있어."

아술이 미소를 짓더니 고개를 젓는다. "괜찮아요. 좀 피곤해요."

나는 고개를 끄덕이고 라디오를 켠다. 이어, 차가 우리 동네로 들어설 무렵, 아술이 내 어깨에 손을 얹으며 미소를 지어 보인다. 그리고 말한다.

"너무 애쓰실 필요 없어요. 나는 폴 아저씨 좋아해요."

그날 밤 잠자리에서 캐런이 내게 아술의 책상 서랍에서 라몬 크루스의 사진과 대마초 한 봉지를 발견했다고 말한다. 몰래 그런 짓을 하는 자신이 싫지만, 자기도 어쩔 수 없다고 한다.

"어떤 사진인데?"

"그건 중요하지 않아." 말은 이렇게 하지만, 나는 그 사진의 내용이 그녀의 마음을 편치 않게 했다는 것을 알 수 있다.

"잊어버려야지 어쩌겠어." 내가 말한다.

그녀가 고개를 끄덕이더니 등을 대고 돌아누워 한숨을 내쉰다.

"그 아이 부모에 대해 생각해본 적 있어?" 그녀가 묻는다.

"그 아이 부모? 아니, 별로."

"아술은 자기 부모에게 도통 전화를 안 해. 그들이 항상 이리로 전화를 걸잖아. 이상하다는 생각 안 들어?"

"글쎄, 그런 것 같기도 하고."

순간, 아술이 우리집에 도착한 날 밤 보여준 사진이 떠오른다. 벨리즈에 있는 자기 부모의 사진이었다. 성공한 의사인 그 아이의 아버지가 초등학교 교사인 어머니 옆에 서 있는데, 둘 다 호리호리하고 인물이 좋고, 자기들의 첫째이자 유일한 아들에게 헌신하는 분들이라는 느낌이 든다. 이후 겨우 두 번 그 아버지와 통화를 했는데, 두 번 다 전화기 잡음에 목소리가 묻혀 곤혹스러웠다. 캐런을 향해 고개를 돌린 나는 알 수 있다. 리버오크스로 차를 몰고 가는 기나긴 여정에서 내가 시달리곤 하는 죄책감을 그녀 역시 느끼고 있다는 것을.

"이상한 일 아니잖아." 잠시 후 내가 말한다. "열여덟 살 때 당신이 어땠는지 생각해보라고."

"끔찍해. 생각나게 하지 마."

"그것 봐."

그녀가 나를 쳐다보며 말한다. "나도 알아. 그런데도 여전히, 이상하다는 생각이 들어."

아술은 다음날 밤을 라몬의 집에서 보낸다. 우리는 평일에는 외박을 허락한 적이 없었지만, 아술이 학교에서 전화를 걸어왔을 때 나는 거절하기가 힘들었다. 이상한 일이지만, 나는 그 순간 아술의 기분을 맞춰주고 싶었다. 살아오면서 그때만큼 누군가의 기분을 맞춰주고 싶었던 때가 없었다. 아이가 라몬이 학교로 자기를 태우러 올 것이라고 말하자 나는 알았다고 대답했다. 아이는 "고마워요, 폴 아저씨"라고 말하고 전화를 끊었다.

캐런이 집에 오자 나는 한 시간가량 뭉그적대다가 그 얘기를 꺼낸다.

"평일이잖아." 그녀가 말한다.

"나도 알아."

나는 캐런이 요란을 피울 것이라고 예상하고 기다리지만, 그녀는 냉장고 문을 열고 와인을 꺼낼 뿐이다. "그 아이 나한테 화났어." 그녀가 말한다. "당신한테 무슨 얘기 안 해?"

"무슨 얘기?"

"대마초 얘기."

"아니, 안 하던데."

그녀가 나를 쳐다보며 말한다. "오늘 아침에 내가 그 문제를 꺼냈거든."

"그래? 뭐래?"

"뭐, 아무 말도 안 했어. 전혀. 그냥 나를 뚫어져라 보기만 하더라고. 뚫어져라 보기만 하다가 얼굴을 찌푸렸어. 이제 그 아인 나를 미워하는 것 같아."

"그 아인 당신 사랑해." 그러나 그녀는 내 말은 듣지도 않고 문밖으로 나가버린다.

그날 밤, 캐런이 거실에서 학생들 리포트를 살피는 동안, 나는 부엌 조리대에서 저녁—쌀밥을 곁들인 간단한 연어 요리—준비를 한다.

부엌 조리대 쪽에 선 내게 나의 아내가 웅크리고 앉아 학생들의 리포트를 살피는 모습이 보인다. 그녀는 라이스 대학에서 거의 십 년간 아이들을 가르치고 있지만 아직 종신 재직권을 얻지 못했다. 학교에선 그녀가 대학원 논문을 수정하여 책을 펴내기를 기다리고 있지만, 캐런은 나를 만났을 때와 비교해서 별다른 진전을 하지 못한 형편이다. 그녀는 강의 수가 지나치게 많고 도와줘야 하는 학생들도 상당수인데다, 학교측에서 자기에게 맡기는 위원회 업무가 과도하다는 탓을 한다. 그러나 거의 일 년 동안 나는 그녀가 책을 쓰기 위해 앉아 있는 모습을 보지 못했다. 그녀는, 내 생각에, 앞으로 닥칠 일을 두려워하고 있다. 그녀의 학과는 이미 인원 삭감을 진행하고 있고, 그녀의 동료 몇—아직 책을 쓰지 못한 사람들—은 이미 그만둬주었으면 한다는 종용을 받는 상황이다.

"다음은 나야." 그녀가 내게 말한다. "처치 곤란한 마지막 짐이 바로 나야."

"그런 말이 어디 있어? 바보 같은 소리 하지 마." 그러나 나는 내 말이 그녀를 안심시키지 못한다는 것을 알 수 있다.

저녁식사를 마친 후 나는 설거지를 하고 캐런은 리포트를 살핀다. 설거지를 마친 나는 그녀에게 커피를 가져다준다.

"당신 참 자상해." 책상 위에 커피를 놓아주자 그녀가 말한다.

"노력중이야."

"알아."

나는 소파 위 그녀의 옆자리에 앉는다.

"지금쯤 뭘 하고 있을까?" 잠시 뒤 그녀가 말한다.

"누구 말이야?"

"아술. 지금쯤 그 아이는 뭘 하고 있을까?"

"한 대 크게 말고 있겠지."

"그런 소리 재미없어."

"당신은 그 아이가 술에 취하게도 만든 사람이잖아."

"저녁 먹으면서 와인을 좀 마신 것뿐이야. 취한 건 아니었다고."

나는 그녀의 어깨에 머리를 기대고 손으로 그녀의 다리를 쓰다듬는다. 우리는 한 달 넘게 관계를 갖지 못했고, 나는 생각하고 있다. 와인, 음악. 어쩌면 그러나 내가 뭘 해보기도 전에 그녀가 자리에서 일어나 일거리를 정리하기 시작한다.

"어쩌면 라몬의 대마초였는지도 몰라." 얼마 후 그녀가 마당을 내다보며 말한다. "아술은 그냥 가지고만 있었을 거야."

학교에서 아술은 인기가 많다. 내가 이 사실을 아는 것은 캐런이 그렇다고 하기 때문이고, 아술 같은 남자아이들은 언제나 인기가 많기 때문이다. 완벽한 이성애자의 모습을 하고, 그 아이는 수업을 쉽게 따라가고, 자기보다 어린 여자애들과 시시덕거리고, 남자 테니스 팀에서도 두번째 자리를 차지하고 있다. 가끔 그 아이를 태우러 학교에 갈 때면, 나는 그 아이가 여자애들 한가운데 서 있는 모습을 본다. 혹은 테니스코트 옆쪽에서 자기보다 나이가 많은 남자아이들, 아버지가 정유회사나 은행을 운영하는 남자아이들, 라몬 크루스라는 남자아이와 조그만 치장 벽토 집에서 주말을 보낸다는 것을 알게 된다면 그 아이에게 말도 걸지 않을 것이라는 생각이 들곤 하는 남자아이들과 야한 농담을 주고받는 모습을 본다.

내가 도착할 무렵이면 아술은 대개 이런 남자아이들과 서 있는데, 오늘은 혼자 서 있다. 척 보기에도 기분이 상해 있고, 차에 올라타서도 라디오를 켰을 뿐, 자기 손만 내려다보고 있다. 나는 무슨 말이라도, 얼음장 같은 이 분위기를 깰 만한 무슨 말이라도 하고 싶지만, 아술은 영 그러고 싶은 기색이 아니다. 내가 라몬 얘기를 꺼내자 아술은 자기들은 더이상 말을 섞지 않는 사이라고 한다.

"그런데 왜 그렇게 된 거지?"

"그 자식은 마리꼰maricón이니까요."

"마, 뭐?"

"호모 새끼요." 아술은 이렇게 말하고, 내가 눈을 마주치기도 전에 눈을 내리깐다.

그날 밤, 캐런이 그 아이의 방문을 두드리고 나는 그들이 낮은 목소리로 얘기하는 소리를 듣는다. 처음에는 아술이 우는 소리가 들리고, 다음에는 캐런이 달래는 소리가 들린다. 아술의 방에서 나온 캐런이 내 손을 잡고 우리 방으로 들어간다. 그녀는 방문을 닫고 침대에 앉아 낮은 목소리로 아술과 라몬이 헤어졌다고 말한다.

"아술은 괜찮아?" 내가 묻는다.

"어떨 것 같아?"

나는 그녀의 손을 잡고, 우리가 키스를 할 것이라고 잠시 생각한다. 그러나 내가 무슨 말을 하기도 전에, 그녀는 눈을 내리깐다.

"오늘밤 영화를 보러 갈 생각이야." 그녀가 말한다.

"좋아." 나는 말한다. "보고 싶은 영화 있어?"

"우리 말고. 나하고 아술."

"아."

"아술에게 기분전환이 필요한 것 같아." 그녀는 이렇게 말하고 창밖을 내다본다.

"그 아이가 우리 기분전환 시켜주는 거 아니었나?"

"그렇지." 그녀가 말한다. "하지만 오늘밤은 아니야."

그날 밤늦게, 캐런과 아술이 영화관에 있는 동안, 나는 아술의 방으로 들어가 그 아이가 감춰둔 물건을 찾는다. 잠시 뒤지니 책상 한구석에서 조그만 봉지가 나온다. 나는 그것을 꺼내 한 줌 떼어낸다.

대학 때 이후로는 대마초를 피워보지 않았는데, 부엌 식탁에서 대마초를 얇게 펴 마는 동안 아마도 캐런은 평생 이런 것을 피워본 적 없을 거라는 생각이 든다. 나는 그녀가 내 행동을 못마땅하게 여기리라 생각하며 수영장으로 나가 불을 켠다. 그런 다음 천천히 물속으로 들어가 담뱃불을 붙이고, 잠시 후 수면 위에 반듯이 누워, 별들 아래서 유유히 떠다닌다. 중력 없이, 짝도 없이, 길을 잃고서.

아술에게 파티를 열게 해주자는 것은 캐런의 아이디어다. 캐런이 아침을 먹으면서 그 얘기를 꺼내자, 아술은 당장에 그러겠다고 한다. 둘은 하나가 되어 초대할 사람들의 명단을 만들기 시작한다. 캐런이 아술의 반 아이들 이름을 알고 있다니, 누구를 초대해야 하고 누구를 초대하지 말아야 할지 알고 있다니, 나로서는 입이 벌어질 일이다. 내 어머니였다면, 그런 상황에서 외교적이고 공정했을 것이다. 모두 초대해야지, 못되게 굴 필요 없다. 어머니라면 그렇게 말했을 것이다. 하지만 캐런은 그런 유형의 어머니가 아니다. "아, 그 여자애는 안 돼." 그녀는 이렇게 말할 것이다. "어머, 그애는 썩 착하지 않은 줄 알았는데?" '초대하지 않을 사람들'의 목록 맨 윗자리에 아술은 진한 글씨로 라몬의 이름을 써넣었다. 그는 밑줄을 두 번 그었고 옆쪽에 특별히 별표도 했다. 나중에 캐런이 별의 의미는 '절대 안 됨'이라고 내게 말해준다.

그날 밤 잠자리에서 캐런은 잠도 자지 않고 다음날 강의 내용을 훑어보고 있다. 이렇게 강박적으로 강의 준비를 하는 모습은 처음이다. 보통은, 그녀 말처럼, 그냥 들어가서, 즉흥적으로, 즉석에서 강의를 하는데, 계약 만료에 대한 두려움이 그녀를 초조하게 만든 것이다. 그녀는 학생들에 대한 내 의견을 묻고, 그들이 최종 강의 평가서를 어떻게 써넣을지 조바심을 낸다. 그녀의 마음이 그런 형편이 되어버리는 것이 슬퍼지기 시작했다. 이럴 바에야 일찌감치 면직되는 것이 좋은 일이 아닐까, 불행 같지만 결국 다행한 일 아닐까 싶다. 이 일이 그녀를 이렇게까지 불행하게 만든다면 그만두는 것이 어떨까, 생각한다.

그날 밤늦게, 아술의 방 밖에 서서, 나는 라몬에게 얘기하는 그 아이의 부드러운 목소리를 듣는다. 무슨 말을 하는지는 알아들을 수 없지만 어쨌든 거기 서서 듣는 것만으로도 안심이 된다. 간혹 그 아이가 에스파냐어로 무슨 말을 하거나 한숨을 쉬는 소리가 들리면, 나는 방문 쪽으로 조금 더 가까이 다가간다. 나는 세상의 모든 부모들이 자기들 삶의 어떤 시기에는 이런 경험을 할 거라고 상상해본다. 나는 나의 아버지가 내 방문 앞에 서서, 내가 한 번도 데이트해보지 못한 온갖 여자아이들에 대해서 친구들과 떠들어대는 소리를 듣고 있는 모습을 상상한다. 잠시 후 계단을 올라오는 캐런의 발소리가 들리자 나는 복도 맞은편에 있는 욕실로 들어간다.

조금 뒤에 나와보니, 그녀가 아술의 방문 앞에 서서 귀를 쫑긋 세우고 있다.

나는 그녀의 손을 잡고 말한다. "가서 자자."

강연장에서 그레이든 리어는 카키색 스포츠코트 차림이고, 긴

머리는 뒤로 넘겨 단정하게 하나로 묶었다. 뒤쪽 줄에 앉을 때 캐런이 내게 그를 가리켜준 다음, 기다려라고 말하는 듯한 눈짓을 한다. 나는 그가 유치해 보일 것으로, 번지르르하거나 불손한 내용의 말들을 뱉어낼 것으로 예상하지만, 그가 입을 열자마자 격식에 찬 그의 어조에 놀라고 만다. 그는 거기 연단에 서서, 마치 모두가 자신의 수업을 듣는 학생인 듯이 우리를 바라보고 있다.

캐런처럼 나 역시 전공이 영어이기 때문에 일반적인 경우라면 그녀가 데리고 다니는 이런 강의들의 7할 정도는 따라갈 수 있지만, 오늘밤은 첫 단어부터 갈피를 잃었다. 그레이든 리어는 침착하고 매력적이다. 그는 재치 있는 말장난과 모호한 농담으로 청중을 키득거리게 만들지만, 강의가 끝나자, 청중들 사이에는 경외심에 사로잡힌 침묵만이, 위대함을 접했다는 공통된 인정의 분위기가 흐르고 있다.

이후 조촐한 리셉션 행사가 열리고 캐런은 동료들 몇과 얘기를 나눈다. 그동안 나는 적당한 순간에 농담을 던지고 고개를 끄덕이고, "아주 흥미롭네요"와 "대단하네요" 같은 추임새를 적당히 넣어가면서, 내 본분에 맞게 그녀의 옆자리에 서 있다.

집으로 돌아오는 길, 캐런은 말이 없고 나는 그녀가 무슨 생각을 하고 있는지 안다. 나는 그녀가 학과장에 대해, 오늘밤 내내 그가 자신에게 한마디도 하지 않았다는 사실에 대해 생각하고 있다는 것을 안다. 나는 그녀가 자기 동료들에 대해, 동료들이 자기를 어떤 눈빛으로 바라보았고 어떤 어조로 말을 했는지에 대해 생각하고 있다는 것을 안다. 그것은 사정을 아는 사람들, 조만간 나쁜 소식의 전달자가 될 사람들의 동정 어린 눈빛과 어조였다. 나조차도 이런 것들을 감지했으니, 나는 잠시 그녀가 나를 데리고 간 이유가 그것이라는 생각을 한다. 자신의 후임자, 자기 종말의 증인이 되어주도록.

우리 동네로 들어섰을 때, 캐런이 내게 다음주에는 나쁜 소식을 들을 것 같다고 말한다. 계약 갱신이 시작되는 때라고, 그녀가 말한다. 모가지가 잘리는 때라고. "난 전도유망해질 수 있는 나이를 한참 지나고 말았어. 더이상 현명하고 시의적절한 투자 대상이 될 수 없어."

"멍청한 치들이야. 그 사람들 모두 다."

그녀는 나를 쳐다보더니 고개를 젓는다. "나는 내가 똑똑하다고 생각했어. 특출하지는 않지만 똑똑하다고."

"와인을 얼마나 마신 거야?"

그녀는 내 말을 무시한다. "나도 내가 바보가 아니라는 건 알아. 그렇지만 가끔 내 정신이, 뭐랄까, 물러진 기분이 들어."

"물러진 기분?"

"날카로움을 잃어버린 것 같아." 그녀가 나를 본다. "나는 표류해. 가끔 강의 시간에 학생이 말을 하잖아. 그럼 눈으로는 그 학생의 입술이 움직이는 걸 보고 있지만 그 학생이 하는 말은 듣고 있지 않아. 나는 강의실에 있지만 강의실에 있지 않아. 내 말 뜻 알겠어?"

"당신은 내가 아는 가장 똑똑한 사람이야." 그러나 나는 내 말이 그녀를 안심시키지 못한다는 것을 알 수 있다.

집이 가까워오자 거리에 차들이 길게 늘어선 모습이 보인다. 내 아버지였다면 '외국 물건'이라고 불렀을 멋진 차들이다. SUV를 서너 대 지나고 있는데 캐런이 내게 고개를 돌리고 한숨을 내쉰다.

"열일곱 살에 랜드로버를 몬다는 게 상상이 돼?"

"아니." 나는 그녀의 손을 잡으며 말한다. "마흔여섯 살에 랜드로버를 몬다는 것도 상상이 안 돼."

집안으로 들어가니, 아이들의 무리가 맥주를 마시며 홀에 앉아 있다. 몇 명은 고개를 들어 우리에게 미소를 짓지만, 나머지는 그냥 시선을 피해버린다. 아술은 우리에게 반 친구들의 부모님들 가운데 몇 분은 아이들이 자기네 집에서 술 마시는 것을 용인한다고 말했다. 그분들은 문가에 있는 조그만 나무 볼에 차 열쇠를 모두 놓아두게 하고, 아이들이 운전을 하겠다고 나서지 않는 한, 원하는 만큼 술을 마시게 내버려둔다고 했다. 캐런은 그런 문제들과 관련하여 공식적으로 우리의 방침을 표명한 적이 없지만, 지금은 입장 표명을 할 기분이 아니라는 것을 알 수 있다. 대체적으로 우리 둘 다 나쁜 사람이 되고 싶어하지 않는다. 아술이 관련되어 있는 문제에서는 더더군다나 그렇다. 그래서 우리는 그냥 거기 서서 미소를 짓다가 마당으로 나간다. 아술이 수영장가에 놓인 긴 라운지체어들 가운데 하나에 널브러져 있다.

우리를 발견한 아술이 "헤이, 마마mamá!"라고 외치자 캐런은 그에 화답하기 위해 걸어간다. 나는 혼자 떨어진 채 어둠 속에 서서 아술과 캐런이 얘기하는 모습을 지켜본다. 나는 캐런의 표정에서 그녀가 아술에게 미성년자의 음주에 대한 강의를 하고 있지 않다는 것을 알 수 있다. 대신, 내 아내는 우울해 보인다. 그녀를 지켜보고 있노라니, 나는 그녀가 자기 자신의 삶에 너무나 낙담하고, 지치고, 모든 환상이 깨진 나머지, 다른 누구에게 무엇을 해서는 안 된다고 말할 수 있는 상태가 아니라는 것을 알수 있다.

수영장 언저리에는 얼음이 가득 담긴 차가운 아이스박스 몇 개가 놓여 있다. 잠시 후 아술이 그 가운데 하나로 걸어갔다 와서는 캐런에게 맥주를 건넨다. 캐런은 뚜껑을 비틀어 열고, 입으로 맥주를 가져가더니, 마치 무슨 챔피언이라도 되는 것처럼 단

숨에 들이켠다.

수영장 옆에 있던 아이들 몇이 웃기 시작한다. "뭐야." 그들 중 한 아이가 소리를 지른다. "우리 어머님께서 술도 마실 줄 아네!"

아술은 캐런에게 팔을 두르고, 둘은 한동안 그곳에 서서 다른 아이들과 애기를 나눈다. 나는 조금 더 기다린다. 나는 캐런으로부터 신호가 — 눈빛으로 — 오기를 기다리고 있지만 받지 못하고, 그래서 잠시 후 그냥 뒤돌아 안으로 들어온다.

집안에는 어린 여자아이 둘이 술잔이 가득 담긴 쟁반을 지키고 서 있다. 그들은 서로 쳐다보며 웃고 있다. 그때 한 아이 — 키가 작은 쪽 — 가 말한다. "한잔하실래요?"

"아니." 나는 말한다.

"정말이세요?"

"그래."

"아술 아빠 되세요?" 다른 아이가 묻는다. "진짜 아빠냐는 뜻은 아니고 그러니까……"

"그래." 나는 말한다. "일 년만."

그들이 미소를 짓는다.

"아술이 날 빌려 쓰고 있지." 나는 윙크를 하면서 말한다.

"아, 네." 키가 큰 쪽이 말한다.

나는 뭔가 다른 말을 하고 싶다. 이 아이들이 내 부엌에서 술을 마시고 있어도 아무렇지 않다는 것을 알게 해줄 만한 말. 하지만 내가 무슨 말을 해보기도 전에 그들은 미소를 짓고, 어깨를 으쓱하고, 부엌에서 나가버린다.

나는 부엌에 서서 나이든 기분을 느끼지 않으려고 애를 쓴다. 냉장고를 열었더니 샤이너복 병이 가득하다. 나는 한 병을 꺼내고, 또 한 병을 꺼내어, 위층 침실로 향한다.

침대 가장자리에 걸터앉았을 때 내 몸은 거의 떨리다시피 하고 있다. 내 집—내가 스물여덟 살 때 산 집—에서, 캐런과 내가 지난 십 년 동안 우리 월급의 반을 쏟아부은 집에서 이런 일이 벌어지게 내버려두다니 나로선 놀라울 따름이다. 나는 술 취한 남자아이들이, 우리가 지난가을에 장만한 황갈색 가죽 소파에 맥주를 질질 흘리고, 우리가 지난여름 새로 산 페르시아산 양탄자 위에 대자로 뻗어 있는 상상을 한다. 쿵 소리가 들릴 때마다 움찔한다. 우리의 앤티크 의자들 중 하나가 90킬로그램이 넘는 라크로스 선수의 체중에 못 이겨 박살나고 있겠지 하면서.

열시쯤 됐을까, 전화벨이 울리고, 나는 수화기 너머로 라몬의 목소리를 듣는다. 라몬이 이런 늦은 시각에 우리집에 전화를 거는 일은 드물다. 그 아이에게 우리가, 아술이 지금 파티를 열고 있다는 설명을 해주고 있다보니, 어쩌면 내가 취했을지도 모른다는 생각이 든다.

"그냥 전화 왔었다고 전해주세요." 라몬이 말한다.

"그래." 나는 잠시 말을 멈춘다. "그런데 말이다, 바꿔줄 수도 있는데."

"아뇨, 괜찮아요."

"그애는 너하고 얘기를 하고 싶어해." 나는 별안간, 내가 그럴 권리가 있는 것보다 훨씬 흥미가 생긴 목소리로 말한다.

"네?"

"여기로 오지 그러냐? 그애가 너를 보고 싶어할 텐데."

긴 침묵이 흐르고 라몬이 말한다. "글쎄요. 녀석이 그렇게 말 하던가요?"

그제야 내가 너무 앞서가고 있다는 것을, 사실상 나는 아술이 그 아이를 만나고 싶어하는지 아닌지에 대해 아무것도 알지 못한 다는 것을 깨닫는다. 나는 말을 멈춘다. 아마도 너무 오랫동안 대 답을 하지 않은 모양인지 잠시 후 라몬이 말한다. "저기요, 그냥 내일 얘기하는 걸로 할게요. 아시겠죠?" 그리고 전화를 끊는다.

갑자기 멍청이가 된 기분이다. 나는 내 집에 오십여 명 되는 술 취한 십대가 있고, 나는 어두운 방안에 반쯤 취한 상태로 앉 아, 내 집에 묵고 있는 십대 교환학생의 어긋난 애정 관계를 회 복시켜보려는 노력을 하고 있다는 것을 깨닫는다. 잠시 후 나는 그 아이가 있어주길 바라면서 복도 아래쪽에 있는 아술의 방으

아술 75

로 간다. 그러나 그 아이의 방은 비어 있다. 나는 다시 서랍을 열고 그 아이의 물건—이제 양이 아주 많이 적어진—을 찾아 또 다시 조금 떼어낸다. 나는 복도 맞은편 욕실로 담배 종이를 들고 가 대마초를 만 다음, 샤워기 물을 최대로 틀어놓고, 연기를 폐 속으로 빨아들인다. 나는 마흔여섯의 나이에 대마초를 피우는 습관이 들어버릴 가능성에 대해 생각한다. 이것은 희극적이며, 굉장히, 정말 굉장히 슬프게 느껴지는 일이다.

나는 거울에 비친 나를 본다. 뭔가가 잘못되었어! 나는 큰 소리로 말한다.

그때 누군가 문을 두드린다. "안에 누구 있어요?" 여자아이다. "잠시만 기다려라."

나는 마지막으로 한 모금을 더 빨아들이고, 변기 물을 내려 남은 것을 흘려보내고, 샤워기를 잠그고, 구강청결제로 입안을 헹군 다음, 욕실 문을 열고 복도로 나간다. 나는 그 여자아이가 내 숨결에서 대마초 냄새를 맡은 것을 알 수 있다. 그애가 나를 보며 미소를 짓더니 말한다. "더 있어요?"

"아니, 없다."

아래층 부엌으로 내려오니 캐런이 라임을 자르며, 술잔들이 놓인 쟁반을 지키고 서 있다. 그녀는 내 쪽으로 칼을 겨누며 말한다. "내 칼을 받아라!"

"당신 취했네."

"피차일반."

나는 그녀가 틀렸다고 말해주고 싶다. 엄밀히 말해 나는 대마초에 취한 거지 술에 취한 것이 아니라고. 그러나 나는 이 정보로 인해 사실상 그녀가 미칠 지경이 될지도 모른다는 것을 알고 있다. 그래서 그냥, 그녀가 내게 원하는 기둥의 모습을 한 채, 그냥 거기 서서 미소를 짓는다. 잠시 뒤 그녀가 내 손을 잡으며 미소를 짓는다. "있잖아, 어떤 여자아이가 방금 우리 진달래 화단에다 토를 했어."

"그래? 어떤 녀석 둘은 우리 방에서 섹스를 하려고 했어."

"정말?"

"정말."

"세상에, 지금 이거 뭔가 잘못되어가고 있는 거 맞지? 그렇지?"

"그래." 내가 말한다. "욕먹을 수준으로."

그녀가 다시 웃는다. 그때 거실에 있던 아술이, 그 아이의 데킬라 잔들을 위해 그녀가 잘라놓은 라임 조각들을 모아 갈 준비를 하고 부엌으로 들어온다.

"오늘밤엔 누구도 차를 몰고 집으로 돌아가선 안 돼." 나는 아술에게 말한다.

"당연하죠, 아저씨." 차 열쇠로 넘쳐나고 있는 부엌 저편의 나무 볼을 가리키면서 아술이 미소를 짓는다.

"착하다." 나는 애써 쾌활하고 여유로운 목소리로 말한다. 그러나 아술은 이미 문밖으로 나갔고, 나는 그곳에 캐런과 덩그러니 남겨져 있다. 그녀가 내게 미소를 지으며 말한다. "당신이 그래."

"무슨 소리야?"

"착한 사람이야, 당신."

그후 나는 시간이 어떻게 가는지 알지 못한다. 한시일까 두시일까 파티가 정점에 이르렀다가 차츰차츰 아이들이―침낭을 가져온 아이들이 있는가 하면 담요를 가져온 아이들도 있다―필름이 끊긴 채 거실 바닥에 쓰러지기 시작한다. 그곳은 어둡고, 더 안 좋은 사태는 벌어지지 않는다고 해도 분명 저들끼리 모여 있을 테니, 나는 가까이 가지 않고, 탤벗이라는 이름의 남자아이와 함께 부엌에 남아 있다. 아술과 캐런은 수영장가에 여자아이들 몇 명과 앉아 있다.

탤벗은 내게 자신의 수학능력시험 성적에 대해 이야기하고 있다. OMR 형식 답안지를 작성하다가 한 줄을 건너뛴 얘기며, 그래서 답을 한 칸씩 밀려 쓴 얘기며. 이 아이는 학교 역사에 관한 구두시험에서는 최저 점수를 받았지만, 평점이 4.0에 수학에서는 780점을 받았는데, 스탠퍼드 대학이 자신의 조기 입학을 거부했다고 말한다. 얘기를 끝내고 그애는 거의 울기 직전이 되지만, 나는 딱히 뭐라고 해줄 말이 없다.

"내 인생은 끝났어요." 탤벗이 말한다. "나는 열여덟 살인데 내 인생은 끝났어요."

"스탠퍼드 말고도 학교는 많아."

"나한테는 없어요."

지금 이 순간 나의 의식 상태가 변질돼 있지 않다면, 나는 뭔가 친절한 말을, 이 아이를 위로해줄 만한 말을 해줄 수 있을지도 모른다. 그러나 나는 탤벗을 보며 그저 미소를 지을 뿐이다.

"그렇지만 언제든지 편입할 수 있잖아. 줄곧 그런 제도가 있었어."

"네. 아마도요."

그리고 시간이 얼마나 흘렀을까, 탤벗이 댈러스에 사는 전 여자친구에 관해 하는 소리를 들으며 부엌에 앉아 있는데 초인종이 울리더니 잠시 뒤 라몬 크루스가 나타난다.

나는 그를 보고 미소를 짓는다. "결국 와주다니 기쁘다." 나는 말한다.

그는 고개를 끄덕한다.

나는 미닫이 유리문 너머 아술이 앉아 있는 곳을 가리킨다.
"그 아이는 저 밖에 있어."

라몬은 다시 고개를 끄덕하고 문을 열고 나간다.

"누구였어요?" 라몬이 나간 뒤 탤벗이 묻는다.

"아무도 아니야. 그냥 아술의 친구다."

"그냥 친구요?" 그러더니 미소를 짓는다. "둘 사이에 뭐 있죠?"

"둘이라니 누구 말이야?"

"그 친구하고 아술이요."

"아니, 아니야." 나는 맥주를 홀짝이며 말한다. "아니야. 녀석들은 그냥 친구 사이라니까."

우리가 아이를 가질 수 없다는 사실을 알게 된 직후 얼마 동안, 나는 캐런이 바람을 피우는지도 모른다는 의심을 했다. 그해 겨울의 일이었다. 캐런은 학교 일로 바빴고 나는 일이 줄어 한가했다. 나는 점심 무렵에 집에 오는 날도 있었는데, 그런 날에는 집에 죽치고 앉아 텔레비전을 보거나 했고, 캐런은 늦게 집에 돌아왔다. 그녀가 최근 들어 자기 과에 새로 온 교수들 중 하나와 친분을 쌓기 시작했다는 것을 알고 있던 나는 그녀가 늦는 날이면 그와 함께 저녁 시간을 보내는 게 아닐까 의심하곤 했다. 그녀가 한두 번 정도 그와 함께 커피를 마신 것을 인정하자, 나는 커피가 저녁이 되고, 저녁이 다른 뭔가가 되는 상상을 하게 됐다. 일전에 이 남자를 캠퍼스 오찬 자리에서 본 적이 있었는데, 남자가 아내를 두고 위협을 느낄 만한 상대는 아니었다. 거의 육십에 가까웠으니 캐런보다 훨씬 나이가 많았고, 두번째 부인과 막 이혼한 상태였다. 그렇지만 캐런의 삶에 그가 존재한다는 사실이 신경이 쓰였다. 그는 일주일에 한두 번 우리집에 전화를 하곤 했고, 그러면 캐런은 자기 서재로 수화기를 들고 가서 낮은 소리로 통화를 했다. 나중에 그녀가 내게 설명하기로, 그는 아주 외로운 상태이고, 이혼한 현실을 아직 받아들이지 못하고 있으며, 그녀가 유일한 말벗이라고 했다. 나는 당시에는 아무 말도 하지 않았다. 나는 그녀를 지지하기 위해 애쓰고 있었다. 우리의 결혼생활 가운데 특히 위태한 시기였고 나는 나의 두려움과 불안을 드러내고 싶지 않았다. 그러던 어느 날 밤, 봄방학 직후였는데, 캐런이 갤버스턴 여행에 그를 데려가자고 했고, 나는 그때 뭔가 매몰찬 말, 멸시에 찬 냉정한 말, 그 노인네 새 친구를 사귀어야 되는 거 아니냐는 식의 말을 했다. 그러자 캐런은 나를 쳐다봤고, 잔인하고 무정한 인간, 무신경한 얼간이 자식이라고 욕할 줄 알았는데, 그냥 고개를 끄덕였다―내 질투심을 감지한 것인지, 그녀를 잃을까봐 두려워하는 내 마음을 이해한 것인지―그냥 고개를 끄덕이면서, 내 아름다운 아내는 말했다. "알았어,

당신 말이 맞을지도 몰라."

하필이면 바로 이 순간에 그때 그 기억이 떠오르는 이유야 알
수 없는 노릇이지만, 어쩐지 갑자기 마당으로 나가 내 아내를 되
찾아와야겠다는 욕구가 생긴다. 그러나 문밖으로 나갔건만 내
눈앞에 보이는 것은 내 아내가 아니라, 아술 주위로 모여들어 있
는 여자아이들의 무리다. 여자아이들은 수영장 옆 조그만 콘크
리트 테라스 위에 누운 아술을 떠받치고 있고, 그 아이는 의식을
잃었거나 죽은 체하고 있고, 아니면 그렇게 보이고, 그래서 한순
간 나는 이것은 게임이구나, 요사이 십대들이 하고 논다는 여러
게임 가운데 하나구나, 하고 생각한다. 그러나 조금 더 가까이
다가가자 피가 보이고, 순간 게임이 아니구나 하게 되고, 정신이
번쩍 든다. 피가, 끔찍하게 많은 피가 온 사방에 보이고, 여자아
이들이 천천히 길을 트자 그 한가운데 내 아내가 보이고, 그녀는
아술을 부여잡고서 울고 있고, 곧이어 비명을, 입밖으로 뭔가를
꺼내려 애를 써보지만 어찌할 바를 모르는 사람처럼 비명을 지
르기 시작한다.

"무슨 일이야?" 나는 여자아이 하나에게 묻는다. "씨발, 대체
무슨 일이냐고!"

그러나 그 아이들은 아뜩한 표정으로 아술을 바라볼 뿐이다.

마치 영화 속의 한 장면을 보는 듯이, 실제로 일어난 일은 아닌 듯이. 그리고 아술은 눈을 감은 채 인형처럼 축 늘어져 있다. 그 때 남자아이 하나가 아술 위에 올라앉더니, 자기 셔츠로 상처 부위를 누르며, 피를, 그제야 갑자기 보이기 시작하는, 그 아이 머리에서 흘러내리는, 끔찍하게 많은 양의 피를 닦아낸다.

"누가 씨발, 구급차 좀 불러!" 그 남자아이가 하는 말이다. 그러더니 마치 모든 것이 내 잘못이라는 듯 나를 쳐다보는데, 나는 고개를 돌리고 안으로 도로 들어가지만, 전화기 있는 곳에 도착하고 보니 누군가 나보다 앞서 와 있다. 탤벗이 정신 나간 목소리로 수화기에 대고 말을 한다. 그 아이가 패닉에, 어쩌면 두려움에 사로잡힌 사람처럼 나를 쳐다보지만, 그 아이가 무슨 말을 하거나 움직이기 전에, 나는 물품보관실로 달려가 수건 뭉치를 움켜쥐고는 다시 마당을 향해 달리고 있다.

"이걸 사용해." 나는 아술 위에 타고 앉은 남자아이에게 수건 더미를 건네고 아이는 곧바로 그것들을 받아들고 아술의 머리에 압박을 가하기 시작한다. 모여 서 있던 여자아이들 대부분이 사방으로 흩어지고 다른 아이들도 그냥 제자리에 서서 그 모습을 지켜보고만 있을 즈음, 나는 잔디밭에 널브러져버린 내 아내를 본다. 나는 그녀를 향해 달려가지만, 그녀는 자기를 일으켜세우려는 나를 밀쳐내며 울기 시작한다. 그 순간의 그녀는 마치 한

마리의 동물처럼, 인간이 아닌 이상한 무엇처럼 보인다. 그녀가 내는 소리를, 나는 다른 인간에게서 들어보지 못했다.

"대체 어떻게 된 거야?" 나는 다시 남자아이에게 가서 묻지만, 그 아이는 아술의 머리에 수건을 대느라 정신이 없고, 얼마 후에야 겨우 고개를 들고 말한다. "그 씨발 미친 새끼 때문이에요."

"누구 말이야?" 나는 질문을 하고 나서야 라몬이 사라졌다는 것을 깨닫는다. 마당을 둘러보지만 그 아이의 모습은 어디에도 보이지 않는다.

"그 녀석은 어디로 갔어?"

그러나 남자아이는 대답하지 않고 다시 아술에게로 고개를 돌린다.

그러더니 그 아이가 다시 나를 쳐다보면서 수건 하나를 내밀고 나는 그 아이를 돕기 시작한다. 우리가, 우리 둘이, 피를 닦고, 가져온 수건을 거의 다 쓰고 피가 멎은 후에야, 아니면 적어도 천천히 흐르는 뒤에야, 나는 실제 상처를 확인하게 되고 그것이 그다지 큰 상처가 아니라는 것을, 우리가 생각했던 것처럼 심하지는 않다는 것을 깨닫는다.

"헤이, 폴." 아술이 마침내 눈을 뜨며 말한다. "무슨 일이에요?" 아술은 팔을 들어올려보려고 하지만 힘이 부친다.

"기분은 좀 어때?"

"썩 좋지는 않아요. 라몬은요?"

"모르겠다. 간 것 같은데."

"어디로 갔어요?" 갑자기 걱정이 되는 목소리로 아술이 묻는다. "그애가 어떻게 알고……" 그러나 아술은 말을 잇지 못한다.

"경찰을 불러야 할까요?" 남자아이가 묻는다.

"모르겠다. 그 아이가 너를 때렸니?" 나는 아술에게 묻는다.

그러나 아술은 고개를 젓는다. "내가 넘어졌어요."

"헛소리하지 마." 남자아이가 말한다. "그 자식이 아술을 떠다미는 걸 내가 봤어요."

"내 실수였어." 아술은 단호한 목소리로 이렇게 말하고 눈을 감는다. 나는 그애의 손톱이 내 팔을 파고드는 것을 느낄 수 있고, 갑자기 울고 싶어진다.

몇 분 후에 구조대원들이 도착하고, 아술이 있는 쪽으로 걸어와 아이를 들것에 옮기더니, 내게 말을 걸며 어떻게 된 일이냐고 묻는다. 나는 내가 무슨 말을 하는지 알지 못하는 채로 입을 놀리지만—나는 너무나 빨리 말을 하고 있고 정신은 술과 대마초로 혼미해진 상태다—그들은 내가 하는 말을 다 받아 적는 것처럼 보이고, 말을 마친 나는 그들에게 앞으로 어떻게 되냐고 묻는다.

"무슨 뜻입니까?" 키 큰 사람이 말한다.

"저 아이 괜찮을까요?"

"뭐라 말씀드리기 곤란합니다. 몇 가지 검사를 해봐야 하고, 지금으로선 속단하기 이릅니다."

"피는요?"

"피가 뭐요?"

그들은 내게 운전을 할 수 있는 정신이냐고 묻고 나는 아니라고 대답한다. 그러자 그들은 고개를 끄덕이며 아술과 함께 구급차에 태워주겠다고 한다. 그건 좋은데 우선 아내부터 찾아야겠다고 말하고 났더니 그제야 별안간 이 모든 혼란의 한가운데서 캐런을 놓치고 말았다는 생각이 든다. 그녀의 이름을 외쳐 부르고 제발 내 앞에 나타나달라고 애원하며 마당을 몇 바퀴 뛰어 돌고 나서야 나는 그녀가 사라진 것을 깨닫는다.

나는 공구 창고로 가보고, 집의 측면을 다시 살펴보고, 그러다 마침내 그녀가 앞마당 잔디밭에, 연석 위에 서서, 구조대원들에게 얘기를 하고 있는 것을 본다.

"어쩌다 이런 일이 생긴 거야?" 그녀가 말한다. "대체 누가 라몬을 파티에 초대한 거야?"

"나도 몰라." 나는 이렇게 말하지만 별안간 그녀에게 다 말하고 싶어진다. 그녀에게 진실을 말하고 싶어진다.

"이해가 안 돼." 그녀가 계속 말한다. "도대체 이해가 안 돼."

그때 구조대원 하나가 우리 쪽으로 다가와 이제 가야 할 시간이라고 말한다.

"한 분은 남으셔야 합니다. 한 사람 탈 공간밖에 없어서 말입니다."

나는 캐런을 쳐다보고 그녀는 고개를 끄덕인다.

"내가 남을게." 그녀는 이렇게 말하고 돌아선다.

나는 그녀에게 걸어가 그녀의 손을 잡고 내 쪽으로 끌어당긴다. 우리는 잠시 서로를 부둥켜안고 그 자리에 서 있다. 나는 그녀에게 괜찮을 거야, 라고 말한다. 괜찮을 거야. 그녀는 고개를 끄덕이지만 나는 내 품에 안긴 그녀의 몸이 떨리는 것을 느낀다. 나는 그녀가 아술에 대해, 이제 그 아이에게 벌어질 일에 대해, 그 아이의 부모에게 해야 할 말에 대해 생각하고 있다는 것을 안다. 나는 자기 집 부엌에 서 있는 그 아이의 아버지, 전화기 너머로 멀게 들려올 그의 목소리를 상상한다. 괜찮을 거야, 나는 다시 말한다. 그냥 찰과상이야. 그러나 나는 뻣뻣하게 굳어버린 그녀의 척추를, 등의 긴장을 느낄 수 있다. 그리고 얼마의 시간이 흐른 뒤에야, 그렇게 몇 분여를 보낸 후에야, 우리는 마침내 뒤로 돌아 우리의 지나간 행동을 직면한다.

빛과 물질에 관한 이론

　로버트가 마침내 내게 말을 걸어온 것은 가을 학기의 마지막 날이 되어서였다. 그는 교수였고 강의 시간에도 내 이름을 호명했기 때문에, 엄밀히 말하자면 그전에도 내게 말을 건 적이 있다고 봐야겠지만, 강의실 앞쪽에 놓인 조그만 나무 책상에서 고개를 들어 내 이름을 말한 것은 기억하기로 그날이 처음이었다. 그날은 눈이 내리고 있어서 강의실 밖 뜰에 흰색 눈가루가 엷게 덮여 있었다. 일찌감치 도착한 학생들은 벌써 자리를 잡고 앉아 있었고 내가 강의실에 들어섰을 때 로버트가 칠판 앞에 서서 기말고사 시험지를 나눠주던 기억이 난다. 그날 그가 나눠주던 시험지에는 짧은 방정식 하나가 깔끔하게 타이핑되어 있었다. 그것 말고는 백지로, 다른 표시나 지시 사항이나 글자는 보이지 않았다. 나는 몇 시간 후면 그 방정식의 근원을 알게 될 터였지만, 그 순간에는 그 방정식에 강의실에 있는 모든 학생의 이해의 수준을 넘어선 물리학이 관여되어 있다는 정도로만 생각했다. 한 시간이 안 되어, 나는 동기들 가운데 가장 똑똑한 두 명이 시험지도 제출하지 않고 뒷문으로 걸어나가는 모습을 지켜보았다. 몇몇 다른 학생들은, 마치 로버트가 불시에 마음을 바꾸리라고 기대하는 듯, 그의 얼굴을 빤히 보고 있었다. 그러나 그는 미동도 하지 않았고, 미안함이나 후회의 기미도 보이지 않았다. 로버트는 들고 온 책을 읽으면서 자리에 앉아 있을 뿐이었고, 시험 시간이 끝나자, 나를 제외한 모든 학생이 항의의 표시로 자리를 뜨고 나자, 부드럽고 온화한 목소리로, 내게 시간이 다 됐다고 알려왔다.

"헤더." 그가 말했다. "펜을 내려놓아요."

십 년이 지난 지금도, 나는 그때 내가 왜 강의실을 나가지 않았는지, 그러기는커녕 왜 강의실 앞쪽으로 곧장 걸어가 로버트에게 시험지를 내밀었고, 그가 내 풀이를 살펴보는 동안 그 자리에 멍청하게 서 있었는지 설명하기 힘들다. 그가 내게 뭔가 격려의 말을, 뭔가 친절한 말을 해주기를 바랐던 모양이지만, 길게만 느껴지던 시간이 흘러가도록 내가 제출한 풀이를 들여다보던 로버트는 자리에서 일어나, 꼬깃꼬깃하고 조그만 파란색 책을 가

방에 밀어넣고, 문가로 걸어가버릴 뿐이었다. 그리고 그때였다. 그가 코트를 걸치고 짐을 챙기면서 나를 향해 뒤돌아서더니, 부드럽고 온화한 목소리로 차 한잔하겠냐고 물어온 것은. 한겨울이었고, 땅 위에 눈이 벌써 30센티미터는 쌓였고, 쉬이 그렇게 여길 만도 했는데, 나는 그의 초대가 로맨틱하다고 여기진 않았다. 그는 나보다 서른 살이나 많은 노쇠한 남자였고, 눈이 휘둥그레진 학부생을 자기 아파트로 유혹해 갈 부류로는 보이지 않았다.

"괜찮아요." 그가 미소를 지으며 말했다. "거절해도 상처받지 않을 테니."

"아니에요." 나는 코트를 입으며 말했다. "마시고 싶어요, 차."

결과적으로 말하자면, 우리는 멀리까지 걸어갈 필요가 없었다. 강의실에서부터 로버트가 시내에 얻은 조그만 아파트까지는 지척이었고, 어색한 분위기 속에서 눈과 얼음을 헤치며 터덜터덜 걷는 동안, 그는 내게 기말고사 형편이며 크리스마스 방학동안의 계획에 대해 물었다. 그때도 알았듯이, 그저 형식상 하는 질문이었지만, 나는 그가 내 대답에 보여주는 관심이 고마웠고 내가 말을 할 때마다 차분하면서도 사려 깊은 반응을 보여주는 것이 고마웠다. 그는 나를 편하게 해주기 위해 각별히 노력하는 듯 보였고, 눈이 마주칠 때마다 아래쪽을 흘끗 내려다보는 살짝 불안한 습관이 이상하게도 내 자신감을 북돋워주었다. 강의실 밖에서는 얘기라곤 나눠본 적이 없었지만, 나는 그와 함께 있다는 사실로 인해 이미 핏속부터 편안하고 따뜻해지는 기분이었다. 아버지의 친구분들, 농담을 주고받기 쉬운 나이 많은 남자들, 젊고 매력적인 여자를 앞에 두고 부끄러워하는 모습 때문에 무해한 존재가 되는 그런 남자들과 있을 때 느껴지는 따스함이었다.

방이 두 개인 로버트의 아파트는 캠퍼스 근처 한국 식당 위층에 있는, 천장이 경사진 조그만 집이었다. 물리학과 종신 교수인 그 또래의 남자가 그런 곳에 살 거라는 상상은 하지 못했다. 거실은 어둠침침하고 퀴퀴했으며, 페인트칠된 벽은 얼룩덜룩했고, 딱히 가구라고 부름직한 것도 많지 않아, 낡은 책들이 꽂혀 있는 책장 몇 개와 커다란 오크목 책상, 벽에 걸린 핑거 페인팅 몇 개가 다였다. 로버트는 집이 협소하고 어지러워 미안하다며, 최근 들어 아내와 별거를 한 터라 임시로 그 아파트를 빌려 쓰는 중이라고 했다. 벽에 걸린 핑거 페인팅 그림들은 딸아이 솜씨라고 했다.

로버트가 내 코트를 받아주고 부엌으로 들어간 동안, 나는 그 그림들을 재미나게 들여다보는 척했다.

"아마 알고 싶겠지요." 그가 주전자 물을 올리며 말했다.

"뭘요?"

"자기가 방정식을 맞게 풀었는지."

"아뇨. 안 그랬다는 걸 아는데요, 뭘."

"왜 그런 확신을?"

"그냥요." 나는 어깨를 으쓱했다. "개판이었어요."

그는 미소를 지었다. "헤더, 교수들과 있을 때 늘 그런 언어를 사용하나요?"

"아뇨. 강의 끝나고 아파트로 초대하는 교수님하고 있을 때만 그렇죠."

그는 웃었다.

"제가 방향을 올바로 잡긴 했나요?" 내가 물었다.

그는 고개를 저었다. "솔직히 말하면 근처에도 못 갔어요." 그리고 그는 미소를 지었다. "나도 일 년이 걸려서야 그 방정식을 완성했어요. 디랙 자신도 주석 없이는 재차 만들어내는 데 애를 먹었고."

"그런데 뭐에 홀려서 우리한테 그런 문제를 내신 거예요?"

그가 빙그레 웃었다. "자만심은 물리학자에게 있어 가장 큰 방해 요인이지요." 그는 스토브에서 주전자를 들어 도자기 포트에 뜨거운 물을 옮겨 부으며 말했다. "뭔가를 이해한다고 생각하는 순간, 모든 발견의 기회를 없애버리게 되니까요."

"제가 잘못 풀었으면, 그러니까, 제가 맞지 않았으면 말이에요, 저를 왜 이곳에 초대하셨어요?"

그는 거실로 걸어와 내게 찻잔을 내밀었다. "시험을 끝낸 유일한 학생이었으니까."

나는 그를 쳐다봤다.

"헤더는 풀이를 제출한 유일한 학생이었어요." 그가 말했다. "그것이 시험이었어요. 헤더는 통과했고."

"그럼 이제 저는 A를 받게 되나요?"

"아뇨. 차를 좀 얻어 마시게 되지요."

그날 저녁 우리는 그의 거실에 앉아 물리학에 대해, 디랙과 그 방정식의 근원에 대해, 우리 자신에 대해 얘기를 나눴다. 로버트는 내 삶—내 가족과 친구들, 내가 자란 코네티컷의 작은 마을—에 진지한 관심을 보이는 듯했다. 그리고 그에게 얘기를 하는 동안 나는 가슴속에서 따뜻한 일렁임을 느꼈다. 그것은 내 또래 남자들과 있을 때 느껴지는 열뜬 흥분과는 또다른 종류의 감정, 좀더 부드럽고 보다 포괄적인 온기였다. 나는 그가 내게 숨김없이 질문하는 것과 내가 이야기할 때 내 눈을 똑바로 바라보는 것이 좋았다. 그는 나를, 내가 상상하기에 자신의 동료를 대할 것 같은 태도로, 성인으로, 대등한 사람으로 대했다. 그는 내어린 시절과 부모님에 대해 물었다. 어쩌다 물리학에 관심을 가지게 되었는지, 학업은 어떻게 해나가고 있는지 물었고, 오래지 않아 나는 긴장을 풀고, 그에게, 내가 어쩌다 어머니와 말을 하지 않는 국면에 접어들게 되었는지, 크리스마스에는 왜 집에 가지 않을 생각인지, 그리고 전 남자친구인 알렉스 페이더와는 한때는 결혼까지 할 줄 알았던 사이건만 어쩌다 지금은 전화로 다섯 단어 이상 말할 수 없는 처지가 되었는지 줄줄이 늘어놓고 있었다. 그의 아파트는 따뜻했다. 창문 안쪽에 수증기가 부옇게 서리자, 그는 히터를 줄이고 글렌 굴드의 희귀 녹음 테이프를 틀기 위해 딱 한 번 내 말을 끊었다. MIT를 같이 다닌 오래전 친구가 준 테이프라고 했다. 그 테이프를 들으면서, 로버트는 그 많던 친구들이 어쩌다 연구를 그만두게 되었는지, 자기를 비롯한 한줌의 동기들은 어쩌다 교단에 서게 되었고, 나머지는 어쩌다 정부 부처에서 일을 하거나 재무 분야로 들어서게 되었는지 설명했다. 나이가 들면 역설에 환멸을 느끼기가 쉬워지지요, 라고 그는 말했다. 젊어서는 도전뿐이에요. 하지만 나이가 들면 그저 피곤해지거든요. 모든 물리학자에게, 자기를 넘어서는 수준의 사고가 있다는 것을 깨닫는 때가 와요, 자기가 절대 이해하지 못할 수준, 하고 그는 말했다. 가장 위대한 물리학자들도, 보어조차도, 그 지점에 도달했지요, 하고 그는 말했다. "음악과 같아요. 재능과 연습은 음악가를 멀리 나아가게 할 수 있어요. 하지만 이렇게 할 수 있는 사람은 드물지요." 그는 잠시 말을 멈추고 굴드의 열광적인 연주에 귀를 기울였다. 상승을 향해 가는 아르페지오, 굉음을 향해 가는 크레셴도. "내 말을 이해하겠어요?"

나는 고개를 끄덕였다. "그래서 우리에게 그 방정식을 내주신 거군요."

"맞아요. 그래서 그 방정식을 내준 거지요."

"그래서 저를 이곳에 초대하신 거고요."

"맞아요. 그런 것 같군요."

그가 힘없이 미소를 지었다. 갑자기 좁은 아파트의 희미한 불빛 속에서 그는 더이상 세미나에서 자신감이 넘치던 강연자의 모습이 아니었다. 그는 그저 조금 외로운 노인처럼 보였다. 그가 테이프를 바꾸기 위해 자리에서 일어나자, 나는 그가 전축을 향해 몸을 웅크렸을 때, 사과하는 목소리로 저녁 약속이 있다고 말했다. 내 친구는 나를 잊은 지 오래일 터였지만, 나는 불현듯 다가온 그 저녁의 어색함을 피하고 싶어졌다. 로버트는 미소를 짓더니 고개를 끄덕였고, 이후 문가에 섰을 때, 내가 코트 입는 것을 도와주었다.

"언제 다시 볼 수 있으면 좋겠군요, 헤더." 그가 말했다.

나는 잠시 멈춰 서 있다가 복도로 나갔다. 그리고 말했다. "저역시 그러면 좋겠어요."

그 당시 나는 캠퍼스 동편에 있는 기숙사에 살고 있었다. 브라운 대학 학생 구성원 대다수가 그렇듯이, 우리 기숙사에 있는 여자아이들도 뉴잉글랜드 특권층 출신인 것처럼 보였다. 그애들은 가난한 운동가의 표정을 지어버릇했고, 대마초를 피워댔으며, 샤워는 거의 하지 않았고, 쿠스쿠스와 누에콩으로 연명했으며, 기숙사 뒤에 자신들의 BMW를 숨겨두었다. 거의 매일 밤, 자기들 방에서 시끄러운 파티를 벌였고, 나는 이런 늦은 밤의 회합에 참석하는 경우가 드물었지만, 어느 날 열린 그런 파티에서 현재의 남편인 콜린을 만나게 됐다. 나는 그다음 학기가 시작되고 채 한 달이 되지 않았을 때 그와 데이트를 하기 시작했다. 당시 콜린은 의대 예과 과정을 마치는 중이었다. 그는 상급생이었고 캠퍼스에서 제법 유명했으며, 학교 기록을 갱신하여 대학 신문에 정기적으로 사진이 실리는 수영 선수였다. 돌이켜보면, 콜린은 로버트가 아닌 모든 것이었다—말하자면, 그는 젊고 잘생기고 뻔뻔스러울 만큼 고집이 셌고, 세계에 대한 건강한 낙관이 가득했다. 자기는 사람들을 돕고 싶다고, 데이트 첫날 그는 내게 말했고, 그가 부드럽고 진지한 목소리로 이렇게 말했을 때 나는 그의 말을 믿었다.

우리는 시내에 있는 에티오피아 식당에 앉아 있었다. 거리 맞은편에는 사람들이 밤이면 드나드는 바들이 즐비했다. 우리는 기숙사 파티에서 전날 밤에 만났었고, 그날 아침 일찍 그가 전화를 걸어와 저녁을 같이하자고 했다. 나중에 그는 우리 친구들에게 이야기를 다른 식으로 하곤 했다. 데이트를 신청한 것이 나였다고 주장했는데, 그가 그럴 때마다, 나는 좀더 과감해지고, 그에게 좀더 반하게 됐다. 그러나 나는 내가 정말 그랬는지 기억나지 않는다. 그날 밤 나는 상당히 취해 있었고, 다음날 아침 그가 내게 전화를 걸어 우리 계획을 상기시켰을 때도 그가 자기 이름을 몇 차례나 반복해 말하고 나서야 그가 누구인지 기억해냈으니까.

결과적으로 말하자면, 그날 밤 그를 봤을 때 나는 흐뭇하게 놀랐다. 그는 키가 크고 어깨가 넓고, 여름이면 태양을 벗삼는 사람 같은 주근깨 피부였다. 소년 같은 매력이 있었고, 내가 무슨 말을 하면 미소를 지었으며 내 입에서 나오는 얘기들에 진심으로 놀라는 듯했다. 양고기 카레를 먹고 와인을 마시며, 그는 내가 자기가 만나본 사람들 가운데 가장 똑똑한 축에 속한다고 했다. 그는 이 말을 진지하게—마치 자기 마음의 전부를 털어놓는 듯이—했고, 나는 얼굴을 붉히며 나를 잘 몰라서 그러는 것이라고 했다. 후에, 거리를 가로질러 어느 바로 걸어갈 때, 나는 그에게 손을 허락했고, 나중에는 그를 따라 그의 지하 아파트로 갔으며, 그곳에서 우리는, 그의 룸메이트가 복도 저편에서 곤히 자는 동안, 그의 소파에 앉아 조용히 키스를 나누었다. 우리는 둘 다 약간 취해 있었고 결국 콜린은 내 무릎을 베고 잠이 들었다. 나는 아직도, 그 밤 그의 얼굴이 어떠했는지, 그의 머리카락을 만지며, 떠나고 싶지 않은 마음으로, 내가 그 조그만 아파트의 어둠 속에 얼마나 오래 앉아 있었는지를 기억하고 있다.

이어지는 몇 주 동안 콜린은 나를 레슬링 대회와 하키 경기와 나중에는 시내 주변의 조그만 바들로 데리고 다녔다. 나는 홈에서 열리는 그의 수영 대회에 정기적으로 참석했고 선수 가족이나 여자친구들을 위해 마련된 특별석에 앉았다. 그와 자지는 않고 있었지만, 저녁 훈련을 끝낸 그가 매일 밤 내 방에 들어오는 것은 허락해주었다. 여전히 가시지 않은 소독약 냄새를 풍기며, 그는 내 침대 속으로 기어들어오곤 했다. 젖은 머리카락은 뻣뻣했고 피부에는 군데군데 반점이 있었다. 그는 다정한 사람이었고, 지금도 여전히 그렇지만, 또 한편 거친 연인이었기도 해서, 그가 내 잠옷 속으로 손을 집어넣고 내게 자신의 몸을 밀착해오면 나는 긴장하곤 했다. 그와 함께 있을 때 불편했다는 뜻은 아니다. 다만 나를 향한 그의 강렬한 감정에 겁이 났다. "너를 사랑하게 되어가는 것 같아." 그는 내게 몸을 밀착하며 이렇게 속삭였고, 나는 키스로 그의 말을 멈추게 했다. 나중에, 콜린이 자는 동안, 나는 팔꿈치를 괴고 누워 그를 바라보았다. 그런 순간이면 그의 얼굴은 언제나 더없이 온화하고 순해 보였고, 그러면 나는, 기숙사 방의 희미한 불빛 속에서, 그가 언젠가 내가 결혼할 남자가 될 것임을 알 수 있었다. 이것은 누군가를 사랑한다는 것을 깨달았을 때의 느낌과는 아주 다른 감정이다. 나는 내가 그를 사랑하는지 확신하지 못했다. 그러나 그가 잠든 모습을 바라보고 있으면, 내가 남은 생을 그와 함께 보낼 수 있으리란 것을 알 수 있었다. 나는 그와 함께 가정을 일구고 그의 곁에서 늙어갈 수 있었다. 그와 함께라면 그런 모든 것을 할 수 있으리란 것을, 불행하지 않을 수 있으리란 것을, 나는 알았다.

로버트에게서 다시 연락이 온 것은 다음 학기가 시작되고 거의 한 달이 지났을 무렵이었다. 나는 그에 대해서도 그의 아파트에서 함께 보낸 시간에 대해서도 잊지 않고 있었다. 그러나 월말이 되어가던 무렵의 어느 날 밤 그가 내게 전화를 걸어왔을 때, 그의 목소리를 듣고 놀랐던 기억이 난다. 내가 기억하는 것보다 훨씬 깊고 부드럽게 들렸던 것이다. 한순간, 내가 가족과 떨어져 살게 된 첫해에 자주 전화를 하시던 아버지의 목소리가 떠올랐다.

"아이젠슈타인을 보여주고 싶은데." 로버트가 말했다.

"그 사람, 물리학자인가요?"

"아니." 그가 웃었다. "영화감독이지요."

나는 잠시 조용히 있었다.

"영화 좋아해요, 헤더?"

나는 그렇다고 했다.

"잘됐군요. 그럼 약속한 겁니다, 데이트."

진실을 말하자면, 로버트를 만난다는 결정을 내리기란 어렵지 않았다. 나는 12월의 그날 저녁 이래 줄곧 그를 생각하고 있었고, 우리가 만난다는 얘기를 콜린에게 할 마음은 없었지만, 내가 무슨 잘못된 행동을 하는 것처럼 생각되지도 않았다. 나는 혹여나 콜린이 길에서 로버트와 나를 스쳐지나더라도 그가 그 상황에 대해 두 번 생각하지 않으리라는 것을 알았다. 나의 행동이 배신임을 아는 것은 나 자신의 마음, 어쩌면 나 자신의 가슴뿐이었다.

로버트가 나를 데리고 가 보여준 영화는 〈전함 포템킨〉으로, 1930년대에 만들어진 러시아 전쟁 영화였다. 캠퍼스 근처 아담한 소극장에서 상영되고 있었고, 나는 저녁을 먹은 후 시내로 걸어가 매표소 앞에서 그를 만났다. 영화를 보고 난 후, 로버트는 듀랜트 스트리트에 있는 자기 아파트로 다시금 나를 초대했고, 와인을 좀 대접했으며, 우리는 그의 부엌에 앉아 영화 얘기를 나누었다. 내가 그 영화가 별로였다고 하자, 그는 고개를 저으며 그것은 내가 영화를 볼 때 노력을 하는 것에 익숙하지 않기 때문이라고 했다. 예술을 이해하려면 노력을 해야 한다고 그는 주장했다. 그러면서도 내가 영화에 대해 이러쿵저러쿵할 때는 미소를 짓거나 웃었다. 나는 그에게, 한번은 어떤 전투 장면에서 러시아 카메라맨이 화면 뒤쪽에 서 있는 게 잡혔더라고, 이후 또다른 장면은 해상도가 너무 안 좋아 영화가 끝난 줄 알았다고 말했다. 로버트는 쿡쿡 웃으며 고개를 젓더니, 자리에서 일어나 지금 이 순간 당신에게 완전히 실망했어요, 라는 발표를 했다. 그의 얼굴은 상기돼 있었고, 나와 함께 있는데도 취할 만큼 나를 믿는구나 싶은 마음이 들었다. 그래봐야 단둘이 보낸 두번째 시간이었고, 우리의 공식적인 첫 데이트였는데도, 그와 함께하는 시간이 너무나 빨리 편안하고 평온하게 느껴졌던 기억이 난다. 마치 평생토록 어떤 깊은 방식으로 그를 알아온 것 같았다. 와인을 마시고 웃으면서 조그만 부엌에서 그의 곁에 앉아 있을 때, 내 마음이 은밀하게 떨렸던 것도 기억하고 있다. 우리는 늦도록 얘기를 나누었다. 무슨 얘기가 오갔는지에 대해선 기억나는 게 많지 않다. 물리학과 그의 초기 연구에 대한 내용이 대부분이었다. 그러나 나는 기억하고 있다. 와인을 몇 잔 마시고 나더니, 어느 순간 로버트가 정기적으로 이런 만남을 가지는 게 어떻겠냐고 제안해왔던 것을. 그는 일종의 독립 연구 모임으로 생각하면 되지 않겠느냐고 했다. 자기는 내게 물리학에 대해 가르쳐줄 테니 나는 자기에게 내 삶에 대해 말해달라고 했다.

"제 삶은 그다지 재미가 없을 텐데요."

로버트는 웃었다. 그리고 몸을 숙여 내 잔을 채워주며 말했다. "그 말은 왠지 믿기 어렵군요."

"그런데 저, 남자친구가 있어요." 나는 말했다.

"없을 거라고 생각해보지 않았는데요."

"진지하게 만나고 있어요. 제 말은 그러니까, 우린 서로 좋아해요."

로버트는 미소를 지었다. "기쁘군요."

나는 그의 얼굴에 실망하는 기색이 떠오르길 기다리며 그를 쳐다봤지만, 그는 그저 재미있어하는 표정이었다.

"내가 몇 살인지 알아요, 헤더?"

나는 그를 쳐다봤다.

"부친보다 나이가 많을 수도 있어요."

"그런 뜻은 아니었어요."

"난 당신과 얘기하는 것이 좋아요." 그는 마치 내 말을 듣지 못한 듯이 말을 이어갔다. "그게 다예요. 나는 우리의 대화가 즐거워요. 당신 역시 즐거워한다고 생각하고."

나는 고개를 끄덕였다.

"그런데 뭐가 문제죠?"

"문제는 그러니까, 우린 언제 다시 보죠?"

로버트가 주머니 속에서 꺼낸 열쇠고리에서 열쇠를 하나 빼낸 다음 내게 주며 말했다. "당신이 좋을 때." 그는 미소를 지었다.

그날 저녁 늦게, 내가 로버트의 아파트에서 돌아왔을 때, 기숙사 방문 앞 복도에서 콜린이 나를 기다리고 있었다. 그는 소속 수영 팀 운동복 차림이었고 책을 읽고 있었다. 내가 문가로 다가가는 모습이 보이자, 그는 자리에서 일어나 미소를 지었다. 나는 그의 눈빛에서 내가 어디 있었는지 염려하는 마음을 읽었고, 그가 아무 말 없이 내 손을 잡고, 벽에 기댄 내게 키스했을 때, 나는 나에 대한 그의 사랑과 그의 두려움을 고스란히 다 느낄 수 있었다. 그는 밤새도록이라도 나를 기다렸을 터였다. 나는 내가 돌아왔다는 사실이 그를 안심시켰고 그것으로 인해 그가 나에 대한 자신의 감정을 돌연 확인했음을 깨달았다. 뭔가 의심을 했는지는 모르겠지만, 안 그랬을 리가 없다고 생각되지만, 그는 내게 아무 말도 하지 않았다. 그는 내 목에 얼굴을 묻었고 결국 나는 그의 손을 잡고 방으로 들어갔다. 어쩌면 그가 나를 너무나 충실하게 기다려줬기 때문에, 혹은 그가 내게 어디 있었냐고 묻지 않았기 때문에, 혹은 그가 나를 꽉 껴안았을 때 나 역시 그를 누구

못지않게 사랑한다는 것을 깨달았기 때문에, 나는 그날 밤 그와 사랑을 나누기로 했다. 나는 천천히 옷을 벗고 침대 위로 올라가 그의 옆에 누웠다. 그가 처음으로 내 안에 들어왔을 때, 나는 막 나의 삶에 구멍—정확히 콜린만한 크기와 모양의 구멍—을 뚫어 열었고, 이제 내 미래를 엮어낼 복잡한 요소들은 그 이전과는 전혀 달라질 터였다.

로버트와 나는 듀랜트 스트리트에 있는 그의 아파트에서 일주일에 한 번씩 만난다는 비공식적인 약속을 했다. 그렇게 만나는 오랜 동안 우리는 순수하게 물리학에 관한 이야기만 나눴다. 로버트는 매주 내게 자신의 영웅들에 관한 새로운 이야기를 들려주었고, 나는 매주 그의 이야기를 들어주었다. 아인슈타인에 대해 얘기할 때 그는 진지했고, 닐스 보어와 하이젠베르크의 작업을 논할 때는 공손했다. 그러나 내가 그곳에 가는 건 로버트가 들려주는 그런 이야기들 때문이 아니었다. 내가 그곳에 가는 이유는, 지금껏 그 어떤 곳에서도 느껴보지 못한 편안함이, 그의 작은 아파트 테두리 안에 있을 때 느껴지기 때문이었다. 그래서 늦은 저녁, 그의 소파에 앉아 있을 때, 나는 우리의 우정이 이런 이야기들 너머로 나아가게 되는 것은 아닐까 생각하곤 했다. 로버트가 그것을 원하기는 했는지, 그것에 대해서는 알지 못한다.

하지만 이따금, 그의 소파에 나란히 앉아 있을 때, 우리의 다리가 슬쩍슬쩍 닿곤 하는 것을 느꼈고, 간혹 이야기를 할 때 로버트가 손을 뻗어와 내 손을 만지는 때도 있었다. 그는 잠시 손을 잡고 있다가 놓아주었다. 나는 그가 젊었을 때 매력적인 남자였다는 것을 알고 있었다. 아파트에서 그의 사진들을 보았기 때문이다. 처음 결혼해서 코펜하겐에 살 때 아내와 찍은 사진들이었다. 그러나 그런 사진들 속의 남자와 당시의 로버트를 같은 남자라고 연결시켜 생각하기란 쉽지 않았다. 어떤 날 저녁에는 그의 소파에 앉아 그를 멍하니 쳐다보고만 있을 때도 있었다. 그가 여자와 자본 지 얼마나 됐을까 생각하면서.

시간이 지나면서 나와 로버트의 만남은 잦아졌고, 나는 저녁에 콜린과 만나는 것을 고대하지 않는 것만큼이나 그와의 만남을 고대하게 됐다. 나는 일주일에 한두 번씩 저녁에 로버트를 만나기 시작했고 그 사이 콜린은 공부를 하거나 리포트를 쓰느라 연구실에 있었다. 뭔가 의심을 했는지는 모르겠지만 그는 아무런 내색도 하지 않았다. 그리고 나는, 내가 콜린에게 충실하지 못한 마음이 되어가고 있었다 해도, 그것을 믿으려 들지 않았다. 그해 봄 나의 마음은 나를 떠난 듯했고, 돌이켜보면 내가 무슨 행동을 하고 있는지에 대해서도 많은 시간을 할애하여 생각해보지 않았다. 이제 로버트와 나는 더이상 물리학에 대한 이야기를 나누지 않았다. 우리는 우리 삶의 내밀한 사정들을 나누기 시작했다—우리를 배신한 스러진 사랑들, 우리가 배신한 스러진 사랑들, 추억하기조차 고통스럽고 부끄러운 유년의 순간들. 우리가 나누는 이런 대화에는 자유가 있었다. 우리가 그곳에서 하는 얘기는 절대 그 밖으로 나가지 않으리라는 것을 알기 때문이었다. 그래서 나는 콜린에게 언급할 수 없었던 일들을 로버트에게 말할 수 있었다. 나는 어떤 일도, 아무리 우스꽝스럽고 부끄러운 일이어도, 모두 다 말할 수 있었다. 우리가 그 아파트에서 나누는 모든 말들은 그 바깥의 세상과는 아무런 연관도 없을 듯이 보였기 때문이다. 내가 소녀 시절 품었던 환상, 아버지의 친구분들이나 학교 선생님들—그러니까 항상 나이가 많은 남자들—이 연루된 환상에 대해 고백할 때면 로버트는 미소를 짓곤 했다. 나는 그때 이미 내 안에 어떤 충동이 있었고, 그런 상사想思의 열병을 고백함으로써, 그에게 뭔가를 말하고 싶었던 게 아닐까 생각한다. 그러나 그는 이용할 수도 있었을 그 기회를 잡아 이용하지 않았다. 대신, 나의 소녀 시절의 성적 로망을 듣고 그저 웃으며 고개를 저을 뿐이었다.

"사랑했나요?" 그가 어느 날 저녁, 우리가 그의 소파에 앉아 있을 때 물었다. "그런 남자들 말이에요. 누구라도."

나는 그를 보았다. "나이 많은 남자를 사랑해본 적이 있냐고 묻는 건가요?"

"맞아요. 그런 것 같군요."

나는 마치 그 질문에 대해 깊이 생각하는 것처럼, 잠시 말을 멈췄다. 그런 다음 그를 보며 그렇다고 말했다—그의 질문만큼이나 의도적이고 직접적인 대답이었다.

로버트는 미소를 지었다.

"당신은 어때요? 나이 어린 여자를 사랑해본 적 있나요?"

"아." 그는 미소를 지었다. "몇 명은 됐었지 싶은데요." 그는 내게 윙크를 했고, 그러더니 와인을 마저 비우고 자리에서 일어나 음반을 바꿔 걸었다.

그것이 로버트가 내게 가장 가까이 다가온 순간이었다. 나는 그에게 그 이상 나아갈 의도가 있었다고 생각하지 않는다. 그것은 전희로써 의도된 종류의 희롱이 아니었다. 나는 그가 단지, 자기가 나를 사랑하고 있다는 것을 알려주고 싶었던 것이라고 생각한다. 그리고 나의 일부는 그가 그 순간에 뭔가를—손을 잡거나 키스를 하거나—해주길 바랐지만, 그가 나를 안으려는 의도를 품었다고는 생각지 않는다. 사실 나는 로버트가 우리 관계에 대해 나처럼 죄의식을 느꼈다고 생각한다. 그리고 우리의 우정을 다음 단계로 가져가는 것에 대한 그의 양면적인 감정은, 그로 인해 훗날 내가 자신에게 분개할지도 모른다는 깊은 두려움에서 비롯되었던 것이 분명하다. 어느 날 저녁, 우리가 그의 소파에 앉아 있을 때, 나는 그에게 내 부모님의 새집 이야기를 들려주고 있었다. 그다지 재미있는 이야기는 아니었고, 나는 잠시 후 그가 내 얘기를 듣고 있지 않다는 것을 알 수 있었다. 내가 마침내 이야기를 끝마치자 그는 한숨을 내쉬었다. 그러더니 슬픈 표정으로 나를 보며 말했다. "당신이 언젠가 이것 때문에 나를 미워하게 될까봐 두려워요, 헤더."

"무엇 때문에요?"

"이런 만남." 그가 말했다. "당신이 언젠가 이런 만남을 되돌아보며 나를 미워하게 될까봐 두려워요."

나는 그를 보았다. "내가 두려운 게 뭔지 알아요, 로버트?" 나는 그의 손을 만지며 말했다. "나는 내가 당신을 미워하지 않게 될까봐 두려워요."

혼자, 캠퍼스 주위를 걷거나 도서관 서가에 앉아 있을 때, 나는 콜린에게 로버트와의 일을 얘기하는 상상을 했다. 그가 어떤 얼굴이 될지 상상했고 무슨 말을 할지 마음속으로 연습했다. 그러나 무슨 말을 떠올려봐도 모든 것이 다 부정확하게 여겨졌다. 나 자신에게조차 설명하기 어려운 뭔가를 설명한다는 것은 불가능해 보였다. 콜린은, 바쁜 일정에도 불구하고, 착실한 남자친구였다. 그는 일주일에 한두 번씩 외식을 시켜줬고, 주말이면 뉴포트 해안의 별장가로 함께 드라이브를 했다. 그즈음 그는, 5월이면 자기가 졸업을 할 테니 이후 우리가 어떻게 할지에 대해 정기적으로 언급을 하기 시작했다. 그는 본과 과정으로 들어가야 했고 나는 학교를 마치려면 아직 일 년이 남아 있었다. 우리 둘 모두에게 선택은 명료해 보였다. 나는 그와 함께 그가 가는 곳으로 갈 것이고 학업은 나중에 마칠 것이었다. 우리는 결혼을 할 것이었다. 그러나 우리 둘 다 인정은 하면서도, 이런 얘기를 정식으로 꺼내본 적은 한 번도 없었다.

"남은 인생을 너와 함께하고 싶어." 어느 날 밤, 해안가로 나왔다가 돌아가던 중 콜린이 말했다. 그가 그 문제를 입에 올리기는 그때가 처음이었다.

"나 역시 그래." 나는 그를 안심시켰다.

"정말?"

"응."

그는 미소를 지었고 "기쁘다"고 말했다.

그리고 그는 내 손을 만졌다. 그 순간 그가 나를 너무나 필요로 하고 있다는 것에 조금 겁이 났지만, 나는 미소를 지었다.

그날 밤늦게, 침대에 누워, 나는 그에게 말했다. "많이 놀란 것처럼 보여." 벌써부터 그는 우리가 언젠가 마련하게 될 집과 우리 아이들의 이름에 대해 말하고 있었다.

"놀란 게 아니야. 행복할 뿐이지."

그해 봄 나는 홈에서 열리는 콜린의 수영 대회에는 정기적으로 발걸음을 이어갔지만, 팀이 원정을 갈 때면, 자주, 피곤해서 못 가겠다고 상황을 모면했다. 그러면 로버트를 만나러 갈 수 있었다. 콜린이 떠나고 몇 시간이 지나면, 나는 로버트의 사무실에 있는 자동응답기에 그의 아파트에서 기다리겠다는 메시지를 남겨놓곤 했다. 그리고 나중에, 그가 내게 준 열쇠로 문을 열고 들어간 후, 그의 소파에 혼자 앉아 있곤 했다. 간혹 로버트가 오지 않을 때도 있었고, 그러면 그가 아내와 딸과 함께 저녁을 먹으러 갔을 거라고 추정했다. 그러나 어떤 날 밤에는, 늦게, 내가 잠들어버린 후에, 귀가하기도 했다. 그런 날이면 그는 소파 위에 잠든 내 옆에 앉아, 조용히, 아무 말도 하지 않고, 그저 내가 깨어나기만을 기다리곤 했다.

엄밀히 말하자면 우리의 만남은 교수와 학생 간의 사적인 관계를 금하는 엄격한 학교 정책을 위반하는 것이었고, 로버트는 종종 내게 자기가 나 때문에 해고될 수도 있다는 말을 하는 것을 좋아했다. "당신 때문에 나는 모든 것을 잃을 수도 있어요. 만약 학과장이 지금 저 문으로 걸어들어와 당신이 내 소파에 앉아 있는 모습을 본다면, 학교에선 내 짐을 싸서 내쫓을 거예요." 그러나 이런 말을 할 때 그는 항상 미소를 짓고 있었다. 마치 이 말 속에서 어떤 은밀한 기쁨이라도 얻는 듯이.

내가 이 얘기를 꺼낸 이유는, 로버트가 밖에 나가 술을 한잔하자는 제안을 해온 것이, 우리의 첫 만남 이후 몇 달이 지났을 무렵의 어느 수요일이었기 때문이다. 우리는 소극장에서 영화를 본 이후 밖에서 함께 시간을 보낸 적이 없었기에 나는 그의 제안에 놀라지 않을 수 없었다. 나는 언제나 그가 자기 동료들이나 아내, 혹은 우리 과 다른 학생 누구라도 마주치게 될까봐 두려워할 것이라고 생각했다. 그러나 그날 밤 로버트는 아무렇지도 않게 자리에서 일어나, 담뱃불을 붙이고 말했다. "한잔해야겠어요, 헤더. 오늘밤은 한잔해야겠어요."

"그러시다면," 나는 그의 목소리를 흉내내며 말했다. "한잔하셔야지요."

"좋아요. 어디로 갈까요?"

"당신이 고르세요."

"내가 고른다." 그는 미소를 지으며 말했다. 그리고 창밖으로, 멀리 어두워지고 있는 늦저녁 하늘을 바라보았다. "그렇다면 딱 떠오르는 장소가 있군요."

우리가 간 바는 로버트의 아파트가 위치한 거리 아래쪽에 있는 오래된 주점이었다. 전에 콜린과 그의 친구들 몇 명과 더불어 한두 차례 가본 적이 있는 곳이기도 했다. 당구대가 놓여 있고 멀리 벽에 다트 판이 몇 개 보이는, 조그맣고 어둑한 공간이었다. 로버트는 코펜하겐에서 즐기던 독일 라거를 마실 수 있기 때문에 그곳을 좋아한다고 했다. 그러나 그날 밤 우리는 맥주를 마시지 않았다. 우리는 스카치를 마셨다. 각자 몇 잔씩. 그리고 세 번째 잔쯤 되었을 땐가, 나는 탁자에 몸을 기대고 그의 손을 잡았다. 지금도 나는 어쩌다 그런 충동이 생겨났는지 알지 못한다. 아마도 그에게, 내가 그를, 그가 나를 생각하듯이 생각하고 있다는 것을 알려주고 싶었던 것 같다. 그는 내 행동 때문에 약간 불편해하는 것 같았지만 내가 잡은 손을 빼지 않았다. 그래서 우리는 손을 잡은 채 밤늦도록 얘기를 나누었고—물리학에 대해서, 그의 아내와 별거생활에 대해서, 코펜하겐 시절에 대해서—나는 그로부터 시간이 얼마간 지난 뒤에야 바를 둘러보게 되었는데, 순간, 틀림없는 콜린의 등이 우리 쪽을 향해 있는 것을 보게 됐다. 그는 혼자가 아니었다. 같은 수영 팀에 소속된 여덟아홉 명의 선수들이 함께 있었고, 모두 운동복 차림이었고, 저녁 훈련 이후라 다들 머리카락이 젖은 채였다. 그들은 바의 한쪽 구석에 설치된 텔레비전 주위에 모여 있었고, 그들을 본 나는 온몸이 얼어붙고 말았다. 그리고 그 순간, 지금 무슨 일이 벌어지고 있는

가를 내가 처음으로 인식하게 된 순간, 콜린이 무심코 친구에게 고개를 돌리며 어깨 너머로 바를 훑어보다 우리를 보았다. 나는 아직도 그의 표정을 기억하고 있다—반은 경악이었고 반은 두려움이었다. 우리의 눈이 짧게 마주쳤고 그는 눈길을 돌렸다. 만약 내가 로버트 옆이 아니라 맞은편에 앉아 있었다면, 우리가 스카치가 아니라 커피를 마시고 있었다면, 혹은 내가 그 순간 그랬듯이, 그의 손을 잡고 있지 않았다면, 콜린은 우리 쪽으로 걸어와 가볍게 인사를 건넸을지도 모른다. 그러나 그가 본 것은 로버트와 내가 칸막이 자리에, 반쯤 취한 상태로, 손을 잡고 나란히 앉은 모습이었고, 그것은 보기에 무난하지 않은 모습이었으며, 나는 너무나 갑작스레 그 사실을 깨닫게 됐다.

콜린이 그 순간 우리 쪽으로 걸어와 소란을 피우지 않은 것은, 우리를 못 본 척하며 로버트에게 자리를 떠날 기회를 준 것은, 아마도 어떤 품위 의식에서 비롯되었을 것이다. 지금은 이상하게 여겨지지만. 그 짧은 몇 초 동안 나는 로버트에게 한마디도 하지 않았다. 그는 단지 내 얼굴에서, 표정에서 내가 콜린을 알아본 순간을 읽었고, 내가 자기 손을 놓아버리자 자리를 떠나주었으면 한다는 뜻인 줄을 알았다. 그는 자리에서 일어나 미소를 지어 보이고는 아무 말 없이 문 밖으로 걸어나갔다. 콜린은 바에 앉은 채 그가 나가는 것을 지켜보았고, 거리를 걸어내려가는 그를 눈으로 좇았으며, 잠시 후 내 앞으로 와서 섰다. 그는 내가 무슨 말이든 해주기를, 나의 변명을 기다리고 있었지만, 그 당시 나는 아무런 할말이 없었다. 나는 그저 발아래만 내려다보고 있었다. 바 저편에서, 피처들이 맥주 주위로 모여든 그의 팀원들이 웃고 떠드는 소리가 들려왔다.

"얘기 좀 해." 콜린이 말했다.

나는 그를 쳐다보지 않고 고개를 끄덕였다.

"얘기 좀 해." 콜린이 다시 말했다. "지금."

차를 타고 집으로 가는 내내 로버트와 했던 거의 모든 일들을 후회하며 콜린에게 이 상황을 어떻게 설명할 수 있을까 생각했다. 죄책감이 들었는데, 죄책감이 든다는 게 터무니없게 느껴지기까지 했다. 그래봐야 뭐 숨길 게 있나 싶은 생각이 들었던 것이다. 우정일 뿐, 그 이상도 아닌 것을. 그러나 나는 내가 어떻게 보일지 알고 있었다. 그리고 내가 그 일을 자기에게 숨기고 있던 이유를 콜린이 절대로 이해하지 못하리라는 것 또한 알고 있었다. 콜린이 사는 거리로 들어서자, 나는 이제 내게 다가올 일을 생각하며 마음을 다잡았다. 그러나 콜린은 언성조차 높이지 않았다. 사실 그는 아주 오랫동안 그냥 앉아 있기만 했다. 한마디 말도 하지 않았다. 차는 그의 아파트 밖 거리에 멈춰 섰고, 히터는 돌아가고, 차 안에 앉아 있는데 그가 심각한 얼굴로 나를 보며 말했다. "자는 사이야?"

"세상에, 콜린. 어떻게 그런 말을 해?"

"그렇지 않고서야 거짓말을 할 이유가 없잖아." 그가 말했다. "그렇지 않고서야 내게 영화 보러 간다는 말을 할 리가 없잖아."

"나도 모르겠어. 그냥 걱정 끼치기 싫었어."

"내가 걱정을 왜 해? 아무 일도 아니라면 내가 걱정을 왜 해?"

"나도 모르겠어. 그냥 집으로 들어가면 안 될까?"

"얼마나 자주 만나는 사이야?"

"자주는 아니야." 나는 거짓말을 했다. "어쩌다 한 번. 우린 친구야. 생각해봐, 콜린. 나보다 나이가 두 배는 많은 사람이라고."

그러나 나는 내 말이 그를 안심시키지 못한다는 것을 알 수 있었다.

나는 그 순간 그에게 모든 것을 다 말해버릴까, 로버트와의 만남과 우리의 대화를 인정해버릴까 하는 마음이 들었다. 어찌 보면, 그 순간, 내가 깨달은 바대로, 그를 사랑하는 것만큼이나 내가 로버트를 사랑한다고 말하는 것이 진실이었다. 그러나 나는 이런 것들에 대해 말하지 않았다. 대신 나는, 키스가 모든 것을 제자리로 돌려놓아주기를 바라며 그저 그에게 키스를 하려 했고 그는 나의 키스를 피해버렸다.

"좀 걸어야겠어." 그가 말했다.

나는 고개를 끄덕였고 우리는 둘 다 차에서 내려 나는 내 기숙사로 콜린은 저편 시내로, 각자 반대편으로, 걸어갔다. 나는 내가 콜린과의 모든 것을 영원히 망쳐버린 게 아닐까 불안해하며, 마음이 아프게도 로버트와의 모든 것을 끝내야만 한다는 것을 깨달으며, 한밤이 다 가도록 눈물을 흘렸다. 콜린은 새벽 두시쯤 내 방으로 들어왔다. 그에게는 열쇠가 따로 있었다. 그는 내 어깨를 톡톡 두드려 나를 깨웠다. 방안은 어두웠지만 나는 그가 잘 갖춰 입고 내 침대맡 바닥에 무릎을 꿇고 앉은 모습을 볼 수 있었다. 그에게서는 맥주 냄새가 났다.

"내게 약속을 해줬으면 좋겠어." 그가 말했다.

"뭐든지 말해."

"네가 그 사람과 무엇을 했든 상관하지 않아. 알고 싶지도 않고. 하지만 다시는 그 사람을 만나지 않겠다고 약속해주면 좋겠어."

"약속할게."

"굳이 말하지 않아도 돼."

"알아."

그는 고개를 끄덕였다. 그리고 자리에서 일어나 방을 나갔다. 나는 다시는 그를 보지 못했다, 며칠 동안은. 나는 그가 전화를 해올 때까지, 그가 준비가 될 때까지 기다리기로 했다. 그리고 그가 그랬을 때, 그는 아무 일도 없었다는 듯이, 차분하고 다정했다. 우리는 두 번 다시 그 얘기를 꺼내지 않았고 지금까지도 그래왔다.

돌이켜보면, 그날 밤 이후 내가 우울증에 빠졌다고 여겨질 수도 있겠으나, 나는 서서히 형성되어가고 있던 내 삶을 체념하듯 받아들이게 되었을 뿐이라고 생각한다. 내 어머니는 의사의 아내였고, 이제 큰 이변이 없는 한, 나 역시 의사의 아내가 될 터였다. 그것은 어린 시절의 내게는 무엇보다 큰 두려움이었지만, 이제 더이상은 나를 겁먹게 하지 않았다. 그렇다고 나를 흥분시키는 것도 아니었고 그냥 피할 수 없는 일처럼 보일 뿐이었다. 무언가를 피하는 것이 불가능해 보일 때 우리는 그것을 받아들이는 편을 선택하거나 아니면 강해져서 그것에 대항하려 애쓴다. 그런데 나의 마음은 강해질 수 있는 상태가 아니었다. 콜린은 그즈음 이미 본과 입학이 확정되어 있었고, 나는 5월이면 그와 함께 볼티모어로 간다는 데 이미 동의를 한 터였다. 곧이어 여름이면 우리는 결혼을 하게 될 터였다. 몇 주가 흘러가자 내 삶이 변하고 있다는 사실이 서서히 명백해졌다. 이때부터 나는, 내가 아마도 다시는 돈에 대해, 적어도 장기적으로는, 걱정하지 않아도 되리라는 것을 깨달았다. 콜린은 총명했고 야심찼으며, 나는 그가 훌륭한 의사가 될 것을 알고 있었다. 결과적으로 내게는, 무슨 일이든지 내가 선택한 일을 할 수 있는 자유 시간이 생길 것이었다. 일을 해도 됐고 하지 않아도 됐다. 분자물리학 관련 서적을 읽고 아무도 알지 못할 이론들을 만들면서 나의 나날들을 보낼 수도 있었다. 나는, 그때에도, 콜린이 내게 거의 아무것도 기대하지 않으리라는 것을 알았고, 그래서, 그러다보니, 나도 나 자신에 대해 거의 아무것도 기대하지 않게 되었다.

결과적으로 말하자면, 나는 로버트를 한번 더 만났다. 편지를 쓸까 생각도 해봤지만 편지를 쓰는 것이 더 힘들었다. 직접 만나서 설명하고 싶었고, 그래서 어느 날 저녁 수업을 마친 후 그의 아파트에 들렀다. 콜린은 그날 밤 수영 훈련이 있었고 몇 시간 동안은 돌아오지 않을 터여서, 수업을 마치고 집으로 돌아가는 길에 로버트의 아파트를 지나게 되었을 때, 무작정 계단을 올라가 문을 두드렸다.

나를 보고 로버트는 미소를 지었다. 그는 지치고 맥진한 듯 보였고, 그를 따라 집안으로 들어가 마주보고 소파에 앉았을 때, 나는 내가 그곳에 가서 하려 했던 말을 차마 입 밖으로 낼 수 없었다. 그 대신, 나는 하릴없이 앉아만 있었다.

긴 침묵이 흐른 뒤, 로버트가 내 손을 잡으며 말했다. "당신은 더이상 나를 만날 수 없어요. 당신은 그 말을 하려고 왔어요."

나는 그를 쳐다보았다.

그는 고개를 끄덕였다. 그리고 말했다. "이해해요."

"죄송해요."

"그럴 필요 없어요."

"그애와 결혼할 것 같아요, 로버트."

"같다고요?"

"결혼할 거예요."

그는 고개를 끄덕였고 이번에는 아무 말도 하지 않았다. 나는 그가 질투의 감정을 내비쳐주길 바랐다. 이제는 그가 질투를 했었다는 것을 안다. 그러나 그는 내가 하는 말의 현실을 모른 체하는 것인지 아니면 그저 믿지 않으려는 것인지, "내일 밤 시간 있나요?" 하고 물었다.

"로버트 제발요, 제 말을 듣고 있지 않잖아요."

"나는 당신 말을 듣고 있어요. 그리고 지금 당신에게 내일 밤 시간이 있냐고 묻고 있지요."

나는 그제야, 우리 사이에 지금껏 말을 넘어선 교감이 존재했으며, 앞으로도 영원히 존재하리라는 것을 깨닫게 됐다. 그때 나는 그가 너무나 쉽게 나를 이해해버리는 것 같아 화가 났지만, 그가 훗날 내게 그랬다. 만약 내가 정말로 모든 일을 끝내고 싶었다면 자기에게 전화를 하거나 편지를 썼을 것이라고, 자신의 아파트로 직접 찾아오지 않았을 것이라고. 그러나 그날 밤 그의 아파트 밖 거리에 서 있을 때 나는 내가 그와의 모든 것을 끝내고 싶어한다고 믿었다. 그렇게 믿은 것은 그래야 옳기 때문만이 아니라 그것이 진정 내가 원하는 일이라고 생각했기 때문이다. 그가 내게 그런 물음을 던지고 나를 바라봤을 때 내가 대답하지 않은 것은 고집이나 고의적인 거부가 아니었다. 그가 그 순간, 내가 나 자신을 이해하는 것보다 나를 더 잘 이해하는 것 같았기 때문이다.

나는 그에게서 받은 열쇠를 내밀었고, 다른 말은 없이, 그를 안았다. 그러자 그는 몸을 숙여 내 목에, 부드럽게 키스했다. 그가 내게 한, 처음이자 단 한 번의 키스였다. 그의 입술은 몇 초 동안 나의 피부에 닿은 채로 있었고 나는 그가 입술을 떼는 것이 느껴질 때까지 움직이지 않았다.

"고마워요." 그가 속삭였다.

그런 다음 나는 뒤돌아 나왔고 그것이 내가 로버트를 본 마지막이었다.

콜린과 나는 그가 졸업한 그해에 결혼했다. 그는 존스홉킨스 의대 본과 과정을 밟고 있었고, 나는 볼티모어를 싫어했지만 내가 생각하는 좋은 아내가 되기 위해 최선을 다했다. 전통적으로 순종했다는 의미가 아니라 그를 지지하고 이해했다는 뜻이다. 나는 변호사 사무실에서 비서로 일하면서 사 년 동안 우리 가족을 부양했고, 콜린은 공부를 했다. 내가 낭만적으로 포장했을지도 모른다는 것을 알지만, 그 시절은 좋은 기억으로 남아 있다. 처음 삼 년 동안은 시내에 있는 우편사서함을 통해 로버트와 서신 왕래를 계속했다. 우리는 한 달에 한두 번쯤 편지를 주고받았고, 마음 같아선 그 편지들을 간직하고 싶었지만, 나는 그것들을 숨기려 애쓰다가 일어날지도 모르는 일이 두려워 읽고 나면 언제나 그 즉시 버려버리곤 했다.

로버트와 내가 쓴 편지들이 늘 연서였던 것은 아니다. 사실, 진부하고 평범한 일상의 나열일 때가 더 많았다. 몇 차례인가 로버트는 한 번쯤 만나고 싶다는 마음을 넌지시 비치기도 했지만, 나는 내가 쓰는 편지들에 이런 초대를 알은척하지 않았고, 그러자 얼마 후 그도 더이상 그런 암시를 해오지 않았다. 늦은 밤 전화벨이 울리고, 콜린이 받으면 끊어버리는 경우도 몇 차례 있었다. 누구라도 될 수 있었다는 것을 알지만, 웬일인지 나는 언제나 그런 전화가 로버트에게서 걸려오는 것이라 확신했다. 나는 그가 여전히 나와 연락을 취하기 위해 노력하고 있다고 애써 믿었지만, 진실을 말하자면 우리의 교신은 차츰 줄어들었고, 볼티모어에서의 마지막 여름이 지나고 나서는 그마저 완전히 끊기게 되었다.

콜린이 수련의 과정을 밟아야 해서 우리는 다시 한번, 뉴욕 쿠퍼스타운으로 이사를 했다. 수련의의 아내로서, 나는 다른 수련의들의 아내들을 위해 오찬이나 저녁 자리를 마련해야 했다. 그것은 일종의 필수 사항이었다. 사실상 이런 오찬 자리는 그룹 치료 모임이라고 봐도 무방해서, 모임을 가지는 동안 우리는 저마다 남편 얼굴을 볼 새가 없다. 막상 봐도 도대체 깨어 있는 경우가 드물지 않느냐, 토로하며 서로를 위로하곤 했다. 우리는 무슨 군대 교육처럼 보이는 교대 근무에 대해, 그리고 집에 혼자 남아 있는 긴긴 밤에 대해 한숨지었다. 콜린의 얼굴도 제대로 못 보고 지나는 나날들이 이어졌다. 그는 교대 근무 사이사이에 환자 이송 침대에서 잠을 청하기 일쑤였고, 그럴 때면 내게 전화를 해 집에 못 들어간다는 말을 전할 뿐이었다. 그 기간 동안 병원 식당에서 끼니를 해결하느라 그는 13킬로그램이 넘게 체중이 붙었고, 혈색은 창백하고 칙칙해졌다. 어느 날 오후, 정원에 있는 그를 바라보면서, 내 눈앞에 보이는 남자와 내가 결혼한 호리호리하고 잘생긴 수영선수의 모습을 연결시켜 생각할 수 없었던 기억이 난다. 우리는 그 기간 동안 잠자리를 가지는 경우가 드물었고 나는 콜린에게 피임 사실을 숨겼다. 다른 수련의들의 아내들은 이미 임신한 경우가 많았는데, 그 당시 내게 그 기간을 홀로 보내는 것보다 더 끔찍해 보였던 유일한 일은, 그 기간을 임신하여 홀로 보내는 것이었다. 호숫가에 있는 작은 집에 격리된 채, 나는 텔레비전을, 드라마와 게임쇼를 많이 보았고, 나보코프의 소설을 죄다 읽는다거나 이어 발자크의 소설을 죄다 읽는다거나 하는 식의 나만의 프로젝트를 마련했다. 브리지 게임을 배웠고, YMCA 에어로빅 강좌를 들었으며, 봄에는 토마토를 심었다. 자주는 아니더라도 물리학에 대해 생각했다. 마치지 못한 학업에 대한 생각이 머릿속을 떠다녔지만, 그때는 내가 학교로 돌아가 공부를 끝마칠 수 있으리라는 생각은 해보지도 못했다.

로버트가 죽었다는 사실을 알게 된 것은 콜린이 수련의 생활을 시작하고 이 년째, 그러니까 수련의 생활이 끝나가던 해였다. 사실, 콜린의 동료를 따라간 저녁파티 자리가 아니었다면, 나는 그 일을 모르고 지날 수도 있었다. 콜린의 동료는 젊었을 적 물리학자였다. 그는 우리에게 로버트가 림프 종양으로 죽었다고, 저녁식사를 마치고 디저트를 먹고 있을 때 말했다. 그 소식을 전해들은 나의 표정이 어땠는지 나는 알지 못한다. 그러나 충격과 슬픔을 숨기지 못했다는 것은 알고 있다. 콜린이 잠시 뒤 양해를 구하더니 밖으로 나가 담배를 피웠기 때문이다. 그리고 그날 밤 늦게 집으로 돌아오는 차 안에서 그는 내게 한마디도 하지 않았다. 나는 그제야, 콜린이 아직도 그날 밤 바에서의 일—로버트와 내가 손을 잡고 있던 모습—을 잊지 않고 있었다는 것을 깨달았다. 차 안의 침묵 속에서 나는 거리감을, 몇 년에 걸쳐, 서서히, 우리집의 어둠 속에서 우리 사이에 자라고 있던 거리감을 느낄 수 있었다. 그날 밤, 나는 뜰로 나가 통곡했다. 나는, 지금도, 콜린이 내 통곡 소리를 들었는지 알지 못한다.

콜린과 나는 지금 샌프란시스코에 산다. 그는 보스턴에 있는 저명한 병원 그룹에 일자리를 얻고 싶어했지만, 내가 완강히 거부했기 때문에, 결국 동부를 떠난다는 데 동의했다. 우리 둘 다 웨스트코스트 지역에는 친구나 가족이라곤 없었지만, 나는 늘 언젠가는 그곳에서 살겠다는 상상을 했었다. 어린 시절에는 그곳에서 방학을 보냈다. 나는 나의 우울증이 계절적인 영향이라고, 내가 실의에 빠지게 된 것은 다른 요인도 물론 있겠지만, 황량하고 적막한 뉴잉글랜드의 겨울들 때문이었다고 애써 확신했다. 지금에서야 나는 내가 로버트로부터, 그에 대한 기억으로부터 가능한 한 멀리 떨어지고 싶어했다는 것을 깨닫게 됐다. 콜린은 이제 풀타임으로 진료를 보고 있고 우리는 월넛 크릭에 집이 있다. 그는 매일 아침 베이 브리지를 가로질러 통근을 하고, 나는 그 오랜 세월을 보내고 이제야 학위를 따기 위해 버클리에서 강의를 듣고 있다. 우리는 아이를 가지기 위해 열심히 노력하기 시작했으며 나는 머지않아 우리에게 아이가 생길 것이라고 생각하고 있다.

다른 사람이 당신을 채워줄 수 있다거나 당신을 구원해줄 수 있다고—이 두 가지가 사실상 다른 것인지는 모르겠지만—추정하는 것은 순진한 생각이다. 나는 콜린과의 관계에서 그런 식의 느낌을 받아본 적이 없다. 나는 다만 그가 나의 일부, 나의 중요한 일부를 채워주고 있고, 로버트 역시 똑같이 나의 중요한 또 다른 일부를 채워주었다고 믿을 뿐이다. 로버트가 채워준 나의 일부는, 내 생각에, 지금도 콜린은 그 존재를 모르는 부분이다. 그것은 무언가를 혹은 누군가를 사랑하는 만큼 쉽게 파괴도 시킬 수 있는 나의 일부다. 그것은 닫힌 문 뒤에 있을 때, 어두운 침실에 있을 때 가장 안전하고 제일 편안하다고 느끼는, 유일한 진실은 우리가 서로 숨기는 비밀에 있다고 믿는 나의 일부다. 로버트는 내가 거의 십 년 동안 콜린에게 숨긴 비밀이다. 가끔은 그에게 말을 할까 생각해보기도 했다. 그러기를 십 년이 되었고, 그동안 우리는 유산, 파산에 가까운 재정 상태 그리고 시부모님의 죽음을 지나왔다. 이제 나는 우리가 함께 헤쳐나갈 수 없는 일은 거의 아무것도 없다고 느끼고 있다. 그러나 내가 두려운 것은 그의 반응이 아니다. 나는 그를 잘 알고 있다. 내가 아는 그는, 그 사실을 내면화하여 속으로만 삭일 것이다. 그것 때문에 나를 미워할 수는 있겠지만 결코 내색은 하지 않을 것이다. 지금껏 그는 아마도 내게 고통을 주지 않기 위해 각고의 노력을 기울여왔을 테고, 내게서 로버트에 대한 감정을 듣는다고 해도 내게 상처 주지 않을 방법만 생각할 사람이다. 나는 그것을 안다. 죄의식은 우리가 우리의 연인들에게 이런 비밀들을, 이런 진실들을 말하는 이유다. 이것은 결국 이기적인 행동이며, 그 이면에는 우리가 옳은 일을 하고 있다는, 진실을 밝히는 것이 어떻게든 일말의 죄의식을 덜어줄 수 있으리라는 추정이 숨어 있다. 그러나 그렇지 않다. 죄의식은 자초하여 입는 모든 상처들이 그러하듯 언제까지나 영원하며, 행동 그 자체만큼 생생해진다. 그것을 밝히는 행위로 인해, 그것은 다만 모든 이들의 상처가 될 뿐이다. 하여 나는 그에게 말하지 않았다. 한 번도 말하지 않았다. 그 역시 내게 그러했을 것임을 알기 때문이었다.

요사이엔 문득 로버트를 생각하고 있는 경우가 드물다. 나는 간신히, 그에 대한 기억을 나의 가장 고통스럽고 내밀한 상실들이 저장되어 있는 마음 한편에 놓아둘 수 있게 되었다. 그러나 지금도 그를, 우리가 함께한 짧았던 시간을 회상하노라면, 나는 우리 사이의 일들이 끝나기 직전의 어느 날 저녁으로 돌아간다. 초봄의 저녁이었고, 콜린이 친구들 몇 명과 시합 후 뒤풀이 자리에 가고 없던, 때아니게 추운 밤이었다. 나는 몸이 안 좋다는 말로 콜린과의 동반 참석을 피하고, 그가 나가자마자 로버트의 아파트로 걸어가 그가 내게 준 열쇠로 문을 열고 안으로 들어갔다. 그 열쇠로 문을 열고 그 안으로 들어간 것이 그때가 처음은 아니었지만, 그와 사랑을 나누겠다는 마음을 먹고 그의 아파트로 간 것은 처음이었다.

나는 그날 로버트에게 저녁 강의가 있다는 것과 아홉시 무렵이면 돌아오리라는 것을 알고 있었다. 그래서 용기를 내기 위해 와인을 좀 마셨고 그런 다음 옷을 벗고 그의 침대 속으로 들어가 누웠다. 나는 그가 집안으로 들어와 거기에 있는 나를, 내 몸을 덮고 있는 시트를, 드러난 나의 맨어깨를 보는 상상을 했다. 나는 그가 추운 바깥에서 안으로 들어와 나를 발견했을 때 무슨 말을 건넬지 마음속으로 계획했다. 어쩌면 아무 말도 하지 말아야겠다고 결심했다. 나는 로버트의 표정을 떠올려보았다. 그가 고개를 돌려버릴지도 모른다고 생각했지만 그러지 않아주기를 바랐다. 그것은 내가 그에게 주는 선물이었고 나는 그가 그것을 이해해주기를 희망했다.

결국, 나는 거의 두 시간을 그의 침대에 누워 있었다. 방을 밝히는 것은 구석자리 로버트의 책상 위에 놓인 등불 빛뿐이었기에, 잠시 후 방은 차차 어두워졌고 나는 그가 돌아오지 않으리라는 것을 깨달았다. 그는 어쩌면 저녁을 먹기 위해 아내의 집으로 갔을 것이고 어쩌면 그곳에서 밤을 보내리라는 것을 깨달았다. 서서히, 이제 다시는 이런 짓을 하지 않을 것이라 생각하며, 나는 그의 침대에서 일어나 옷을 입었다. 그러나 떠나기 전, 나는 와인을 한 잔 따르고 담배를 한 대 피우고 식탁에 앉아, 눈 속에서 미식축구공을 던지며 노는 바깥 거리의 학생들을 바라보았다. 그들은 내 또래였지만, 그 순간 그들은 나보다 한참 어려 보였다. 그리고 그것은 이상한 순간이었다. 로버트의 와인을 마시면서, 거기 어둠 속에 앉아, 결국은, 어쩌면 몇 시간 동안은 아닐지도 모르지만, 결국에는 떠나야 하리라는 것을 깨닫게 되는.

강가의 개

내 형에게 일어났던 그 모든 일은 이제 지나갔고, 이제 나는, 형을 미워하지 않았다고 편히 말할 수 있게 됐다. 그러나 형을 둘러싼 소문들이 내가 다니던 고등학교에 퍼져 돌 때 내가 얼마나 굴욕스러웠는지, 그 기억만은 여전히 그대로다. 형이 하키 스틱으로 길 잃은 고양이를 죽였다는 얘기며, 학교 3층 창문에서 뛰어내리는 모험을 했다는 얘기. 야외수업을 나갔다가 집으로 돌아가는 버스 안에서 형에 대한 말들이 돌기 시작하면, 나는 자는 척을 했다. 어떤 아이는 더그 형이 학교 뒤쪽에 있는 옥수수밭에서 개와 그 짓을 하는 소리를 들었다고 우겼다. 자기네 집 마당에서 자는 걸 봤다고 맹세하는 아이도 있었다. 나는 눈을 감고, 워크맨 볼륨을 높이고, 아이들이 하는 얘기의 주인공이 딴사람인 척, 내 형이 아닌 척했다.

사 년 전에 고등학교를 졸업했지만, 형에 관한 소문들은 여전히 남아, 무슨 전통이라도 되는 것처럼 해마다 전해져 내려오고 있었다. 당시 형은 아직 부모님 집에서 살고 있었고, 쇼핑몰에서 이런저런 일을 했지만 어느 것 하나 진득이 붙들고 있지 못했다. 대부분 이 일 하다 말고 저 일 하는 식으로 부모님이 주는 돈에 의지해 사는 것처럼 보였다. 형은 우리집 지하실에 있는 작고 눅눅한 방에서 잤고, 일을 하지 않을 때면 하루종일 내가 다니는 고등학교 주변을 어슬렁거렸다. 비정상. 사람들은 형을 그렇게 칭했다. 아직도 여고생들과 데이트를 하고 다니는 것하며, 변변한 직업이 없는 것하며, 나한테 별스럽지도 않은 인사를 한답시고 불쑥불쑥 학교에 나타나는 것하며, 형은 정상이 아니었다. 나는 형이 복도에 숨어 있는 모습도 종종 보았다. 여자친구—미셸이라는 선배였다—와 얘기중일 때도 있었는데, 그럴 때면 형의 등뒤에서 아이들이 웃고 있었다. 아이들은 형에게 일을 하라고 했다. 아이들은 형 들으라며 〈데스퍼라도〉*를 불렀다. 어떤 때는, 만약 아이들이 너무 심하게 굴면, 형은 덤벼들어 싸움판을 벌였

---

* '무법자'라는 뜻. 그룹 이글스의 노래 제목으로, "데스퍼라도, 이제 좀 정신을 차리는 게 어때"라는 구절로 시작한다.

다. 직접 보지는 못하고 그랬다더라 하는 소리만 들을 때도 있었다. 어떤 아이는 더그 형이 7교시에 복도에서 휘파람 부는 소리를 들었다고 우겼다. 형이 판초 차림으로, 주차장 주변을 어슬렁거리고, 히죽히죽 교실 창문을 기웃거리는 걸 봤다고 맹세하는 아이들도 있었다.

학교가 파하는 저녁 시간이면, 더그 형은 운동장을 서성이며 미셸 선배가 필드하키 연습하는 모습을 지켜보았다. 가끔은 형 나이 또래의 친구인 트레이 형이 같이 들를 때도 있었다. 둘은 담배를 피우며 외야석 맨 위쪽에 앉아 있곤 했는데, 그러면 중학교 꼬마 녀석 하나가 걸어올라와 더그 형에게 마리화나를 좀 구해줄 수 있느냐고 물었다. 내가 그 자리에 있으면 더그 형은 고개를 저으며 중학생 녀석더러 꺼지라고 했다. 형은 말했다. "이 녀석이 대체 뭐라는 소리야? 난 그런 짓 안 해."

그러나 그런 상황이 벌어질 때마다 나는 당혹스러웠다. 언제나, 그 자리에서 사라지고 싶은 갑작스럽고 다급한 욕구가 치밀었다. 내가 열일곱 살이 될 즈음 형은 내가 한때나마 내게 있다고 믿었던 모든 사회적 가능성을 파괴시켜버린 것 같았다. 형으로 인해 나는, 당시의 나, 보이지 않는 존재라는 정체성에서 벗어날 수 없었다. 아이들은 심지어 우리가 형제라는 사실까지 잊어버리곤 했다. 체육 시간이 끝나고 로커룸에서, 아이들은 내가 자기들 목소리가 들리는 곳에 있든지 말든지 형에 대해 말하곤 했다. "그 형은 머리가 완전히 돌아버렸어."

내가 열일곱 살이 된 그해 여름은 더그 형이 우리집에서 보낸 마지막 시간이었다. 구름 많고 조용한 오후가 이어지던 습한 여름이었다. 거의 매일 더그 형과 나는 더위를 피할 수 있는 방법을 찾아, 형 침대가 있는 눅눅한 지하실에서 담배를 피웠고 음반을 들었다. 그리고 저녁이 되어 서늘해지면 나는 뒤쪽 포치에 앉아 수학능력시험 공부를 했고, 더그 형은 뒷마당에서 아버지의 1963년형 할리 슈퍼 글라이드를 손봤다. 60년대에 우리 아버지가 그 오토바이를 몰고 전국을 횡단했는데, 지금은 더그 형의 것—아버지가 형에게 준 것으로 기억되는 몇 안 되는 선물 중하나—이 되어 있었다. 형의 목표는 8월까지 오토바이를 완전히 정상 회복시킨 다음, 버지니아주 노퍽의 부두까지 그것을 몰고 가 깊은 인상을 심어주는 것이었다. 그해 초반에 아버지가 집에서 쫓아내겠다고 으름장을 놓자 형은 석유 굴착 장치 일을 하겠다고 다짐한 바 있었고, 육 개월이 지나다시피 한 지금도, 여전히 너무나 고집스럽게 그것이 실수였다는 것을 인정하지 않고 있었다.

"내 생각에, 첫 주를 잘 견디잖아, 그럼 괜찮아." 더그 형이 어느 날 밤, 우리가 그 오토바이를 손보고 있을 때 말했다. "사람들이 제일 똥줄 타게 괴롭히는 때거든."

"그 일 하다가 죽는 사람도 있어."

형은 죽음 따위의 결과는 개의치 않는다는 듯이 그저 어깨를 으쓱했다.

"너는 날짜를 세고 있겠지?"

"글쎄."

더그 형은 오토바이 옆에 쭈그리고 앉았고 나는 형이 가리키는 연장들을 건네주었다.

"어쩌면 내년에 형과 합류할지도 몰라."

"나라면 안 할 거야. 할 수만 있다면 안 해." 형은 손으로 앞바퀴를 똑바로 놓았다. "다른 선택의 여지가 있다면 안 해." 그러더니 이상한 식으로 미소를 짓기 시작했다.

"미셸하고 나, 결혼할 거야."

"그래?"

"아직 청혼은 안 했지만, 무난하게 받아줄 거라고 생각하고 있어."

나는 고개를 끄덕였다.

"내 말 못 믿어?"

"아니. 믿어."

미셸은 그해 봄 생물 시간에 내 옆에 앉았던 졸업반 선배였다. 더그 형은 그 선배와 데이트를 하다 말다 했는데, 형이 그 선배를 임신하게 한 적 있고 그 선배는 낙태를 했다는 소문도 있었다. 나는 그 선배가 더그 형을 좋아한다는 것을 알고 있었고, 간혹 형을 사랑하는구나 싶을 때도 있었지만, 그 선배는 올가을이면 대학으로 떠날 텐데 과연 형과 결혼을 하게 될지 나로선 영미지수였다.

생물 시간에 미셸 선배와 나는 쪽지를 주고받았고, 그 선배가 밤에 형과 데이트를 하러 나가는 날에는 내 숙제를 베끼도록 해주기도 했지만, 내가 그 선배에 대해 아는 것들은 대부분 형이 자기 매트리스 아래 숨겨놓은 제철 노트를 통해서였다. 형은 그 선배가 자기보다 다섯 살이나 어리지만 그 선배와 결혼하고 싶다고 구구절절 써놓았다. 둘을 위해 장만하겠다고 정해놓은 집과 자기 아이들의 이름에 대해서도 써놓았다. 때때로 시가 아닌가 싶게 긴 구절들도 있었고, 태반은 벌거벗고 있고 그 아래 그 선배의 이름이 적힌, 야한 여자 그림이 그려진 페이지가 발견되는 때도 있었다.

저녁에, 더그 형이 오토바이를 손보지 않을 때, 미셸 선배는 볼보를 타고 형을 태우러 오곤 했다. 둘은 대개 건너편 동네에 있는 클리어뷰나 에셸만 하이츠, 혹은 미셸 선배를 비롯해 대학 진학이 예정되어 있는 다른 학생들이 사는 동네에서 열리는 파티에 가곤 했다. 트레이 형과 어떤 여자가 동행하여 교외로 드라이브를 나가는 때도 있었고, 가끔은 나보고 같이 가자는 경우도 있었다. 트레이 형이 가면 나는 안 간다고 했다. 그 형에게 나라는 존재의 역할이란 자기 여자 앞에서 자기를 잘생겨 보이게 하고, 우리 애송이님께선 언제 총각 딱지를 떼실 셈이냐고 내게 물을 때 자리에 앉아 있는 것뿐이었다.

하지만 더그 형과 미셸 선배뿐이면 나는 언제나 좋은 시간을 보냈다. 파티가 없는 날 밤이면 우리는 아미시 농장을 지나 깊은 산골로 향했고, 코네스토가강과 산골 지역 전체가 내려다보이는 어느 절벽에 차를 세웠다. 들판 너머로 해가 지는 가운데, 아래쪽 강물에서는 시원한 바람이 올라왔고, 우리는 취하도록 햄즈나 올림피아 맥주를 마셨다. 그러다 더그 형이 자리에서 일어나 기지개를 켜며 말했다. "오케이, 동생. 금방 돌아올게." 그럼 나는 형과 선배가 볼보에서 섹스를 하는 동안 기다렸다.

나는 전혀 개의치 않았다. 내 형이 스물세 살이 다 된 성인이라거나 형이 하는 행동이 비정상이라는 생각도 전혀 들지 않았다. 차에서 돌아오면 더그 형은 선배의 등뒤에서 내게 미소를 지어 보이곤 했다. 그런 다음 우리 모두는 행운을 기원하며 강물 아래로 돌멩이를 던졌다.

내가 캐리 휴버 선배에 대한 얘기를 처음 들은 것은 사실 트레이 형에게서였다. 그 형은 7월 하순의 어느 날 밤, 차 안에서 더그 형을 기다리던 중에, 마치 농담을 하듯, 캐리 휴버가 대단하더라고 했다. 트레이 형은 내게 그 얘기를 하면서 웃고 있었다. 그 형은 7월 4일, 하이츠에 있는 제니퍼 벤슨의 집에서 열린 독립기념일 파티에서, 자기와 더그 형 둘이 그 집 풀 하우스 뒤에 있었다고 했다. 트레이 형은 어떻게든 그 일이 재미있는 일이었던 것처럼 묘사하려고 애쓰면서, 그들 입장에서는 그것이 하나의 정복이었으며, 캐리 선배에게는 술에 취해 저지른 실수, 다음날 아침이 되어 정신이 돌아오기 시작하면 고개를 젓게 되는 미몽의 실수였다고 했다. 내가 정말 그랬단 말이야?

나중에는 내용이 다른 이야기들도 생겨났다. 나는 그해 여름 여러 파티장에서 각기 다른 내용의 이야기를 들었다. 어떤 때는 더그 형과 트레이 형이 캐리 선배를 벤슨 씨 집 뒤에 있는 언덕으로 데리고 올라가 널따란 바위에 내리 눕혔고, 다음날 캐리 선배의 꼬리뼈에는 멍자국들이 남았다고 했다. 그 둘이 선배에게 드라마민*을 몰래 먹여 정신을 잃게 만든 다음, 음모를 밀어버렸

---

* 처방전 없이 구입 가능한 멀미약. 졸음을 유발한다.

다는 이야기도 있었다. 이따금 나는 놀라는 시늉을 하면서, 그런 이야기들을 듣고 있는 척했다. 나는 거기 없었다는 듯이, 내내 부엌에서 기다리고 있지 않았다는 듯이. 맙소사, 완전히 돌았군. 누군가는 이렇게 말하곤 했다. 그리고 나는, 이야기가 너무 터무니없이 흘러가는 순간이면, 그게 아니라고 바로잡아주고 싶은 마음까지 들 뻔하곤 했다.

 지금 그날을 생각하면, 떠오르는 것은 대부분 이미지들이다. 나는 벤슨 씨네 뒤뜰에서 부엌으로 돌아오는 더그 형의 표정을 떠올린다. 나의 기억 속에서 형의 만면에는 웃음이 가득하다. 허나 어딘지 어색한 웃음이다. 형은 연신 눈을 깜빡이고, 땀을 흘리고 있다. 형은 내게 '당장' 파티장을 떠나고 싶다고 말하고 나는 형을 계속 있게 하려고 애쓴다. 나는 형에게 술을 한잔 따라주고, 형을 진정시켜보려 하지만, 형은 벤슨 씨네 잔디밭을 가로질러 이미 문 밖으로 나가 있다. 그러자 나도 형을 따라 차가 있는 곳으로 가고 있다. 형이 문을 쾅 닫는다. "무슨 일이 있었던 거야?" 센터빌 로드로 접어들어, 속도를 낮추고, 우리가 사는 동네를 향해 어두운 거리를 천천히 내려갈 때 내가 묻는다. "일은 무슨 일, 아무 일도 없었어. 무슨 뜻이야?" 나는 무슨 뜻인지 말하고 싶다. 무슨 뜻인지 정확히 말하고 싶다. 그러나 그러지 못하고 "아무 뜻 없어"라고 말한다. 그리고 우리는 집으로 돌아와 있고, 여태껏 그런 일이 없었는데 아버지가 텔레비전 앞에서 자고 있지 않으며, 그래서 우리는 텔레비전을 켠다. 우리가 제일 좋아하는 프로그램이 방영중이다. 채널 2의 〈호러 쇼The Creature Double Feature〉. 우리는 침묵 속에 앉아, 서로에게 눈길을 삼간 채, 텔레비전 화면을 본다.

우리집에서 멀지 않은 곳에 조그만 쓰레기 폐기장이 있었다. 어렸을 적, 더그 형과 나는 그곳에서 죽은 동물들을 찾아다니곤 했다. 사람들이 무심히 버려버린 애완견들이나 강가의 개들—강을 따라 훌쩍 자란 풀들 사이에 사는 길 잃은 개들의 무리 가운데 속하는—이었다. 내가 중학생 때는 거의 매일, 무슨 의식처럼 그곳에 가곤 했다. 가끔은 죽은 개들 중 한 마리의 목에 아직 개목걸이가 걸려 있는 경우도 있었다. 더그 형은 몸을 숙여 그 이름을 확인한 후, "이 개의 이름은 샘, 샘은 죽었다"라고 공표하곤 했다.

쓰레기 폐기장 뒤는 페크웨이강이었다. 4월과 5월에 강이 넘치고, 비가 왔을 때, 사람들은 사이사이에 맥주 아이스박스를 얽어맨 검은색 타이어 튜브를 타고 강물 위를 떠내려가곤 했다. 간혹, 무리 전체가, 심지어는 여자들까지도, 벌거벗은 채 햇볕을 쬐며 떠내려가는 모습이 보이기도 했다.

한국 최초 노벨문학상 수상!

한강

역사적 트라우마를 정면으로 마주하고
인간 삶의 연약함을 드러내는 강렬하고 시적인 산문.
_노벨문학상 선정 이유

예술

©정멜멜

한강

1970년 겨울에 태어났다. 1993년 『문학과사회』 겨울호에 시 「서울의 겨울」 외 4편을 발표하고 이듬해 서울신문 신춘문예에 단편소설 「붉은 닻」이 당선 되면서 작품활동을 시작했다. 장편소설 『검은 사슴』 『그대의 차가운 손』 『채식 주의자』 『바람이 분다, 가라』 『희랍어 시간』 『소년이 온다』 『흰』 『작별하지 않 는다』, 소설집 『여수의 사랑』 『내 여자의 열매』 『노랑무늬영원』, 시집 『서랍에 저녁을 넣어 두었다』 등이 있다. 오늘의 젊은 예술가상, 이상문학상, 동리문 학상, 만해문학상, 황순원문학상, 김유정문학상, 김만중문학상, 대산문학상, 인터내셔널 부커상, 말라파르테 문학상, 산클레멘테 문학상, 메디치 외국문학 상, 에밀 기메 아시아문학상 등을 수상했으며, 노르웨이 '미래 도서관' 프로젝 트 참여 작가로 위촉되었다. 2024년 한국 최초로 노벨문학상을 수상했다.

2024 노벨문학상
수상을 축하합니다

수상 소식을 알리는 연락을 처음 받고는 놀랐고,
전화를 끊고 나자 천천히 현실감과 감동이 느껴졌습니다.
수상자로 선정해주신 것에 감사드립니다.
하루 동안 거대한 파도처럼 따뜻한 축하의 마음들이
전해져온 것도 저를 놀라게 했습니다. 마음 깊이 감사드립니다.

_한강 작가가 서면으로 전한 수상 소감

한강은 모든 작품에서 역사적 트라우마와 보이지 않는
규범들을 정면으로 마주하며,
각각의 작품에서 인간 삶의 연약함을 드러낸다.
육체와 영혼, 산 자와 죽은 자의 연결에 대한
독특한 인식을 지니고 있으며, 시적이고 실험적인 문체로
현대 산문의 혁신가로 자리매김했다.

_노벨문학상 선정 이유

희랍어 시간 장편소설

말을 잃어가는 한 여자의 침묵과 눈을 잃어가는
한 남자의 빛이 만나는 찰나의 이야기

"이 소설과 함께 살았던 2년 가까운 시간,
　소설 속 그와 그녀의 침묵과 목소리와 체온,
　각별했던 그 순간들의 빛을 잊지 않고 싶다."

_'작가의 말'에서

검은 사슴 첫 장편소설

무엇인가를 갈망하는 것을 멈출 때
비로소 평화를 얻게 된다는 것을
나는 어렴풋이 깨닫고 있었다

"인간의 연약함을, 연약함으로 인한 고통을
　운명의 깊이로 전환하는 소설이다."

_백지은(문학평론가)

디 에센셜 한강

작가가 직접 가려 뽑은 소설, 시,
산문을 한 권으로 만난다

"오직 쓰기만을 떠나지 않았고 어쩌면
　그게 내 유일한 집이었다는 생각도 하게 되었다."

_'작가의 말'에서

나는 펜실베이니아에서 맞이한 우리의 첫 여름, 7월 중순의 어느 날 오후를 기억하고 있다. 멀리서 여자 둘이 우리를 향해 손을 흔들고 있었다. 구릿빛 피부에 아름다운 여자들이었고, 야구 모자를 쓰고 거울 같은 선글라스를 낀 남자들의 무리와 함께였다. 허시 혹은 어디 북쪽 지역에서 내려왔을 수도 있었다. 그들은 술을 마시고 있었다. 근처를 떠내려갈 때 그 두 여자가 우리를 향해 휘파람을 불기 시작하더니, 물이 좋고 시원하다는 둥 하면서, 우리더러 자기네 쪽으로 건너오라고 했다. 여자들은 몸매가 훤히 드러나는 검은색 티셔츠를 몇 차례 벗어올리며, 우리에게 자기들의 조그맣고 하얀 가슴을 휙 내보이기까지 했다. 남자들이 너나없이 웃으며 박수를 치고 있었다.

그러다 여자 하나가 티셔츠를 완전히 벗어 강물 속으로 내던졌다. 그즈음 더그 형은 입고 있던 청반바지까지 벗어서 내린 상태였다. 형의 얼굴은 환히 빛나고 있었다.

"가자." 형이 내게 말하고 있었다. "가보자."

"싫어. 절대 안 가."

"가자, 동생. 저 여자가 너를 원하잖아."

나는 고개를 저었다.

"좋아. 좋을 대로 해." 형은 모로 눕듯 진흙투성이 강물 속으로 뛰어들어 여자들을 향해 헤엄쳐 갔다.

그때 벌써 나는 그것이 멍청한 짓이라는 것을 알았다. 더그 형이 강 가운데 닿기도 전에, 덩치 큰 남자 둘이 자기네가 타고 있던 튜브에서 뛰어내려 형을 붙잡았다. 그중 턱수염을 기른 남자가 더그 형의 팔을 등뒤로 붙잡았고 나머지 한 명은 형의 머리를 물속으로 처박았다. 여자 둘은 계속해서 형에게 손을 뻗었다. 이리로 와, 자기. 여자들은 웃고 있었다. 나는 더그 형의 다리가 필사적으로 공중에서 버둥거리는 모양을 지켜보았다. 형이 발버둥을 치면 칠수록 나머지 사람들은 환호성을 질러댔다. 나는 진심으로 그들이 형을 죽이려 든다고 믿었다. 나는 비명을 지르기 시작했다. 씨발, 당장 그만두지 않으면 경찰을 부르겠다고 했다. 그러기를 십 분여였다.

마침내 헤엄쳐 되돌아온 형은 강물을 토해내고 있었다.

"괜찮아?" 나는 물었다.

형은 고개를 끄덕였다. "또라이 같은 놈들. 망할 놈의 또라이 새끼들."

형은 내게 등을 돌리고 서서 옷을 입기 시작했다. 그리고 그때, 형이 옷을 입고 있을 때, 나는 형이 울고 있다는 것을 알게 됐다. 키가 183센티미터나 되고 가슴은 떡 벌어진 형이, 구부정하게 서서 눈물을 훔치는 모습을 보자 나는 무서워졌다. 한순간, 나는 형에게 미안한 마음까지 들 뻔했다. 그간 나를 때렸던 일들이며 나를 굴욕스럽게 했던 사건들을 모두 다 용서해줄 뻔했다. 지금은 기억나지 않지만 나는 형에게 무슨 말인가를 했고 형은 내 말을 들은 체하지 않았다. 우리는 침묵 속에 집으로 걸어갔고 다시는 그때 일을 입에 올리지 않았다.

대학 시절 나는 그날 밤 벤슨 씨네 집 파티장에서 벌어진 일에 관해 에세이를 써보려고 했다. 교수님은 일주일 후 내게 그 에세이를 돌려주면서 수정이 필요하다고 했다. 첫 페이지 상단에 그녀는 이렇게 썼다. "독자들은 실제로 일어난 일을 알 권리가 있다."

밤에 침대에 누워, 나는 내가 아는 것들을 통해 마음속에서 그때 그 일을 구성해보려고 노력하곤 했다 :

늦은 시각, 새벽 한두시쯤, 캐리 휴버 선배가 뒤뜰로 나갔다. 아마 차가운 바람을 쐬려고, 눅진한 여름의 열기로부터 한숨을 돌리기 위해. 그녀는 술을 너무 많이 마신 터라 속이 좋지 않고, 트레이 형이 그녀를 발견했을 때는 수영장 뒤쪽의 진달래 덤불에 구토를 하는 중이다. 트레이 형은 그녀를 잠시 지켜보다 파티장으로 돌아간다. 나중에 트레이 형이 더그 형을 데리고 다시 왔을 때 그녀는 기절을 해버린 상태다. 마치 잠을 자는 것 같다. 그들은 그녀를 흔들어 깨우려고 한다, 어쩌면 말을 붙여보려고까지 한다. 그들은 풀 하우스 뒤쪽, 파티장이 보이지 않는 곳에 있고, 그들은 그것에 대해 잠시 얘기한다. 그들은 어쩌면 그 것이야말로 그녀가 깨어 있다면 하고 싶어했을 일일지도 모른다 고 판단하기에 이른다. 그녀는 어쨌거나 처녀는 아니니까. 축구 팀의 절반과 그랬다는 소문도 있으니까. 그들은 그것에 대해 한 참 웃는다. 그리고 더이상은 말이 없다. 그들 중 한 명이, 아마도 더그 형이, 그녀의 어깨를 땅바닥에 내리누르고, 나머지 한 명은 그녀의 팬티를 벗기고 블라우스 단추를 푼다.

나는 캐리 휴버 선배가 몇 시간 후 벤슨 씨네 뒤뜰에서 벌거벗 은 채 깨어나, 이게 대체 무슨 일이지 생각하다가, 마침내 상황 을 깨닫는 상상을 한다. 나는 그녀가 일어서서, 옷을 입고, 뜰의 어둠 속에서 천천히, 파티장으로, 부엌의 밝은 형광 불빛을 향해 걸어가는 상상을 한다. 부엌에서는 다들 키득거린다. 그들은 윙 크를 하며 팔꿈치로 그녀를 쿡쿡 찌른다. 밤새 어디 있었던 거야? 말해봐, 블라우스는 왜 그리 구겨졌어? 그런 말들이 오가고, 그녀 는 미소를 짓고 있다.

"또 이러네. 그만해. 헛소리 집어치우라고." 그녀는 조금 빈정 대는, 조금 무신경한 평상시의 자기 모습을 유지하려고 애쓰면 서—그러나 또한 어쨌든 무슨 일이 있었던 것인지 실제로는 알 지 못한다는 것을 깨달으면서—이렇게 말했을지도 모른다. 어 쩌면 그녀는 다음날 아침이 되어서야 그 일에 대해 생각하게 되었을지도 모른다. 벤슨 씨네 소파에서 눈을 뜬 후, 자기 팬티에 흙이 묻어 있고, 블라우스는 찢긴 것을 발견하고, 통증이, 날카롭지는 않지만 무지근하고 깊은 아림이 느껴지고 나서야.

그날 저녁, 파티가 열린 날 저녁, 우리는 일찌감치 코네스토가 강에서 술을 마시기 시작했다. 더그 형과 미셸 선배, 트레이 형, 그리고 나, 이렇게 넷이었다. 우리는 숯불 화로를 들고 갔고 강가에서 조촐한 파티를 벌였다. 태양은 뜨거웠다. 세상은 명료해 보였다. 가족들이 격자무늬 담요를 들고 나와 개들을 끼고 앉아 있었고, 그들이 굽는 바비큐에서 푸른 연기들이 자욱하게 피어올랐다.

그 강은 7월 4일이면 사람들이 폭죽을 쏘아올리기 위해 가는 곳이었다. 상당량의 폭죽을 가지고 있어도 되는 유일하게 합법적인 장소였다. 우리의 의도는 그곳에서 밤을 지새우며, 불꽃놀이를 보고, 도어스The Doors를 듣고, 술에 취하는 것이었다. 여러 가지 점에서 최고의 7월 4일 가운데 하나였다. 우리 모두가 의기투합하는 몇 안 되는 날 중 하나였던 것이다. 트레이 형은 자신만의 간접적인 방식으로 호의적으로 굴기까지 해서, 내게 맥주를 따주는가 하면 자기 담배를 빨라고 내밀기도 했다. 더그 형은 갑자기 마음이 풀어지는지 내게 팔을 두르며 말했다.

"나는 너를 사랑한다, 동생. 진심이야, 정말이라고."

어느 순간 보니, 더그 형과 미셸 선배가 자기들끼리 강가를 걷고 있었다. 트레이 형과 나는 담요 위에 앉아 보이스카우트 팀 하나가 강물 속으로 힘없는 병 로켓을 쏘아 날리는 모습을 바라보았다. 나는 더그 형과 미셸 선배가 무슨 얘기를 주고받았는지 알지 못한다. 더그 형은 양 팔뚝을 감싸안은 채 서 있었고, 미셸 선배는 무슨 말인가를 하고 있었다. 잠시 후 미셸 선배는 우리와는 반대편에 있는, 2학년 무리가 있는 위쪽으로 걸어갔으며, 우리는 그날 밤 다시는 그 선배를 보지 못했다.

잠시 뒤 더그 형이 돌아오더니 그곳을 뜨고 싶다고 했다.

"멍청한 놈."

트레이 형과 나는 무슨 일이냐고 묻지 않았다. 더그 형과 미셸 선배는 사실상 이 주일에 한 번은 헤어졌기 때문에, 이런 일이 하나도 특별나게 보이지 않았다. 어느 순간 트레이 형이 지금 우리가 해야 할 일은 벤슨 씨네 파티장으로 쳐들어가는 것이라는 판단을 내렸다.

"어쩌면 미셸도 나중에 나타날지 몰라." 트레이 형이 더그 형에게 말했다. "어쩌면 우리 모두에게 좋은 일이 생길지도 몰라."

더그 형이 고개를 끄덕였다. "맞아. 좋았어."

가는 길에, 더그 형은 며칠 전에 미셸 선배에게 청혼을 했고 선배는 거절을 했다고 했다. 길고도 복잡한 이야기였고, 얘기를 하는 동안 형의 얼굴은 차츰 평온함을 잃어갔다. 첫번째 이야기를 마친 형은, 그날 오후 일찍 다시 한번 미셸 선배에게 청혼을 했고 선배가 또다시 거절했다고 했다. 더그 형 말로는, 선배는 가을에 웨스트민스터 대학에 들어가기로 마음의 결정을 내렸고, 더이상 형과 함께 버지니아에 가는 것에는 관심이 없다고 했다는 것이다. 형은 선배의 목소리를 흉내내며 이 말을 했다. 그리고 마침내 조금 전에, 여러 번 생각한 끝에, 아까 그 강가에서, 선배에게 마지막으로 승낙할 기회를 주었노라고 했다.

나는 웃기 시작했다. 그러자 트레이 형도 그랬다. 그 형이 말했다. "그러니까 젠장, 뭐야, 청혼을 세 번씩이나 했다는 거야?"

벤슨 씨네는 에셸만 하이츠의 북쪽 지역에 식민지 시대풍의 아름다운 하얀색 집이 있었다. 그 집은 울창한 언덕에 둘러싸여 있었고 뒤쪽으로는 수영장과 테니스코트가 있었다. 그 집에는 해마다 7월 가뭄철이 와도 누렇게 변하지 않는, 인근에서 몇 안 되는 잔디밭이 있었다.

펜실베이니아주에 살게 되면서 맞이한 첫 여름, 더그 형과 나는 자전거를 타고 그 집 앞을 지나다니곤 했다. 우리는 그곳이 우리 동네인 척하면서 늘 그곳에 가곤 했다. 우리는 벤슨 씨네를 지났고, 휴버 씨네를 지났고, 풀턴 씨네를 지났다. 그들은 간혹 자기네 앞뜰 잔디밭에 큰 천막을 쳐놓고 길가에 오십여 대의 자동차가 줄지어 서 있는 가운데 파티를 열곤 했다. 그럴 때면 우리는 곧장 안으로 걸어들어가, 뷔페식으로 차려진 테이블에서 음식을 좀 챙겨 먹고, 재떨이에서 꽁초를 집어 피우고, 사람들이 테이블 위에 남겨둔 반쯤 남은 진토닉을 마셨다. 아무도 우리에게 주목하지 않았다. 우리더러 누구냐고 묻는 경우도 한번 없었다.

그날 밤 벤슨 씨네 집에 도착했을 때 부엌에서는 어른들이 버번을 마시고 있었다. 부엌 한가운데는 맥주 통이 하나 있었고 플라스틱 컵들이 잔뜩 놓여 있었다. 뒤뜰의 잔디밭에는, 수영장 근처에는, 캐리 선배를 포함한 몇몇 여학생들이 하와이언 펀치 볼 주위에 몰려 서 있었다. 더그 형, 트레이 형 그리고 나는 부엌 구석의 조그만 전축 옆에 맥주를 들고 서 있었다. 아무도 우리에게 주목하지 않았다. 이따금, 어떤 어른들이, 잔에 담긴 얼음을 흔들어 돌리면서 우리 쪽으로 걸어와 어느 대학에 들어갈 계획이냐고 물었다.

트레이 형은 능글맞게 웃으며 대답했다. "예일 대학이요. 아니면 프린스턴. 아직 결정을 못했어요."

어른들은 이 소리를 듣고 언제나 미소를 지었다. 가끔은 동의의 표시로 고개를 끄덕이기도 했고, 그런 다음 천천히 다른 방으로 사라졌다. 어느 순간 나이든 남자 하나가 트레이 형에게 팔을 두르며 소개시켜주고 싶은 사람이 있다고 하더니, 그들은 뜰로 나갔다. 더그 형은 고개를 가로저었다.

"재미있냐?" 형이 물었다.

나는 고개를 끄덕였다.

"그렇군. 재밌다니 좋네." 형은 창문을 향해 돌아서더니, 뒤뜰을 바라보며 남은 맥주를 들이켰다.

그 이후에 일어난 일에 관해선 대부분 기억이 흐릿하다 :

나는 그날 밤 상당히 취해 있다. 내가 내 형이나 트레이 형과 같이 있다는 사실이 의식되거나 부끄럽다고 느껴지지 않을 정도로 취해 있다. 열시쯤, 어른들이 떠나고 파티 분위기는 고조된다. 아이들이 맥주와 샴페인 상자를 들고 속속 나타난다. 고등학교 선배인 카일 글라스가 부엌에 서서 내게 말을 건넨다. 전에는 한 번도 내게 말을 붙인 적 없는 형이고, 사실은 내가 누구인지도 모르고 있지만, 몽롱한 파티 분위기에 취해 갑자기 내게 관심이 생긴 듯하다. 그 형은 내게 가을 학기가 시작되면 축구팀에 지원해볼 계획이 있느냐고 묻는다. 나는 생각하는 중이라고 거짓말을 한다.

"좋아." 그 형이 말한다. "아주 좋아."

이후, 캐리 선배와 친구들의 무리가 부엌으로 들어오더니 나와 카일 형에게 말을 걸기 시작한다. 나는 취했고 솔직히 그들과 말을 섞다보니 왠지 모를 자신감이 생긴다. 캐리 선배는 우리에게 최근에 다녀온 오션시티* 이야기를 들려준다. 선배는 이미 취했고, 남자 선배들 몇몇이 팔을 두르려고 수작을 부리고 있다. 선배는 미소를 짓고, 웃으며, 그들을 밀친다. 그때 거실에서 비명소리가 들리고 우리 모두는 무슨 일인가 싶어 그곳으로 향한다. 클리어뷰에서 온 남자아이 하나가 옷을 벗고 있다. 올여름 파티에서는 옷을 벗는 게 하나의 관례가 되었다. 필름이 끊겼을 때하는 행동이다. 옷을 벗는 것은 대부분 남자아이들 쪽이고, 등급을 매겨달라며 여자아이들을 부른다. 그러면 여자아이들 대부분은 눈을 감고, 윽, 역겨워, 하고 말하며 서둘러 그 자리를 피한다. 그러나 뒤돌아 문 밖으로 나가기 전에, 어디 보자며 웃거나 농담을 하는 캐리 선배 같은 부류도 있다. 이것은, 이 모든 일은 하나의 놀이이고, 여자아이들 편에서 실제로 옷을 벗는 경우는 드물다. 그렇지만 그런 일이 일어날 때도 몇 가지 규칙들이 있다. 겉옷만, 남자아이들 편에서 누군가 외친다. 더이상은 안 돼.

그날 밤늦은 시각, 한시쯤, 아이들은 뒤뜰에서 폭죽을 터뜨리기 시작한다. 모두들 구경하기 위해 밖으로 나간다. 더그 형과

---

* 메릴랜드주에 위치한 리조트 타운.

나는 부엌에 머무른 채 얘기를 나눈다. 형은 기분이 풀린 것 같다. 더이상 미셸 선배 생각을 하지 않는 것 같다. 우리는 구석에 외따로 서서, 맥주 통에서 맥주를 내려 마시고 있고, 나는 파티에서 만난 여자아이들에게 품고 있는 속셈을 털어놓기 시작한다. 형이 고개를 끄덕이며 말한다. "행운을 빈다, 동생." 잠시 후 뒤뜰에 있던 트레이 형이 벤슨 씨네 미닫이 방충망을 열고 들어오며, 풀 하우스 뒤에 캐리 선배가 완전히 뻗어 있는 것을 발견했다고, 웃으면서 말한다.

"믿지 못할걸." 그 형이 더그 형에게 말한다. "그 모습을 봐야 해."

당신이 그후 일어나지 않았을까 예상하는 모든 일은 일어나지 않았다. 부모님들에게 전화가 가지도 않았고, 캐리 휴버 선배가 고소를 했다거나 경찰이 개입했다는 소문도 없었다. 그런 일은 일어나지 않았다. 여름이 깊어감에 따라 소문은 점점 더 왜곡되고 충격적으로 변질됐지만, 우리 고등학교 학생들 사이에서만 떠돌았다.

저녁이 되면, 더그 형과 트레이 형은 강가로 내려가 술에 취하기를 계속했다. 그리고 가끔씩 미셸 선배는 더그 형을 만나기 위해 집에 들르기도 했다. 그들은 앞마당 잔디밭가에 서서 얘기를 나누었고, 가끔, 가볍게 웃기도 했다.

나는 거의 매일 밤 혼자 집에 있거나 아니면 자전거를 타고 강으로 내려가 강가의 개들을 찾았다. 가끔은 자전거를 타고 강으로 내려가는 길에, 아이들이 나를 발견하고 더그 형에 대해 뭐라고 하지 않을까 걱정이 되는 때도 있었다. 몇 번인가 누가 그 일에 대해 물어왔는데, 그때 나는 어느새 그런 얘기는 다 헛소리, 뻥이라고 말하고 있었다.

그 여름이 끝나갈 무렵, 나는 더그 형과 거의 말을 하지 않고 있었다. 나는 형을 피했다. 나는 방문을 닫아걸었다. 우리가 그날 밤 일에 대해 일말의 언급이라도 한 것은 형이 버지니아로 떠나기 일주일 전쯤이었다. 나는 책을 읽으며 뒤쪽 포치에 앉아 있었고, 더그 형은 할리를 손보고 있었다. 잠시 후 형이 내게 다가오더니 오토바이에 대해 주저리주저리 얘기를 늘어놓기 시작했다. 나는 형이 말할 때 형을 쳐다보지 않았고 그러자 결국, 형은 하던 얘기를 중단하고 이렇게 말했다. "내가 미친놈이라고 생각하지?"

"어떻게 생각해야 할지 모르겠어."

"내가 그날 밤 제정신이 아니었다고 말하면 믿을래?"

"글쎄. 난 뭘 믿어야 할지 모르겠어."

형은 고개를 끄덕였다. 긴 침묵이 흘렀다. 그러더니 형이 말했다. "나는 또라이 새끼야, 그렇지?"

"응."

더그 형은 장화에서 흙을 긁어냈다. "이제 너한테는 달리 할 말이 없는 것 같다. 전에는 할말이 많았는데 지금은 다 잊어버린 것 같네."

나는 자리에서 일어났다. "뭐, 나중에는 기억이 나지 않겠어?" 나는 이렇게 말하고 집안으로 들어와버렸다.

그 소문이 특정한 날 시작되지 않았던 것처럼, 아이들이 그날 밤 있었던 일에 대해 더이상 얘기를 하지 않게 된 것도 어느 특정한 날부터는 아니었다. 그냥 그렇게 조용해졌다. 아이들은 잊어버렸다. 여름 지나 가을, 달라진 것은 아무것도 없어 보였다. 아무것도 변하지 않았다. 나는 2학년 때도 친구가 많지 않았고 3학년이 되어도 여전히 친구가 많지 않았다. 나는 학교에 다녔고, 축구팀에 지원을 했고, 시즌 내내 벤치에 앉아 있었으며, 펜실베이니아 주립대학교로부터 장학금을 받게 되었고, 내년 가을에는 그곳에 들어갈 예정이었다. 얼마가 지나자 아무도 7월 4일에 일어난 일에 대해서 얘기하지 않았다. 마치 그해 여름이 오기 전에릭 레븐굿이 차를 몰고 가다 고속도로 중앙분리대를 들이받아 죽은 것에 대해 아무도 얘기하지 않는 것처럼. 9월이 되자 그것은 오래된 이야기가 됐다.

간혹 캐리 선배를 생각하면, 나는 그녀가 어떤 생각을 하고 있을지 궁금하다. 더이상 고향에 오지 않는지, 잠자고 있는 우리의 마을 전부를 잊어버렸는지. 시간이 얼마나 지나고 다시 남자친구를 사귀게 되었는지, 시간이 얼마나 지나고 그날 밤 있었던 일을 이겨내고 자기 삶을 되살게 되었는지. 나는 그녀를 전혀 알지 못했고 말을 걸어본 적도 없었지만, 그녀에게 편지를 써서, 정말 무슨 일이 있었던 것인지 물어볼 생각을 한 것이 한두 번이 아니다.

내가 아는 한, 그녀는 그 일에 대해 아무에게도 말하지 않았다. 그녀는 그날 밤 이후 파티에 출입하지 않았고 8월 언제쯤 대학 진학을 위해 마을을 떠났다. 딱 한 번, 몇 년이 지난 후에, 나는 크리스마스 파티에서 그녀를 보았다. 머리카락은 짧았고 웃고 있었으며, 나는 그녀에게 무슨 말이라도 하고 싶다는 마음이 들 뻔했다. 할말이 아주 많은 기분이었다. 그러나 그녀는 아주 잠깐밖에 그곳에 있지 않았고, 친구들과 간단한 인사를 나눈 뒤 파티장을 떠났다. 나는, 그때에도, 그녀가 내가 누군지 알까 궁금했다.

8월 말, 더그 형이 버지니아로 떠나기 직전, 형은 아버지의 1963년형 할리 슈퍼 글라이드를 내게 주었다. 형은 그날 아침 내

내 오토바이에 광을 내고, 가죽 시트를 꿰매고, 크롬을 문질러 닦았다. 정오 무렵, 형이 나를 밖으로 불러냈다. "이제 네 거야. 지금껏 나를 참아준 보답이다."

"나는 몰 줄 몰라."

형은 어깨를 으쓱했다. "알게 될 거야." 그런 다음 내 어깨를 만지며 말했다. "우리 이제 된 거지?"

나는 고개를 끄덕였다.

형은 다시 내 어깨를 톡톡 두드렸다. "좋아, 동생. 잘 지내고."

그날 늦게 아버지가 형을 버스정류장까지 태워다주었고 어머니는 눈물을 흘렸다. 나는 할리를 몰고 도로로 나가 어두워질 때까지, 팔이 고무처럼 느껴질 때까지 돌아다녔다. 육 개월 후, 몹시 추웠던 어느 1월의 아침, 나는 바로 그 오토바이에서 날아 떨어져 팔이 부러졌고, 다시는 그걸 타지 않았다. 대학 시절에는 친구 하나가 비슷한 사고를 당해 죽었다. 녀석은 빗물로 미끄러운 펜실베이니아주 유니언빌 도로를 시속 75킬로미터로 달리고 있었다. 나는 지금 스물여섯 살인데 내가 사랑했던 죽은 사람들의 수를 벌써 양손으로 꼽을 수 있다. 더그 형은 거기 속하지 않는다. 형은 지금 배 마무리 공사 일을 하며 찰스턴에 산다. 우리는 연락을 자주 하지는 않는다.

그리고 이 이야기는 전에는 누구에게도 한 적이 없다. 그러나 간혹, 내 여자친구가 물어오면, 나는 그녀에게, 내가 열세 살이던, 어느 날 밤 더그 형이 친구들 무리와 함께 술에 취해 집에 돌아와서는, 이웃집 앞에 주차된 폰티악 조수석 창문을 향해 석회석 벽돌을 내던졌던, 우리가 펜실베이니아주에 살게 되면서 맞이한 첫 여름에 대해 말해준다. 나는 내가 포치에 나와 앉아 있었고 그 모든 일을 믿을 수 없는 마음으로 지켜보고 있었다고 설명한다. 다음날 이웃집에 사는 칼러 씨가 건너와 더그 형이 자기 자동차 창문을 박살냈다며, 아내가 목격까지 했다고 말했다. 더그 형은 모든 혐의를 부인했고 그러자 큰 언쟁이 일었다. 그들은, 더그 형과 칼러 씨는 이십여 분가량 언성을 높였다. 결국 우리 어머니가 사과를 한 후 칼러 씨에게 수표를 써주었다.

나는 여자친구에게, 나중에, 칼러 씨가 가고 난 후에, 내가 밖으로 나가, 그의 폰티악의 비닐 카시트에서 유리 파편을 털어내고, 거리에 흩어진 유리 조각들을 쓸어담기 시작했노라고 말한다. 석회석 벽돌은 여전히 차 바닥에 있었다고.

잠시 후, 칼러 씨가 집에서 나오더니 내게 그렇게 하지 않아도 된다고 말했다. 그는 말했다—그것은 이후 좀체 내 마음을 떠날 줄 모르는 말이다—그는 말했다. "얘야, 이 일은 너와는 아무런 상관도 없는 일이란다."

외출

우리가 열여섯 살이던 그해 봄, 태너와 나는 시골 고속도로에서 아미시* 공동체의 여자아이들과 데이트를 시작했다—간혹은 동시에 두세 명이기도 했던 건, 진짜 데이트라고 볼 수는 없었기 때문이다. 진지하게 만날 수 있는 방법 같은 것은 있지 않았다.

지금으로부터 십 년도 더 전인 1992년의 일이었고, 펜실베이니아주 우리 지역은 아직은 변화의 바람이 거세게 불어닥치지 않은 때였다. 그러나 나는 그해를 중요한 해, 우리 카운티의 전환점이 된 해, 조그만 소도시에 불과하던 레올라가 성장을 시작

---

* 보수적인 프로테스탄트 교회의 교파로, 주로 미국의 펜실베이니아주, 오하이오주, 인디애나주 등에서 집단적으로 살고 있다. 새로운 문명을 완강히 거부하며 농경생활을 한다.

하여 도시로 변모해가던 첫해이자, 아미시 사람들이 자기네 소유의 땅을 팔고 서쪽에 있는 인디애나주나 아이오와주로 떠나기 시작한 첫해였다고 생각한다.

그해 아미시 공동체에는 몇 차례의 도주 사건이 발생했다—대개 이제 막 이십대에 접어든 젊은 청년들로, 아미시 농장 근처로 난 고속도로를 따라 들어서고 있는 쇼핑몰과 술집들의 유혹에 넘어간 것이었다. 레올라는 당시 급속도로 팽창하고 있던 터라 그런 사건은 점차 비일비재해졌으며, 상황이 그렇게 되자 아미시의 원로들은 우려가 깊어졌다. 그리고 나는 그것이, 그해 봄 몇몇 아미시 십대들이 금요일 밤 몇 시간 동안 농장 밖으로 나가도 좋다는 허락을 받게 된 연유라고 생각하고 있다.

우리가 사는 소도시 건너편에 시골 고속도로의 교차로가 하나 있었는데 거기가 그 아이들이 놀러 나오는 곳이었다. 그곳은 한갓진 장소였다. K마트가 있는 쇼핑 플라자가 교차로 한쪽에 들어서 있고, 길 건너에는 이십사 시간 문을 여는 조그만 식당이 하나 있었다. 간혹 금요일 저녁이면, 그 아이들이, 옆에서는 트랙터 트레일러들의 커다란 바퀴들이 굴러가는 가운데, 도로 갓길에 마차들을 바짝 붙여 몰며 장례 행렬처럼 길게 줄지어 오는 모습을 볼 수 있었다. 아이들은 마차를 K마트 뒤쪽에 안 보이게 세우고, 가로등 기둥이나 대형 쓰레기통 측면에다가 말을 묶어놓고는, 개중 어린 축은 비디오게임을 하러 K마트로 들어갔고 나이가 있고 다소 모험심이 있는 축은 길 건너 식당으로 향했다.

식당은 패밀리 레스토랑 분위기로, 현지 농부들의 가족이나 트럭 운전사들만 출입했고 대개는 비어 있었다. 안으로 들어가면 아미시 아이들은 그 즉시 화장실로 사라져, K마트에서 산, 몸에 맞는 법이라곤 없는 파란색 청바지와 티셔츠로 갈아입었다. 그런 다음 검은색 모직 옷가지를 종이가방에 쑤셔 담고 밖으로 나와, 튀긴 음식을 잔뜩 시킨 다음, 주크박스에서 컨트리음악을 틀어놓고 아미시 사람이 아닌 척했다.

그해 봄 태너와 나는 그저 그 아이들을 구경할 목적으로 그곳에 들르기 시작했다. 우리는 그 아이들을 괴롭힌 적은 전혀 없고 그저 지켜보기만 했다. 우리의 행동에 자연스럽지 못한 구석이 있다거나, 더군다나 우리의 행동이 잘못됐을 거라는 생각은 전혀 하지 못했다. 우리는 그저 궁금할 뿐이었다. 우리는 학교에서 들은 소문이 사실인지 확인하고 싶었다. 학교 아이들은, 아미시 사람들은 이쪽저쪽으로 근친결혼을 많이 하기 때문에 듣도 보도 못한 기형아가 많고 손가락이 열 개인 아이도 드물다고 쑥덕거렸다.

우리는 식당 맨 끝 쪽 칸막이 자리에 앉아 메뉴판 뒤로 그 아이들을 흘낏흘낏 보곤 했다. 우리는 그 아이들이 욕하는 소리를 듣거나 담배 피우는 모습을 보면서 놀랐다. 개중 몇몇은 손을 잡고 키스를 하기까지 했다. 간혹 다른 사람들, 우리처럼 도시에서 온 사람들이, 그냥 구경하려고 들르기도 했다—그들은 딱 보기에도 불안해하는 기색이었다. 당시만 해도 사람들은 여전히 아미시 사람들을 두려워했다. 아미시 공동체는 그들이 누리는 부와 그들이 소유하고 있는 엄청난 규모의 토지 때문에 여전히 미스터리하고 위협적인 존재였다—하여 자연스럽게 미움을 샀고, 이방인이자 괴물 취급을 당했다.

열한시가 되면, 그 아이들은 원래 자기들 옷으로 갈아입고 아주 정중하게 음식값을 치렀다. 그리고 떼 지어 길을 건넌 후, 타고 온 마차에 도로 올라타고는 그곳을 떠났다. 그동안 태너와 나는 식당 주차장에 서서 그 아이들을 지켜보고 있었다. 우리는 우리가 본 것을 여전히 믿지 못했지만, 그 아이들이 떠나는 모습을 보는 것이 웬지 슬펐다.

그 식당에 대한 소문이 학교에 퍼지자, 아이들이 지프차와 BMW를 타고 정기적으로 나타나기 시작했다—태너와 나처럼 그냥 지켜보기 위해서가 아니라, 조롱하고 괴롭히기 위해서였다. 그것은 잔인한 행동이었고 지켜보는 우리의 마음을 슬프게 했지만 우리는 한 번도 제지하기 위해 나서지 못했다. 그저 구석

쪽에 멀찌감치 앉아, 화가 난 채, 지켜볼 뿐이었다. 그리고 개인
적으로 보자면, 이번만큼은 괴롭힘이나 구타를 당하는 것이 우
리가 아니라는 사실에 안도하기도 했다. 인기 있는 아이들은, 아
미시 십대들처럼 촌스럽고 취약한 목표물들을 마주하고 있으니,
우리 같은 건 사실상 잊어버린 듯했다.

　개중에 나머지보다 나이가 들어 보이는 아이가 하나 있었다.
이십대라고 보아도 되지 싶었다. 태녀와 나는 첫날부터 그가 눈
에 들어왔는데, 체격도 체격이거니와, 일관되게 화난 표정을 짓
고 있었기 때문이다. 그는 다른 아이들과 함께 매주 그곳에 왔지
만, 언제나 딴 칸막이 자리에 혼자 떨어져 앉아서는, 담배를 피
우며 주크박스에서 헤비메탈 곡을 틀었다.

　우리는 다른 무엇보다 그의 화가 두려웠다. 그리고 그의 체격.
그의 몸은, 떡 벌어진 어깨하며 팔꿈치 부근이 울룩불룩한 탄탄
한 팔뚝하며, 다 자란 남자의 몸, 일꾼의 몸이었다.

　싸움이 시작됐다 하면 언제나 그가 끼어 있었다. 싸움은 대개
식당 뒤쪽의 쓰레기통 주변에서 벌어졌다. 승산은 비등하지 않
았던 것이 언제나 1대 5나 6이었기 때문이다. 엄격한 평화주의
자로 교육받았기 때문에, 아미시 아이들은 어지간해서는 싸움을
하려 들지 않았다. 그러나 그는 덤벼들었다. 그리고 그 체격에도
불구하고, 물론, 언제나 졌다―하지만 젊은 복서처럼 날쌔게 움

직이면서, 미끄러지듯 발을 옮기면서, 몸을 수그리면서, 입이 떡 벌어질 만큼 오래 버텼다. 낮은 자세로 있다가 아래쪽에서부터 펀치를 올려붙이는 것이 그의 스타일이었다. 그는 빨랐고, 잽이 강했고, 자신을 방어하는 법을 알고 있었다. 그러나 그의 우아한 움직임도 오래가지는 못했다. 주의력을 잃을 수밖에 없었고, 그렇게 잠깐 등을 돌리거나 딴 곳을 본다 싶으면, 곧바로 아이들이 달려들어 인간 탑을 쌓아버렸으니까.

잠시 후, 그는 상처 입고 부은 얼굴로, 나머지 아미시 십대들이 뒤를 따르는 가운데, 길 건너 K마트로 퇴각했다. 그리고 다음 주가 되면, 모두를 놀라게 하며, 다시 그곳으로 왔다—지난 일에 비통해하는 기색도 아니면서, 그냥 거기 칸막이 자리에 엉덩이를 걸치고 앉아, 기다렸다.

태녀와 나는 4월 말부터 아미시 여자아이들과 데이트를 하기 시작했지만, 앞서 말했듯이, 진짜 데이트였다고 볼 순 없었다. 그 아이들은 모두 다 지독하게 낯을 가렸고 우리 사이에는 공통 화제도 많이 없었다. 대개 우리 쪽에서 아미시 생활에 대해 물으면 그 아이들 쪽에서는 고개를 끄덕이거나 가로젓거나 피식피식 웃는 식이었고, 그러고 나면 우리는 가만히 앉아 여자아이들이 우물쭈물 치즈버거로 포식하는 모습을 지켜보았다.

160

이후 우리는 길 건너 K마트까지 그 아이들을 배웅해주었고, 그러다 가끔, 주변에 아무도 없을 때면, 그 아이들이 어둠 속에서 우리에게 키스를 하기도 했다. 그런 다음, 마치 그런 일은 없었다는 듯이, 그 아이들은 다시금 사라졌고 우리는 또다시 일주일을 기다려야 했다. 그 아이들이 다시는 돌아오지 않는 경우도 있었지만 우리는 이유를 알지 못했다. 전화를 걸어볼 수도 없었다. 이름도 모르는 경우가 태반이었다. 그래서 만약 여자아이들이 다음주가 되어도 나타나지 않으면 우리는 새로운 아이들을 만났다.

학교로 돌아가면 예쁜 여자아이들은 우리에게 눈길도 주지 않았다. 우리는 평범했다—운동도 못했고 아버지가 은행장이나 정형외과 의사도 아니었다. 그러나 그 시골 고속도로로 나가면 우리는 아미시 여자아이들 가운데 가장 예쁜 아이들과 데이트를 했다. 그 아이들은 우리가 자기네와 다르다는 것에 끌렸고, 우리 역시 마찬가지였다.

학교에서는 자연스럽게 우리에 관한 악담이 돌았다. 주로 근친결혼에 관련된 악담이었다. 누구는 우리들의 여자친구가 머리는 두 개이고, 콧구멍은 세 개이고, 등뼈에서 꼬리가 튀어나와 있다는 소리를 들었다고 했다. 곧 여름이 올 터라 그런 소문 따위 무시하고 그 시간을 잘 넘겨보려 애를 쓰긴 했지만, 그래도 상황이 그렇다보니 우리의 행동에 대해 다시 생각해보게는 됐다.

그리고 비정상이었다, 우리의 행동은. 우리는 그것을 자각하고 있었다. 그리고 어찌 보면 우리 역시 아직 아미시 사람들을 두려워하고 있었다. 여자아이들까지도. 그 아이들에게는 뭔가 자연스럽지 않은 구석이 있었다. 설명하기는 어렵지만, 그 아이들은 아주 가까워지는 정도까지만 허락했다—그것도 언제나 다른 사람은 볼 수 없는 곳에 단둘이 있을 때만 그랬다. 가끔씩 그 아이들은 키스를 하고는 도망가버렸고, 아니면 나는 아무 짓도 하지 않은 채 좀더 진도를 나가보려고 생각만 하고 있는데, 아무 이유 없이 울기 시작했다. 마치 내 마음을 다 안다는 듯이.

지금 생각해보면, 그 아이들이 일주일에 한 번씩만 농장을 나올 수 있게 한 것이 오히려 더 안 좋지 않았을까 싶다—더이상 바라서는 안 되는 일말의 자유를 맛봄으로써 유혹은 더욱 강해지지 않았을까? 어쩌면 그 때문에 그 많은 아이들이 다시는 돌아오지 않았는지도 모른다. 너무 힘이 들었기 때문에.

태너의 부모님은 촌사람들이었다. 나처럼 소도시에서 자라긴 했지만, 그래봐야 달라지는 것은 없는 모양인지, 부잣집 아이들은 녀석을 촌놈이라고 부르면서 태너의 말투와 차림새를 비웃었다. 그러니 아무도 우리 고등학교에서는 촌 태생이라는 오명을 달고 싶어하지 않았다. 태너와 나는 둘 다 부자 동네 언저리에 살았다. 사실은 그 동네에서 길 하나만 건너면 되는 맞은편이었다. 스쿨존이 바뀌었을 때 우리는 7학년이었기 때문에 학구에선 우리가 나머지 교육을, 잘생긴 부잣집 아이들이 가는 우리 카운티에서 유일하게 괜찮은 학교인 시더크레스트 고등학교에서 마치게 한다는 데 의견일치를 봤다.

나는 그 아이들, 부잣집 아이들과 같이 자랐고, 더럽고 평판이 안 좋은 촌놈들이 우리 무도회에 와서 난장판을 벌이는 모습을 볼 때면 그 아이들과 동류의식을 느끼기도 했다. 그러나 그 아이들과 섞여 있을 때, 교실에 앉아 있거나 복도를 걸을 때, 나는 우리가 다르다는 것을 자각했다. 9학년이 될 때까지 나는 아이들에게 내 아버지의 직업을 속였고, 외국에 나가 일을 많이 한다고 했으며, 일종의 비밀 임무라 함부로 그 내용을 발설하고 다니면 안 된다고 했다. 대학 레슬링 코치는 심장 전문의나 판사 옆에 대면 그다지 멋져 보일 것 같지 않았다. 하지만 그래봤자 누구든 내 말을 믿었다고는 생각지 않는다. 아이들은 내가 어디 사는지 알았고 내가 컨트리클럽의 회원이 아니라는 것을 알았으며, 내가 태너와 친구라는 것도 알고 있었다. 우리는, 태너와 나는, 촌사람들처럼 낮은 부류도 아니었지만, 그 아이들의 무리에도 낄 수 없었다.

여름이 되자 나는 한 여자아이를 계속해서 만나게 됐다. 그 아이의 이름은 레이철이었다. 그 아이는 낮을 가리지도 바깥 세계를 겁내지도 않았다. 그리고 그 아이의 머리카락에선 들판에 길게 자란 풀냄새가 났다. 달콤한 냄새였다. 그 아이는 아름답기도 했다. 다른 아미시 여자아이들과는 생김새도 달랐다. 퉁퉁한 독일인 몸매도 아니었고, 허벅지가 굵직하지도 않았고, 어깨가 넓지도 않았고, 둥근 밀가루 반죽 같은 얼굴도 아니었다. 그 아이는 가녀렸고, 옷차림에 따라서는 시더크레스트에 다니는 인기 있는 여자아이처럼 보이는 것도 문제가 아니었다.

그 아이는 또 호기심이 많았다. 어떤 날 밤에는 식당에서 나가 태너의 트럭을 타고 돌아다니고 싶어했다. 그 아이는 태너와 내게 시내로 데려가달라고 간청하곤 했다. 아니면 포켓볼을 치고 담배를 피우고 싶다며 레저레인즈 볼링센터로 차를 몰자고 했다. 그 아이는 자기에게 허락된 몇 시간 안에 가능한 한 많은 것을 하고 싶고 보고 싶어, 언제나 신나했고 언제나 초조해했다.

우리만 있게 되면 레이철은 나에 대해 모든 것을 알고 싶어했다. 내가 다니는 학교는 어떤지, 내가 사는 집은 어떤지, 오션시티에 가는 것은 또 어떤 기분인지 알고 싶어했다. 그 아이는 자기에게 모든 것을 다 상세히 묘사해주기를 원했다. 마치 그런 것들을 모으는 듯이, 수집이라도 하는 듯이.

딱 한 번, 식당 밖에 차를 세우고 앉아 있을 때, 그 아이가 내게 자기 가족에 관한 이야기를 들려주었다. 대가족이라고 했다. 스무 명이 넘는 사람들이 한 집에 살고 있었다. 그 아이의 아버지는 일흔 살이었고, 온 가족의 가장이었으며, 이제 삼백 년이 된 아미시 공동체의 기본 가르침에 근거하여 규칙과 규범을 세웠다. 그 아이는 이런 규범들을 준수하고 자기 아이들에게 전해 줘야 할 의무가 있었다. 자기에게는, 선택받은 소수, 극소수로서의 의무가 있다고, 그 아이는 말했다. 그러나 내게 이런 이야기를 하면서 그 아이는 상심한 듯 보였다. 자기 가족을 떠올리자, 더군다나 우리가 같이 있는 상황이니만큼, 죄책감이 들었구나 싶었다. 그날 이후 우리는 다시는 그 아이의 가족 얘기를 입에 올리지 않았다.

여름 내내 더위는 점점 심해졌다. 기록적인 육 주 동안 비가 오지 않았다. 산골 지역에서도 농작물들이 말라죽고 있었고, 도시에서도 잔디밭의 잔디들이, 심지어 부자 동네에서도, 누렇게 마르고 있었다. 그것을 피할 방법은 없었다. 밤이 되어도 습기 때문에 후텁지근해진 공기가 젖은 수건처럼 피부에 들러붙었다.

레이철은 강이 흐르는 그 골짜기로 내려가는 것을 좋아했다.

그곳에는 벌써 오십 년 이상 사용되지 않는 낡은 철길이 있었다. 그 세월 동안 아무도 그 선로를 들어낼 생각을 하지 않았다. 지금은 녹이 슬어 잡초가 무성히 덮여 있었고, 2킬로미터 정도 따라가면, 철길은 10미터 아래로 강물이 흐르는 오래된 나무다리 위로 이어졌다.

레이철은 맨발로 그 다리의 널판들을 가로지르는 경주를 좋아했다. 널판은 60센티미터 정도 간격으로 고르게 놓여 있었다. 보름달이 뜰 때는 쉬웠다. 발을 디디는 곳이 보였으니까. 하지만 안 그런 밤에는 칠흑처럼 어두웠고 그러면 앞이 안 보이는 상태에서 발을 디뎌야 했다. 한마디로 믿음이었다. 믿음과 타이밍. 미끄러졌다 하면, 타이밍이 조금만 어긋났다 하면, 발이 널판 사이로 미끄러져들어가 정강이뼈가 뚝 부러질지도 몰랐고, 까딱 잘못하다가는 만약 재수가 없어서 발이 쑥 빠져버리는 날에는, 10미터 아래 강물 속으로 추락할 수도 있었다. 어리고 자신감이 넘쳤던 우리는, 물론 한 번도 미끄러지거나 빠지거나 비틀거려본 적 없었다. 머릿속으로 리듬을 타면서 정신을 집중하는 것이 요령이었다. 그렇지만 말했듯이, 정작 중요한 점은 믿음, 나무 널판이 내가 발을 디디는 그곳에 있을 것이라는, 맹목에 가까운 믿음이었다. 그리고 널판은 항상 그랬다.

태너도 간혹 그날 밤 만난 여자아이 한 명과 같이 오곤 했고 그럼 우리 모두는 아이스티와 담요를 들고 강가로 내려가 별들 아래 앉아 있곤 했다. 어떤 날 밤엔 너무 더워서 태너와 나는 옷을 모조리 벗고 물속으로 뛰어들기도 했는데, 그러면 여자아이들은 우리를 지켜보며 피식피식 웃긴 했어도 한 번도 우리를 따라 하겠다고 나서지는 않았다. 물론 우리 역시 그러라고 권하지 않았다. 우리는 지켜야 하는 선을 알고 있었다. 어디까지 밀어붙여야 하는지 알고 있었고, 사실 우리도 그런 일에 경험이 없었기 때문에 무리하게 밀어붙이고 싶지도 않았으며, 우리가 손에 잡은 것을 놓치고 싶은 생각도 없었다. 우리는 어렸고 왠지 섹스란 것은 다른 문제들―책임과 성장―과 복잡하게 얽혀 있는 것 같았으며 그런 것들에는 관심이 없었다.

그즈음 우리는 식당에서 다 함께 시간을 보내지 않게 되었다. 싸움 구경은 더이상 재미가 없었고, 레이철은 싸우는 걸 보고 있으면 우울해진다고 했다. 점점 더 많은 사람들이 그곳으로 와서 언제나 싸움판에 끼는 그 아이를 구경했고, 그는 이제 지역의 유명인사 비슷한 것이 되어가고 있었다. 레이철은 어느 날 밤 내게 그를 안다고 했다. 이름은 아이작 킹이고 학교에도 같이 다녔는데 3학년 때 그의 아버지가 학교를 그만두게 하고 일을 시켰다고 했다. 지난겨울에 자기 형이 아이스스케이팅 사고로 죽는 것을 보았고, 사람들은 그가 그것 때문에 정신이 약간 이상해졌다고 생각한다고 했다. 그는 이제 교회에도 나가지 않는다고 했다. 언제라도 마음만 먹으면 아미시를 훌쩍 떠날 것이라고 했다.

어떤 금요일에는 우리는, 우리 셋은, 태너와 나 사이에 레이철을 앉히고, 그냥 드라이브를 하고 다니기도 했다. 태너는 흙먼지날리는 오지 길로 자기 아버지 트럭을 몰고 나가, 전조등을 끈상태로 달리는 것을 좋아했다. 굉장히 무서웠고 내가 해본 어떤일보다 재미있었다—우리는 무슨 일이 벌어질지, 어떨 때는 우리가 길 위에 있는지조차 알지 못한 채, 엄청난 속도로 좁디좁은커브길을 휘돌았고, 길 위에 요철이 있거나 작은 언덕이라도 나오면 쿵쿵 날아오르거나 튀어올랐다. 레이철은 그것을 가장 좋아했다고, 나는 생각한다. 그 아이는 눈을 감고 있었고 웃어댔고비명을 질러대기도 했으며—레이철은 태너나 나처럼 자신의 두려움을 내비치는 것을 저어하지 않았다—마침내 눈물이 고일때쯤에야 태너에게 멈춰달라고 간청을 했다.

레이철이 "그만! 세워줘!" 하면 태너는 차를 멈췄다.

7월이 되자 모든 것이 순식간에 변해갔다. 많은 아미시 사람들이, 수년간 자기들에게 으름장을 놓던 계약업자들에게 땅을 팔아버리고 살던 곳을 떠나고 있었다. 레이철은 그 일에 관해서는좀체 얘기를 하지 않았지만, 나는 그 아이가 그것을 마음에 걸려

한다는 것을 알고 있었다. 자기가 평생 알아온 사람들이 그들의 땅에서 쫓겨나고 있었다. 아미시보다 더 돈이 많은 회사들이 밀고 들어와 거절이 불가능해 보이는 액수의 돈을 제시했고, 돈이 효력을 발휘하지 못하면 그들을 위협했다.

레이철 역시 변해가고 있었다. 나는 그즈음 그 아이가, 갑자기 사라져버린 다른 사람들처럼, 아미시 공동체를 떠나는 문제에 관해 진지하게 고민중이라는 것을 알고 있었다. 확실히 밝혀 말한 것은 아니었지만 그런 징후가 있었다. 처음으로 그 아이는 자신의 지루한 삶에 대해 불평을 하기 시작했다. 떠나려는 시도를 한 적도 있었다고, 그 아이는 말했다. 옷가지와 먹을거리를 챙겨 짐을 쌌는데, 막상 농장 근처 고속도로에 도착하고 보니, 가진 돈도 한푼 없고 어느 방향으로 가야 도시에 닿을 수 있는지조차 모른다는 것을 깨닫고 포기했다고 했다. 금요일마다 우리가 함께 보내는 시간은 점점 더 빨리 흐르는 것 같고, 집으로 돌아가는 것이 점점 더 힘겨워진다고 했다.

지금 생각해보면 그 아이는 내가 무언가를 해주기를 바랐다. 아미시 여자가 열다섯 살이나 열여섯 살에 결혼을 하는 것은 특별한 일도 아니었고 나는 그 아이가 그해 여름 결혼 문제 때문에 압박에 시달린다는 것을 알고 있었다. 나는 만일 내가 그 아이를 집으로 데리고 가, 우리집에서 나와 같이 살 거라고 설명하면 부모님이 뭐라고 할까 상상해보기도 했다. 나는 우리가 대학에서 같이 강의를 듣는 상상을 했다. 나는 그런 일이 가능하리라 믿고 싶은 마음에, 그것이 말도 안 되는 생각이라는 사실은 무시해버린 채, 그런 상상을 하며 흥분하곤 했다.

태너와 내게는 좋은 여름이었다. 최고의 여름이었다고, 나는 생각한다. 하지만 우리는 금요일 밤이 오기 전까진 거의 아무것도 하는 일이 없었다. 푹푹 찌는 날씨 탓에 낮에는 집안에만 틀어박혀 호러영화를 보고 아이스티를 들이부었으며, 밤이면 태너가 모는 트럭을 타고 다니면서 돌아오는 금요일에 할 일을 계획했다. 우리가 시간을, 인생을 허비하고 있다고 부모님들은 말했는데, 그것은 기분 좋은 일이었다. 내년이면 고등학교 졸업반이 될 터였기 때문에, 벌써 우리는, 우리가 별 볼일 없음의 정점에 가까워지고 있음을 자각하고 있었다. 그 여름은, 우리가 아직 용돈을 받고 일자리를 얻지 않아도 될 만큼 어릴 수 있는 마지막 여름이었다.

우리들의 부모님은 그 여름, 집에 있는 날이 없었다. 동네에서 일주일에 대여섯 차례씩 칵테일파티나 바비큐파티가 열렸고 이웃에 사는 부모님들은 거의 매일 밤 술에 곤죽이 됐으며, 새벽 한두시가 되어서야 비틀거리며 집으로 돌아갔다. 간혹 태너와 나는 파티장으로 가서 맥주를 슬쩍해 오기도 했다. 열두어 개의 맥주 캔을 더플백에 찔러넣고 우리집으로 돌아가 뒤쪽 포치에 앉아 마시곤 했으며, 그러다 뒷마당에서 잠들어버리는 사고를 치는 경우도 종종 있었다.

7월 말이 되자 우리는 낮 동안에 트럭을 몰고 아미시 농장 근처로 나가보기 시작했다. 온통 흙길이었고 그 길로 차를 모는 것은 불법이었다. 토요일 오후에 나가보는 경우도 간혹 있었는데, 혹여 레이철이나 아니면 태너가 전날 만난 여자아이들 중 하나를 볼 수 있지 않을까 싶어서였다.

그곳은 달랐다. 습기나 벌레들은 그렇다 치고, 검은색 모직 정장 차림을 하고, 옛날 옛적부터 사용하던 비능률적인 농기구들과 말이 끄는 쟁기와 철 바퀴 마차들과 씨름을 하며, 어린 아미시 아이들이 그 무더위 속에 들판에서 일하는 모습을 지켜보는 일이란 왠지 우울했다. 잔인한 광경이었다.

어느 금요일 밤 나는 태너에게 트럭을 빌려 레이철을 태우고 우리집으로 갔다. 우리는 집 앞에 차를 세우고, 얘기도 하지 않고, 그냥 우리집을 바라보고 있기만 했다. 그날 밤 부모님은 파티를 열고 있었기에 안쪽에서는 사람들의 웃음소리와 전축에서 흘러나오는 음악 소리가 들려왔다. 나는 아버지가, 술 취한 손님들이 빙 둘러앉은 가운데, 커다란 가죽 안락의자 깊숙이 몸을 묻고 앉아 이야기를 하는 모습을 상상할 수 있었다. 어머니는 올리브 꼬치와 차가운 진 잔이 놓인 쟁반들을 나르고 있을 터였다. 나는 잠시 후면 아버지가 밖으로 걸어나와 사람들과 레슬링을 시작할 것이고, 모든 사람들이 "어서, 코치! 꽂아버려!"라고 외치리라는 것을 알고 있었다. 아버지는 대학 시절 레슬링 스타였고 술에 취했다 하면 손님들에게 도전장을 내밀었다.

아버지가 다른 어른과 잔디밭 위를 굴러다닐 생각을 하니 우울해져서 나는 갑자기 그 식당으로 돌아가고 싶어졌다. 그러나 레이철은 안쪽에서 흘러나오는 음악과 웃음소리를 들으며 행복해하는 것 같았다.

몇 분 뒤 그 아이가 말했다. "안으로 들어가자."

그 순간 나는 그 아이를 쳐다보았고, 파티가 열리고 있는 집으로 내가 아미시 여자아이를 데리고 들어가면 아버지가 어떤 반응을 보일까 하는 생각이 불현듯 들고 말았다. 다른 사람들이 대부분 그러하듯 아버지는 아미시 사람들을 좋아하지 않았다.

"가자." 그 아이가 말했다. "맥주를 마셔보고 싶어."

나는 나 혼자 들어가서 맥주를 빼내오는 편이 더 쉽지 않겠느냐고 말했다.

잠시 후 나는 여섯 개들이 맥주 두 팩을 가지고 돌아왔고 우리는 강으로 내려가 맥주 열두 캔을 마셨다. 이후 우리는 물가 근처 풀밭 위에 드러누워 해롱거렸다. 긴장이 풀렸고 서로에게 애틋한 감정이 일었다. 레이철은 취한 것이 처음이었고 그게 재밌는 모양인지, 내 몸 여기저기 이상한 곳에다 키스를 했다. 팔꿈치, 눈꺼풀, 새끼손가락.

그러다 어느 순간―정확히는 기억이 안 난다―나는 그 아이가 내게 무언가를 말하려 한다는 것을 이해하게 됐다. 그래도 좋다는 말. 우리는 할 수 있었다. 내가 원하기만 하면 그 아이도 하려고 했다. 그 아이는 그때 내 몸을 꽉 붙잡고 있었다. 나는 그 때문에 놀랐고 그 때문에 무섭기도 했다―왜냐하면 더이상 부드러운 느낌이 안 들고 거의 화가 난 듯했기 때문이다. 나는 지금은 알고 있다. 그 아이가 무엇을 하려고 했든, 그날 밤 그 아이가 원한 것이 무엇이든, 나와는 아무 상관도 없었다는 것을.

그리고 비록 우리가 하지는 않았지만 그 아이는 이후 오랫동안 울었고 나는 그 아이를 안고 있었다. 그리고 나중에, 그 아이를 다시 식당으로 데려다주고 작별인사를 할 때, 나는 다시는 그 아이를 볼 수 없을 것 같다는 생각에 두려웠다.

8월 말에 태너와 나는 마지막으로 차를 몰고 그곳으로 갔다. 레이철은 이 주 동안이나 식당에 나타나지 않았고 나는 그 아이를 보고 싶었다. 그 아이와 얘기를 해야 했다. 그리고 태너는, 나의 최고의 친구는, 하루종일 나를 태우고 다녀주었다.

우리는 레이철은 보지 못했다. 하지만 고속도로를 향해 차를 몰고 갈 때 아이작 킹을 보았다. 놀란 우리는 잠시 차를 멈추고 그가 들판에서 일하는 모습을 지켜보았다. 그는 아마도 형제나 사촌들일 어린 소년들을 책임지는 현장감독 같은 분위기를 풍겼다. 그가 일하는 모습을 보고 있으려니 이상한 기분이 들었다. 그는 들판에선 다른 사람이었다. 식당에서처럼 조용하지 않았고, 되레 시끄럽고 활기찼다. 그는 한 마리 동물처럼 민첩하게 들판을 움직여다녔고, 어린 소년들은 그의 말을 잘 들었으며 약간은 두려워하는 듯이 보이기까지 했다.

우리는 언덕에, 보이지 않는 곳에 차를 세웠다. 우리는 멀리 있는데도 여전히 그가 두려웠다. 지금은 내가 그를 진짜 미워한 것은 아니었다고 말할 수 있다. 그러나 그가 네댓 명의 아이들과 한꺼번에 싸우는 모습을 보게 되는 날 밤이면, 나는 내가 그를 미워한다고 믿었다. 나는 그 상황의 무익함을 인식하지 못하는 그가, 다른 아이들처럼 패배를 인정하고 집으로 돌아가지 않는 그가 미웠다. 나머지 우리들처럼—내 부모님이 그러는 것처럼, 태너가 그러는 것처럼, 내가 그러는 것처럼—자신의 자리를 인정하지 않는 그가 미웠다.

그는 진작부터 우리를 알아봤던 모양인지, 트럭 뒤에서 천천히 걸어와 우리를 식겁하게 했다. 그는 우리를, 매주 자기를 두들겨 패던 식당 패거리로, 뭔가 더 해보려는 수작중이라고 생각했을 수도 있다. 그러나 생각이야 어찌 했는지 모르겠지만 그는 아무 말도 하지 않았다. 우리가 그 땅에 있는 것은 불법이었다. 그 길에서 차를 몰고 다니는 것 자체가 불법이었지만, 그는 우리에게 가라고 하지 않았다. 그저 가만히 우리를 바라보다, 우리가 자기와 싸우러 온 놈들이 아니라는 것을 깨달았는지, 뒤돌아 들판으로 돌아간 게 다였다.

레이철은 마침내 8월의 마지막 금요일에 그 식당에 나타났다. 그 아이는 나와 함께 있는 것을 어색해했고 내게 거리를 뒀다. 그러면서 자기 가족을 포함해 공동체에 있는 많은 가족들이 11월 말에는, 추수가 끝나면, 인디애나주로 떠날 것이라고 했다. 레올라는 급격히 성장하고 있다고 그 아이는 말했다. 시간이 가면 어쩔 수 없이 떠나야 할 것이라고 했다. 그 아이는 이런 말을 하면서 사뭇 진지한 표정으로 나를 바라보았다.

"그러니까 그게 무슨 뜻이야? 이제 영영 떠난다고?"

그 아이는 고개를 끄덕였다. "그런 것 같아."

나는 그 아이의 손을 잡고 말했다. "끔찍하다."

"알아. 나도 알아."

나는 가끔씩, 만약 내가 그날 밤 그 아이에게 아미시를 떠나라고—나와 결혼해서 나와 내 가족과 같이 살자고—했으면 어떻게 됐을까 생각해보곤 한다. 그때에도 그런 말을 해볼까 생각을 했었지만 제안만으로도 잔인한 일이 되었을 것이다. 부모님이 절대로 동의하지 않았을 테니까. 곰곰이 생각해보면 말도 안 되는 생각이었다. 어쨌거나 나는, 곧 대학에 진학하게 될, 아주 훌륭한 학생이었으니까.

레이철은 그 여름 내내 영화관에 데려가달라고 간청을 했었다. 자기는 한 번도 영화를 본 적이 없다고 했다. 그래서 우리의 마지막 밤을 평소처럼 얘기를 하면서 보내는 대신, 나는 그 아이에게 스키니미니라는 곳에서 재상영되고 있던, 보리스 칼로프가 출연한 옛날 영화를 보여주었다.

영화가 끝난 뒤 우리는 오래도록 차를 타고 돌아다녔다. 계속 얘기를 했지만, 우리 둘 중 누구도 우리가 함께 보낸 지난 밤 얘기를 꺼내지 않았다. 나는 지금은 확신할 수 있다. 영화를 보는 내내, 그리고 나중에 차를 타고 돌아다니는 동안에도 그 아이는 계속 딴생각을 하고 있었으리라는 것을. 그리고 왠지 모르게 나는, 그 아이 입으로 말을 한 것도 아닌데, 레이철이 그 밤을 그리워하지 않으리라는 것을 알 수 있었다.

우리는 차를 타고 말없이 시내를 돌아다녔다. 레이철은 딴생각을 하는지 창밖조차 보지 않았다. 그리고 여름의 끝자락에 있는 모든 도시들이 그러하듯, 도시는 슬퍼 보였다. 레이철이 그 여름 그 안에서 보았던 모든 가능성은 사라지고, 이제 해마다 반복되는 음울한 면모를 변함없이 드러내는 듯, 도시는 벌써부터 춥고 공허해 보였다.

이상한 일이지만, 나는 그 아이가 그렇게 떠나버리는 것에 화가 나지 않았다. 나는 그 아이 역시 행복하지 않다는 것을 알 수 있었다. 그래서 차를 몰고 다시 식당으로 돌아가는 동안 나는 갑자기 그 아이에게, 내가 우리가 함께 보낸 시간을 얼마나 좋아했는지, 그것이 내게 얼마나 큰 의미인지 말해주고 싶었다. 그 아이를 기억하겠다는 내 마음을 확인시켜주고 싶었다. 그러나 나는 그러지 못했다.

식당으로 돌아와보니 뒤쪽으로 아이들이 잔뜩 모여들어 있었다. 그쪽으로 걸어갔더니 태너가 구경하고 있는 게 보였다. 태너는 혼자였다.

"십 분이야." 태너가 말했다. "젠장, 믿을 수가 없어."

아이작 킹은 십 분 동안 버티고 있었다. 그것은 기록이었다.

아이들은 둥그렇게 원을 그리고 서서, 고함을 질러대며, 자리다툼을 벌이고 있었다. 나는 그 무리 속으로 깊숙이 파고들어 귀퉁이 자리를 하나 잡았다. 아이작 킹이, 팔을 허우적대며, 아직도 서 있는 모습이 보였다.

　나는 그가 포기하지 않는 이유를 도무지 이해할 수 없었다. 그것이야말로 그가 비정상이라는 증거였다. 설사 그에게 불가능한 것을 해낼 수 있는―다섯 명을 한 번에 때려눕히는―능력이 있다손 치더라도 옆에 또다른 다섯 명이 대기하고 있다는 것을 왜 모르는가 말이다. 그다음에도 또다른 다섯 명이 있고 그다음에도 또다른 다섯 명이 기다리고 있다는 것을.

　그러나 그날 밤은 분명 뭔가가 달랐다. 그는 자기 자신을 쓰러지게 내버려두지 않을 태세였다. 실제로 그는 이십 분이라는 기록적인 시간 동안 버티고 있었다. 결국 예닐곱 명이 달려들어서야 그를 붙들 수 있었지만, 드러눕혀진 다음에도 그는 여전히 팔다리를 움직이려고 안간힘을 썼다. 마침내 누군가 각목을 휘둘러 그를 녹아웃시켰다. 불필요한 강타였고 나는 지금도 어떤 아이가 그 일격을 가했는지 알지 못한다. 머리카락이 시작되는 부근에서 그의 머리가 찢어졌다. 피가 흐르기 시작하자 아이들은 뿔뿔이 흩어졌다.

　나는 태너에게 걸어갔다. "씨발, 방금 대체 무슨 일이야?"

　"나도 몰라." 녀석이 말했다. "씨발, 대체 무슨 일인지."

　그를 길 건너 마차까지 옮기는 데 삼십 분이 걸렸다. 피를 너무 많이 흘린 탓에 이미 의식을 잃은 상태였다. 구급차를 부르자고 했지만 레이철은 자기들은 병원을 이용해본 적이 없다고 했다. 고집을 부려보려고 했지만 그 아이도 완강했다.

"안 돼. 그들이 좋아하지 않을 거야."

"그들이 누군데?"

그러나 그 아이는 고개를 돌려버릴 뿐이었다.

레이철에게는 작별 인사조차 할 기회가 없었다. 이제 두 번 다시 나를 보지 못할 것이기 때문이 아니라는 것은 알았지만, 떠나면서 그 아이는 울고 있었다.

태너와 나는 그후 집으로 돌아왔고, 다시는 그쪽으로 발걸음을 하지도, 그날 밤 일을 입에 올리지도 않았다. 대신 우리는 고등학교 졸업반이 됐고 대학 수학능력시험을 치렀으며 다른 아이들처럼 대학으로 떠났다. 나는 다시는 레이철을 보지 못했다. 그러나 몇 달 후 태너로부터 아이작 킹이 그후 육 주가 지나 뇌혈전으로 죽었다는 소식을 들었다. 신문에는 조그맣게 기사가 실렸고 혐의는 제기되지 않았다.

지금은 거의 모든 아미시들이 떠나고 없다. 대부분 자기네 땅을 부동산업자들이나 계약업자들에게 헐값으로 넘기고 서쪽에 있는 인디애나주나 아이오와주로 떠났다. 이제 그들의 농장이 있던 곳, 레이철이 살았던 곳에는 새 쇼핑몰과 아웃렛 상점들이

들어서 있고, 아미시 복장을 하고 가짜 턱수염을 붙인 배우들이 고속도로를 따라 서서는, 옥수숫대로 만든 파이프를 입에 물고 자기들과 같이 사진을 찍자며 관광객들의 자동차 행렬을 유혹하고 있다.

나는 이제 스물아홉이고 미혼이다. 아직 늙지는 않았지만 어떤 날에는 늙음이 임박해오고 있음을 자각한다. 태너는 지금, 언젠가 자신의 아내가 될 여자와 캘리포니아에서 살고 있다. 그러나 나는 아직도 녀석이 레올라에, 우리집에서 몇 블록 떨어진 곳에 살던 때를 기억한다. 레이철을 생각할 때면, 10미터 아래로 강을 두고 철로 다리를 건너던 그 경주에 대한 기억이 주로 떠오른다. 그리고 그럴 때마다, 발을 디디는 곳을 보지 않았던, 아래쪽에 무엇이 있는지 염두에조차 두지 않았던 우리의 대책 없음에, 우리의 눈먼 행동에 아직도 몸이 떨려온다.

머킨

지난주에 린이 근무중인 내게 전화를 걸어와 저녁식사 데이트 약속을 상기시켰다. 나는 반 아이들을 위해 창조적인 기억력에 관한 수업을 준비하느라 센터의 레크리에이션 룸에 앉아 있었고 내 옆자리에 앉은 몇몇 아이들은 의자에서 꼼지락거리며 『모비 딕』 신판을 넘겨보고 있었다. 나는 아이들을 보며 미소를 지은 다음 금방 돌아오겠다고 했다. 중요한 전화란다, 나는 수화를 했다.

아이들은 진지하게 고개를 끄덕이고는 읽고 있던 책들로 눈길을 돌렸다.

린이 자기 아버지가 애인―그녀는 애인이라는 단어를, 무슨 비밀이라도 되는 양, 조용히 말했다―을 데리고 오기 때문에 이번 경우는 좀 다를 것이라고 설명하는데, 좌불안석인 목소리였

다. 곧이어 린은 평상시처럼 점검에 들어갔다. 내가 어떤 옷을
입어야 하는지, 내가 무슨 말을 해야 하는지, 우리 관계에서 그
간 새롭게 달라진 것들은 무엇인지.

지난 삼 년 동안 나는 린의 아버지가 찾아올 때마다 그녀의 남
자친구 행세를 하고 있다. 내가 그러는 것은 린을 위해서인데, 그
녀가 내게 그래달라고 부탁했기 때문이고 그것이 그녀에게 큰 의
미가 있다는 것을 내가 알기 때문이다. 그녀의 아버지는 여든이
가까웠고 이미 관심의 상당 부분은 당신이 복용하는 약품에 가
있기 때문에, 내가 그녀보다 열다섯 살이나 어리다는 사실은 별
다른 문제가 되지 않는다. 중요한 것은 내가 남자라는 사실이다.

앞서 말했듯이 올해는 린의 아버지가 애인과 함께 올 예정이
었기에 린은 자기에게 소개시키려는 것을 보면 이 여자하고는
그냥 만나는 사이가 아닌 것 같다고 말하면서도, 자기 아버지는
우리가 그 여자를 자신의 여자친구로 인정하는 걸 원치 않는다
고 덧붙였다. "'친구'라고 하셔." 그녀가 말했다. "그러니까 우리
도 그렇게 불러야 해."

"알겠어요."

그런 다음 그녀는 내가 기억해야 하는 내용들을 줄줄이 열거
하기 시작했다. 그녀가 새로 구입한 자동차 건, 소득세 신고를
하지 않아 내게 된 벌금 건, 주택자금 상환 건.

저멀리 아이들이 책을 읽느라 웅크리고 있는 모습이 보였다. 아이들은 속으로만, 소리 없는 입 모양으로만 단어들을 읽어나가고 있었다.

내가 가르치는 아이들의 대부분은 진행성 양쪽 귀 난청으로, 그 말은 태어날 때는 아무 이상이 없거나 한쪽 귀에만 문제가 있었는데 시간이 흐르면서 점차 양쪽 귀가 다 안 들리게 된다는 의미다. 어찌 보면 그 때문에, 태어날 때부터 귀가 안 들리던 아이들, 자기들의 청력이 언젠가 회복될지도 모른다는 덧없는 희망을 품어본 적 없는 아이들보다 가르치기가 더 힘겹다. 그러나 이런 모습, 자기들이 읽는 단어 하나하나를 또렷하지 않은 발음으로나마 입 밖으로 내어보려고 무던히 애쓰는 모습을 보고 있으면, 나는 이 아이들을 견디게 하는 것은 무엇인지 알고 싶어진다.

"다른 것들도 있는데," 말을 멈춘 린이 다시 말했다. "지금은 생각이 안 나."

"나중에 집에서 말해도 되잖아요." 린은 우리집 길 건너에 산다. 그녀는 그 사실을 잊어버리기 일쑤지만.

"내 말을 듣고 있기는 했지?"

"물론이죠."

그녀는 한숨을 내쉬었고, 나는 전화기 너머로 누군가 비명을 지르는 소리를 들을 수 있었다.

"이봐요, 허니." 나는 말했다. "괜찮을 거예요, 다 잘될 거예요."

린과 내가 사는 동네는 하이츠라는 휴스턴 지역이다. 중산층이 대부분인 조용한 주택가다. 동네 사람 누구도 부자는 아니지만, 거의 다 화이트칼라이고 아이들을 뒀으며 자기네 집을 가꾸기에 충분한 시간적 경제적 여유가 있다. 한동안 하이츠는 간혹 사람들이 코카인을 구하러 가는 곳이나 버려진 건물이 넘쳐나는 소도시의 위험지역이었지만, 지난 몇 년 동안 성장세를 보여, 최근에는 집 앞에 세워놓은 차종도 점점 좋아지고 있고 어떤 이웃들은 옆쪽으로 집을 확장하거나 수영장까지 갖춰나가는 경우가 생기고 있다.

크기야 아담하지만, 린의 집은 그 거리에서 단연 돋보인다. 봄이면 꽃이 피는 재커랜더나무들이 일렬로 서 있고, 포치 앞에는 다년생 식물들이 자라는 타원형 정원이 있다. 작년에, 그녀와 그녀의 딸 조지아는 마당에 있는 잔디를 모조리 뽑아내고 버뮤다그래스를 새로 심었는데, 내 생각에는 그것이야말로 최고의 품종이 아닌가 싶은 것이, 누가 봐도 차이가 확연히 난다. 이웃사람들 중에는, 늦은 밤 그 잔디밭을 따라 걸어보고 그녀에게 어떻게 심으면 잔디가 이렇게 진초록이 되냐고 물어서는 그대로 따라 하는 사람들까지 나왔다.

이상한 일이지만, 나는 린과 조지아를 알고 지내기 전부터 그들을 지켜보곤 했다. 둘이 주말에 잡초를 뽑거나 봄에 꽃을 심거나 조지아가 학교에서 돌아오고 난 오후 시간에 세차를 하거나 하면서, 마당을 걸어다니는 모습을 지켜보았다. 그리고 간혹 금요일 저녁이면 나는 린이 앞쪽 포치에 낯선 사람—어떤 때는 남자였고 어떤 때는 여자였다—과 나와 앉아, 맥주를 마시며 웃는 모습을 보곤 했다. 그녀는 내가 밖에 나와 그녀를 지켜보고 있었다는 것을 알기나 했는지, 그녀가 거기 있다는 사실을 아는 것만으로 내게 한없는 위안이 되었음을 알기나 했는지, 나는 가끔 그런 것들이 궁금하다.

오늘밤 센터에서 집에 돌아와보니 자동응답기에 린의 메시지가 녹음되어 있다. 그녀는 잊어버리고 전화로 말하지 못한 몇 가지 내용을 확인해야 하니 가능한 한 빨리 자기 집으로 와달라고 한다. 그녀의 목소리에는 불안과 긴장이 역력하고 나는 전화기 너머로 소란스러운 소리들을 듣는다.

나는 이 초대가 구실에 지나지 않는다는 것을 안다. 지난 몇 달 동안 그녀와 그녀의 여자친구인 델핀 사이에는 문제가 많았고 나는 나를 그 집에 두고 싶어하는 그녀의 마음을 알고 있다. 내가 있으면 집안에 팽만한 긴장감이 한풀 꺾이고 그들이 싸우는 것이 쉽지 않아지기 때문이다.

델핀은 린보다는 내 나이에 가까운데도, 그 집에 건너가 있을 때 보면 훨씬 나이든 사람 같은 인상을 받는다. 집안을 단속하는 임무를 부여받은 부모의 느낌이랄까. 우리가 술을 너무 많이 마시지 못하게, 잔디 깎는 걸 잊지 못하게. 델핀은 지나칠 정도로 깐깐했고 나는 이것이 간혹 린의 심기를 불편하게 한다는 것을 알고 있다. 저녁식사 테이블을 차릴 때 꼭 필요하지도 않은 여벌의 나이프와 포크까지 꺼내놓는 것이며, 다림질을 할 때도 풀을 먹여 빳빳하게 다려야 직성이 풀리는 것이며, 에어컨에 필터가 없는 것을 못 견디는 것이며.

델핀은 나쁜 사람은 아니지만 좋아하기는 힘든 유형이다. 내 관점에서는 옹호하기가 버겁다. 나는 그녀를 야유하려는 게 아니다, 다만 그녀를 응원하지는 않는다. 내가 그 집으로 건너갈 때마다, 그녀는 발작에 가까운 신경질을 부리며 집은 왜 이렇게 좁냐는 둥 내가 노크도 하지 않고 집에 불쑥 들어오는 때가 있다는 둥 불평을 한다. 린은 우리가 가깝게 지내기 때문에 그녀가 내게서 위협을 느낀다고 생각하고 있고, 그래서 나는 그 집에 있게 될 때마다 그녀에게 좋게 대하려고 애를 쓴다. 그녀의 사진이나 인화 작업에 대해 물어보고, 가끔은 보여줄 수 있느냐고 물어볼 때도 있다.

지난달부터 델핀은 오스틴에서 열리는 쇼 작업을 하고 있고 일주일에 두 번 그곳으로 가며 전에 만나던 여자와 밤을 보내고 온다. 질투심에 휘둘리는 사람이었다면 의심을 했을 테고 전적으로 그럴 권리가 있지만, 린은 그런 유형의 사람이 아니다. 그녀는 그저 미소를 지으며 손을 흔들어줄 뿐이다. 후에 같이 앉아 저녁을 먹거나 술을 마실 때, 델핀이 전에 만나던 연인과 계속해서 관계를 유지하는 것이 신경쓰이지 않느냐고 물으면 그녀는 윙크를 하며 말한다. "허니, 나는 질투를 하기에는 나이가 너무 많아. 내게 돌아오기만 하면 나는 상관하지 않아."

그리고 그녀가 눈을 굴리고 내 손을 토닥거리면서 이렇게 말할 때 나는 그녀의 말을 믿는다.

그날 밤 린의 집에 도착하고 보니 현관문은 열려 있고 아래층은 어둡다. 나는 안으로 들어가 그녀의 이름을 부른다. "허니." 그녀는 대답이 없다. "나 왔어요."

그녀의 아버지가 도착할 즈음이면 우리는 놀이 삼아 서로를 애칭으로 부르는 연습을 하곤 하지만, 오늘밤은 그럴 기분이 아닌 것을 알겠다.

그녀가 저 안에 있어. 부엌으로 들어가니 그녀가 내게 입 모양으로 말한다. 그리고 델핀의 암실을 가리킨다.

아, 미안해요. 나 역시 입 모양으로만 말한다.

다른 방에서, 한때는 린의 서재였지만 지금은 델핀과 그녀의 사진 장비들이 차지하고 있는 그 방에서, 델핀이 유럽 펑크 밴드 스타일의 테이프를 트는 소리가 들린다.

"머리 아파!" 린이 방문을 향해 외치자 곧이어 음악 소리가 꺼진다.

"오늘밤은 무슨 일이에요?"

"나도 몰라." 그녀가 말한다. "아무 문제 없어. 모든 게 문제이기도 하고." 그녀는 나를 보며 어깨를 으쓱한다. "조지아가 나한테 단단히 화가 났어."

"그래요? 그앤 또 왜요?"

그녀는 조지아의 침실이 있는 복도 쪽을 살피더니, "인터넷 서핑을 하다가 또 걸렸거든." 하고 속삭인다.

"아."

린은 인터넷에 대해, 사이버 스토커니 변태들이니 하는 끔찍한 이야기들 때문에 피해망상적이 되어가고 있었다. 그래서 과제를 하거나 자기 아빠에게 이메일을 보낼 때만 인터넷을 사용할 수 있도록 허락하고 있다.

"나를 미워한다고 했어."

"정말요?"

"내가 컴퓨터 전원을 뽑아버렸을 때."

"걱정 말아요." 나는 그녀의 손을 잡으며 말한다. "아직 어린 애잖아요."

"알아. 하지만 전에는 그런 소리를 해본 적이 없어."

나는 그녀를 본다. "전 가는 게 좋겠어요."

"아냐." 그녀가 말한다. "있어주면 좋겠어." 그런 다음 손을 뻗어 의자 아래 감춰두고 있던 와인 한 병을 꺼낸다. "취하고 싶어."

린은 솜씨 좋은 요리사인 터라, 내가 코르크 마개를 뽑고 와인을 한 잔씩 따르는 오 분 동안에 프리마베라 소스 파스타를 뚝딱 데워 두 사람 접시에 넉넉히 덜어 내온다. 조지아는 자기 방에서 공부를 하는 척하고 있지만 친구와 수다를 떨고 있을 게 뻔하고, 델핀은 화약 제품들을 섞으면서 아직 암실에 있다. 린은 앞치마를 두르고 있고 머리는 뒤로 넘겨 묶었는데 진이 다 빠진 듯 보이면서도 너무나 매력적이다.

"좋은 생각이 있어." 그녀가 그날 밤 늦게, 우리가 와인을 거의 다 마셨고 조지아는 잠이 들었을 때 내게 말한다.

"그렇군요. 들어보지요."

"아버지한테 올해 우리가 유럽에 갈 거라고 말하면 어떨까 생각했어."

"유럽이라. 유럽은 왜요?"

"몰라. 그냥 늘 가보고 싶었어."

나는 그녀를 보고 미소를 짓는다. "여행비는 어떻게 대는데요?"

"당신 승진해서 생기는 돈 있잖아. 기억하지?"

"아, 그거." 나는 미소를 짓는다. "잊어버릴 뻔했군요."

나는 가끔, 그녀가 인정하는 것 이상으로, 린이 우리의 가상 연인 관계를 즐기는 게 아닌가 하는 생각이 든다. 그녀는 언제나 자기 아버지와의 저녁식사 자리가 곤혹스럽게 연기를 해야 하는 부담스러운 의무라도 되는 양 행동하지만, 나는 그가 도착하기 직전의 며칠 동안만큼 그녀가 신나 있는 때를 알지 못한다.

사실, 나는 그녀의 아버지가 신경쓴다고도 생각지 않는다. 그는 자기 자신의 삶에 대해 말하거나 린에게 그녀의 삶을 향상시키기 위해 무엇을 해야 하는지 말하는 것에 훨씬 더 관심이 많다. 그는 텍사스 민주당원이고, 린든 B. 존슨이야말로 이 나라에서 가장 위대한 대통령이었다고 확신하는 사람이다.

저녁을 먹으면서, 린은 자기 아버지에게 작년에 우리가 했다고 말한 것들을 조목조목 설명하기 시작한다. 우리는 휴가 때 루이지애나에 갔고, 차를 팔고 다른 차를 샀으며, 이웃에게서 고양이 한 마리를 입양했고, 주택자금을 차환했다. 이런 것들은 린이 실제로 한 일들이고 그래서 기억하는 게 그다지 어렵지 않지만, 내가 집으로 가려 하자, 그녀는 우리가 같은 내용을 이해하고 있는지 확인하고 싶다며 한번 더 복습을 해보자고 한다.

확인 작업을 마치자 그녀는 내 손을 잡고 포치 밖으로 나간다. 나는 그녀가 불안해하는 것을 알 수 있고, 우리는 그녀의 집 옆쪽 계단에 앉아 있는데, 마치 공모라도 하는 양 그녀가 나를 옆으로 당기더니 델핀과 헤어질 생각을 하는 중이라고 말한다.

"언제 그런 결정을 했어요?"

"몰라. 한 일주일 전쯤."

"정말요?"

그녀는 고개를 끄덕인다. "더이상 재미있지 않아. 게다가 조지아도 그녀를 미워하는 것 같고."

나는 고개를 끄덕인다.

"오늘도 또 싸웠어."

"아, 그래요?"

"내가 당신을 사랑하고 있다고 비난하지 뭐야."

"말도 안 돼요."

"나도 알아." 그녀는 말한다. "우리 사이에 뭔가 있다고 느낀대. 관계의 고리 같은 거."

"그거야, 이번주만 그럴 수 있잖아요, 아버지가 오시니까."

"어쩌면," 그녀는 이렇게 말하고 마당을 내다본다. "나도 모르겠어."

멀리서 자전거를 탄 소년 하나가 도로 한복판에서 누군가에게 손을 흔들고 있다.

"그래서 언제 말할 계획인데요?"

"몰라." 그녀는 말한다. "오늘밤 할 생각이었는데. 언제 다시 용기가 날지 모르겠어."

나는 그녀의 손을 잡는다. "나중에라도 얘기 상대가 필요하면 연락해요."

"알았어." 그녀는 이렇게 말하고 내 뺨에 키스를 한다.

"굿 나잇, 달링." 그녀가 말한다.

"굿 나잇, 허니."

화요일마다 나는 귀가 안 들리는 아이들을 데리고 시내 커피숍인 자바하우스로 가서 마이크 개방 행사를 주최한다. 아이들이 사람들 앞에서 자기들이 쓴 시를 읽는 시간이다. 참여하는 사람들이 언제나 꽤 되는 편이고—오십 명 이상 되는 적은 없지만 그래도 상당히 많은 수다—아이들은 언제나 그 시간을 좋아한다. 아이들은 부모와 친구들을 데리고 오고 내가 작년에 만들어준 조그만 간이 연단에 올라서서 자기들의 시를 읽는다.

개중 몇 명은 겁을 먹고 말아, 연단에 오르기 전에 내게로 와서 불안하다고 수화를 하는데, 그러면 나는 아이들의 등을 토닥

거리며 괜찮다고 말해준다. 다음에 하면 되지 뭐, 하고 내가 수화를 하면 아이들은 미소를 짓거나 고개를 끄덕이는데, 나중에 고개를 들었을 때 아이들이 나를 보고 있으면 나는 내가 과연 잘한 걸까 싶어진다.

오직 한 아이, 호세가, 낭송 때 고투한다. 호세는 키는 190센티미터에 달하고 20킬로그램 넘게 과체중인 도미니카인 2세대다. 뒷줄에 구부정하게 서서 자기 차례를 기다리는데, 중서부 지역의 라인배커*같이, 나머지 아이들보다 훌쩍 크다. 어느 누구도 그를 포기시킬 용기가 없다. 어느 누구도, 네가 입을 벌려 만들어내는 단어는 귀가 들리는 청중에게 해독이 불가하다고, 네가 쓰는 시들의 달콤한 아름다움은 네가 그것들을 읽을 때면 사라져 헝클어지고 만다고 말하지 못한다. 몇몇 아이들이 대신 그의 시들을 읽어주겠다고, 언제나 조심스럽게, 언제나 예의바르게, 혹여 호세가 주변에 있는지 꼭 확인을 하면서 내게 말했다.

"안 돼." 나는 그 아이들에게 말한다. "선생님은 그 녀석이 그걸 좋아한다고 생각해. 그 녀석에게 중요한 일이라고 생각해."

그러면 아이들은 고개를 끄덕이거나 미소를 짓지만 나 역시, 그 아이들이 호세의 모습을 보는 게 괴롭다는 것을, 자기들 가운데

---

* 미식축구에서 상대팀 선수에게 태클을 걸며 방어하는 수비수.

최고의 시인이 다른 사람들의 귀에 시를 들려줄 수 없는 유일한 시인이라는 사실이 아이들 마음에 낙담을 안긴다는 것을 안다.

지난번 시간에 호세는 무대에서 공황 상태에 빠졌다. 그날 밤 그 자리에 린이 있었는데 나는 그것 때문에 그녀의 마음이 상한 것을 알 수 있었다. 우리는 뒷줄에 앉아서 보고 있었는데 별안간 호세가 제자리에 얼어붙었고 누구도 뭘 어떻게 해야 할지 몰랐다. 우리 모두는 그 아이가 어서 마음을 회복하기를 바라면서 그저 앉아 있었지만, 호세는 움직이지 않았고 무대에서 뛰어나가지도 않았다. 마치 누가 와서 자기를 도와주리라 기대하는 듯이 그냥 그 자리에 서 있었다. 잠시 뒤 린이 내게 고개를 돌리더니 어떻게 좀 해보라고 했고, 그래서 나는 무대로 올라가 그를 무대 밖으로 데리고 나왔으며, 청중은 우리를 쳐다보며 멀거니 앉아서, 박수를 쳐야 할지 말아야 할지 우물쭈물하고 있었다. 마침내 다른 아이가 무대 위로 걸어올라가 마이크를 잡고 나서야 모든 것이 정상으로 돌아왔고 나는 그 밤의 나머지 시간 동안 뒤쪽 자리에서 호세를 달랬다. 괜찮았다고, 아무도 눈치채지 못했다고 말하면서.

낭송회의 밤이 끝나갈 무렵 그 아이는 진정이 된 듯싶었지만 나는 그 일이 린의 마음을 상하게 했다는 것을 알 수 있었다.

"나는 아까 같은 거 보기 정말 싫어." 눈가를 보건대 그녀는 울고 있었다.

"이제 괜찮아요." 나는 말했다. "봐요. 이 아이도 웃고 있잖아요."

그러나 린은 보지 않았다. 그녀는 그냥 거기에 서 있었다.

그리고 결국 말했다. "이제 가봐야 할 때가 된 것 같아."

그 아이들과 관련된 뭔가가 린의 마음을 불편하게 한다. 뭐라 딱 꼬집어 말할 수는 없지만, 그 아이들이 듣지 못한다는 사실과 관련된 뭔가가, 내 생각에는, 그녀의 마음을 불편하게 하고 겁을 먹게 한다. 가끔씩 그녀는 낭송회에 와서 뒤쪽에 가만히 앉아 있지만, 한 번도 미소를 짓거나 박수를 치는 적이 없다. 그녀는 진지한 표정으로 앉아만 있다가 행사가 끝나면 집으로 돌아간다. 그녀는 언젠가 내게, 어떻게 그런 일을 할 수 있는지 이해가 안 간다고 했다. 어떻게 마음을 다독이며, 매일 그런 슬픔 곁에서 지낼 수 있느냐고. "당신은 그것 때문에 우울해지지 않아?" 그녀가 언젠가 내게 물었다.

"아뇨." 나는 말했다. "오히려 반대예요. 그건 나를 행복하게 하지요."

그러자 그녀는 나를 보며 미소를 지었다. 하지만 그때에도 나는, 그녀가 내 말을 이해하지 못했다는 것을 알 수 있었다.

다음날, 센터에서 집으로 돌아오던 나는 린과 델핀이 델핀의 차로 걸어가는 모습을 보고 린이 마음먹은 바를 실행에 옮기지 못했다는 것을 당장에 알 수 있다. 델핀은 미소를 짓고 있고 린역시 미소로 답하고 있으며 차를 향해 걸어가는 동안 두 사람은 손을 잡고 있다.

"내일 봐!" 델핀의 차가 움직이기 시작하자 린이 외친다. 델핀은 그녀에게 키스를 보낸다.

나는 가슴께가 저릿해지는데 왜 이러는 것일까.

린은 나의 전 여자친구 로런을 만난 적이 없지만, 린이 길 건너편으로 이사오기 한 달 전만 해도 로런은 아직 나와 살고 있었다. 우리는 오 년을, 내 이십대의 대부분을 함께 보냈기에, 그녀가 결국 집을 떠났을 때 나는 내 삶의 일부가 떠난 것 같은, 어쩐지 그 모든 시간을 잃어버린 것 같은, 그 모든 세월을 부질없이 보내버린 것 같은 기분이 들었다.

로런은 작가, 그것도 썩 괜찮은 작가였다. 하버드 대학 대학원 과정을 밟고 있었는데, 그러다가 언제쯤, 석사 과정 중간쯤에서, 자기가 무엇을 하고 있는지를 놓쳐버렸거나 아니면 그냥 지겨워졌던 모양이고, 그러는 동안에 그 대학원 교수 중 하나와, 프라이버시를 침해하지 않기 위해 이름은 밝히고 싶지 않은 유명한 소설가와 자기 시작했는데, 그것은 그의 부인도 나도 결국 둘 다 알게 된, 모든 정황으로 보아 그냥 지나갈 수 없는 일이었다. 그 일은 일 년이 다 되어가도록 날이면 날마다 내 복부를 가격하는 잔인하고도 강력한 펀치였고, 상황을 해결해보려는 우리의 노력에도 불구하고 결국 로런은 그해 봄 집을 떠났으며 린이 이사를 온 건 아마 그맘때쯤이지 싶다.

그곳에 이사오고 나서 처음 몇 달 동안, 린은 내가 포치에 앉아 있거나 잔디를 깎고 있는 모습이 보이면 길 건너편으로 손을 흔들곤 했고, 시간이 지나자 담배를 한 대 피우겠느냐고 하거나 맥주를 한잔하겠냐고 하며 우리집에 들르기 시작했고, 내 짐작에, 아마도 이 때문에 나는 내 삶의 궤도를 되찾기 시작했다.

그녀가 자기 학교에 있는 여자들과 나를 연결해주려고 노력하기 시작한 것도 그때쯤이었다. 전부 고등학교 선생님들이었고 전부 나보다 어렸다. 남자를 만나기 전에, 아니면 학교로 돌아가기 전에, 아니면 경력을 쌓을 다른 일을 찾기 전에 일이 년 정도 교직에 헌신하기로 결심한, 막 대학을 졸업한 학생들이었다.

린에게는 설명할 수 없었지만, 그리고 아직도 설명할 수 없지만, 그런 여자들 중 하나와, 로런이 아닌 다른 사람과 함께한다는 생각은 나로선 상상이 불가능했다. 나는 밤에 그들과 앉아 있거나 그들과 침대에 누워 있는 상상을 할 수 없었다. 실제로 데이트를 하게 되면 그들에게 무슨 말을 해야 할지조차도, 나는 상상이 안 됐다.

"그냥 자연스럽게 하면 되지 뭐." 린은 나를 구슬리려 이렇게 말하곤 했다.

그러나 이런 말을 함과 동시에, 그녀는 내가 떠나버릴까봐, 내가 다른 누군가를 만나 이사를 가버릴까봐, 내가 그곳을 떠나 어린 시절을 보낸 캘리포니아나 대학 시절을 보낸 보스턴으로 돌아가버릴까봐 염려하곤 했다.

"당신이 떠나버릴 거라는 생각이 계속 들어." 그녀는 말하곤 했다. "안 그러겠다고 약속해줄래?"

그럼 나는 말했다. "약속해요."

"다행이야. 당신이 없으면 우리가 어떻게 지낼 수 있을지 모르겠거든. 조지아 마음이 찢어질 거야. 내 마음도 그렇고."

"우린 그런 일이 일어나게 하지 않을 거예요." 나는 말하곤 했다. "안 그래요?"

델핀의 트럭이 진입로를 나가는 모습을 지켜본 후 나는 길 건너로 가 문을 두드린다. 린이 문을 열고 나를 보더니 고개를 젓는다.

"알아." 그녀가 말한다. "나는 겁쟁이야. 말 안 해도 알아."

"어떻게 된 거예요?"

"말을 할 수가 없었어. 간밤에 침대에 누워 있을 때 그녀를 봤는데 너무 평화롭고 행복해 보여서 그럴 수가 없었어."

나는 고개를 젓고 웃는다.

"내가 심약하다고 생각해?"

"아뇨." 나는 말한다. "당신에겐 양심이 있다고 생각해요."

"쇼가 끝날 때까지만 기다리자고 생각했어. 굉장히 열심히 하고 있으니까 망치게 하고 싶지 않았어."

"옳은 말 같아요."

그녀는 미소를 짓더니 나를 안쪽으로 들어오게 해 부엌으로 데리고 간다.

"당신이 와인 딸래?" 그녀가 내게 등을 보이며 말한다. "오늘 밤은 특별한 와인을 준비해뒀거든."

지난 삼 년 동안 린과 나는 누가 더 싼, 그러면서도 마실 만한 브랜드의 와인을 구해오느냐 하는 별것 아닌 시합을 벌이고 있다. 병에 든 와인 말고 저렴한 박스 와인이 우리의 주종이고, 그런 것을 구하는 게 여의치 않으면 싼 미국 와인을 선택한다. 상표에 가짜 현대미술 작품이나 갈퀴를 든 포도주 상인이 그려진 것들로. 이따금은 보르도산이나 피노누아에 서슴없이 큰돈을 쓰기도 하지만 대부분의 경우 우리는 누구나 딱 보면 아는 지역이나 연도가 없는 와인을 고집한다. 그저 단순히 '레드' '화이트'

아니면 한번씩 '핑크' 와인이라 불리는 것들.

오늘밤 린은 상표에 개구리 만화가 그려진 브랜드를 꺼내놓고 웃는다. 와인의 이름은 세뇨르 개구리.

"각오 단단히 하고 마셔." 그녀는 빈 잼 병을 꺼내 뚜껑 닫는 데까지 채우며 말한다. 그런 다음 테이블 너머로 내게 밀어주며 윙크를 한다. "특가품이야, 2.99달러."

"와우." 나는 말한다. "대단한 일을 해냈군요." 그런 다음 유리병을 입술로 가져가 살짝 맛을 본다. "맛있네요."

"거짓말쟁이." 그녀는 미소를 짓는다.

이런 밤이면, 기운이 빠져 있는 밤이면, 린은 종종 내게 자신의 인생에 대해, 웬만하면 피하고 싶었던 일들에 대해 말한다. 뉴욕에서 보낸 어린 시절이나 남편이 떠나고 자신이 양성애자라는 사실을 깨닫게 된 몇 달 동안에 대해. 그러나 오늘밤 나는 그녀가 그런 말을 할 기분이 아니라는 것을 알 수 있고, 우리가 와인병을 거의 다 비워갈 무렵, 그녀는 우울감에 젖어 눈에 보이게 신경이 날카로워진다. 델핀이나 조지아 생각을 하고 있어서 그럴 테지만 결국 내가 왜 그러느냐고 물어도 나를 물끄러미 바라보다 그저 어깨를 으쓱하고 만다.

"그 여자 이름도 몰라." 그녀가 잠시 뒤 말한다.

"누구요?"

"아버지 친구. 아버지가 데리고 오는 그 여자. 그 여자 이름도 몰라."

"소개해줄 생각에 아버님도 불안하신가보죠."

"글쎄, 그럴 수도 있겠지." 그런 다음 그녀는 마당을 내다본다. 그녀의 얼굴이 움찔한다. 그녀는 한숨을 내쉰다. 그리고 잠시 뒤 말한다. "있잖아, 아버지의 처음은 내가 아홉 살 때였어."

"처음이요?"

"첫 바람. 길 건너 살던 여자였어. 로즈 부인. 난 그 집 아들들하고 같이 학교에 다녔어."

나는 그녀를 본다. "어머니도 아셨어요?"

"몰라." 그녀는 말한다. "아마 그랬겠지. 아버지는 특별히 그 일을 어머니에게 숨기려고 하지 않았고 어머니는 특별히 그 일에 대해 아버지하고 대면하려 들지 않았어. 나는 그것 때문에 어머니를 미워했었어. 아버지하고 대면하려 들지 않는 어머니 태도 때문에."

나는 그녀를 보고 고개를 끄덕인다. 그런 다음 와인병을 들어 그녀에게 한 잔 더 따라준다.

"충분히 마신 것 같아." 그녀가 잠시 뒤 와인을 되밀며 말한다. "이게 이렇게 우울한 와인일 줄 누가 알았겠어?"

"그러게요. 세뇨르 우울이네요, 그렇죠?"

"맞아." 그녀가 웃는다.

내가 집으로 돌아가려 하자 린은 소파에서 자고 가라고 하지만 나는 사양한다. 그리고 "내가 그래서 당신 기분이 나아진다면 모르겠지만"이라고 말한다.

"그럴 거야." 그녀는 이렇게 말하고 내 뺨에 키스한다. "하지만 괜찮아." 그녀는 나를 문까지 배웅해주고 나서 포옹을 한다. "내일 식사 자리는 멕시코 식당으로 생각하고 있어. 아빠가 멕시코 음식을 좋아하시거든."

"그래요. 좋아요."

"아버지가 호텔에서 식사를 하겠다고 하시지 않으면. 아마도 그러시겠지만."

"좋을 대로 해요. 그냥 알려주기만 해요."

린이 내게 다가와 팔을 두른다. "당신은 당신이 누군지 알아?" 그리고 잠시 후 자기 쪽으로 나를 당기며 말한다. "당신은 나의 비어드*야."

"비어드는 게이 남자들만 두지 않나요?"

"아니. 레즈비언들도 비어드를 둬."

---

* beard. 일차 의미는 턱수염. 동성애자가 공공장소에서 곁에 두는 이성 파트너를 가리킨다.

"뭔가 다른 말로 불러야 하지 않아요?"

"이를테면?"

"몰라요." 나는 적당한 말을 생각한다. 그녀의 기분을 상하게 하지 않을 만한 말로.

"머킨*이라고 부르는 것 같아." 그녀가 마침내 말한다. "한 번 들은 적이 있어. 비어드의 남성형."

그리고 그녀는 내게 기대 키스를, 이번에는 입술에 한다. 술에 취해 하는, 무의미한 키스.

"이제 가야겠어요." 나는 잠시 뒤 말한다.

"그래." 그녀는 이렇게 말하고 나를 가게 둔다.

다음날 센터로 갔을 때 나는 호세가 센터 밖에 있는 조그만 일본식 정원에 혼자 앉아 있는 모습을 발견한다. 그는 담배를 피우고 있다. 몇몇 선생님들이 그에게 용납하는 일이다. 학교 정책에는 어긋나고 공개적으로 허락된 것은 아니지만, 그가 잠깐 밖으로 나가면 그들은 대개 고개를 돌려준다. 그래봐야 흡연 정도가 호세가 일으키는 가장 큰 골칫거리라는 것을, 다들 안다.

---

* merkin. 일차 의미는 가짜 음모(陰毛), 공공장소에서 동성애자 여자의 파트너 역할을 하는 남자를 가리킨다.

낭송 때문에 흥분되지? 나는 그에게 수화를 한다.

그는 고개를 끄덕이고 미소를 짓는다. 그런 다음 주머니에서 종이 한 장을 꺼낸다.

이걸 읽을 계획이야?

그는 고개를 끄덕이고는 내게 그것을 내민다. 시는 길고 거의 읽을 수 없지만, 나는 처음 몇 줄은 알아볼 수 있다.

나는 부재하는 사람 / 목소리 없는 입

알아보기 힘들지만 나는 나머지 내용도 마저 읽는 척하고, 그런 다음 그에게 엄지손가락을 올려 보인다.

아름답다, 나는 수화를 한다.

"감사합니다." 그가 말한다.

귀가 들리지 않는 것 말고도 호세에게는 당뇨병이 있고 심각한 우울증을 앓고 있다. 사람들은 그가 조울증일지도 모른다고 생각하여 그에 맞는 치료를 시작했다. 그는 거의 모든 가족 유전자의 짜증나는 한계에 도달한 듯 보이지만, 그의 행동만 봐서는 절대 알 수가 없다. 그의 여자형제들은 둘 다 날씬하고 잘생겼고, 라이스 대학의 장학생들이다. 그들은 그가 낭송을 할 때 가끔씩 와서 뒤쪽에 앉아 있지만, 안 그런 경우에는 자기들 기숙사에 숨어 나오지 않는다. 공부하느라 너무 바빠요. 호세는 내가 물어보면 그렇게 설명한다. 아니면, 남자친구가 있으면 어떤지 아시잖아요, 라고 하거나.

작년에 실물 크기의 빈티지 비디오게임 콘솔 전문 회사에서 일하는 호세의 아버지는 오리지널 갤러그 게임 기계 중 한 대를 센터에 기증했다.

아이들은 당연히 그 게임을 좋아했고 호세는 자기 아버지가 그걸 기증했다는 사실을 자랑스러워했다. 그후 일주일 내내 그는 학교에서 함박웃음을 지으며 다녔고 그런 모습을 보니 나도 마음이 좋았지만, 그것이 그의 아버지가 학교에 얼굴을 보인 유일한 때라는 생각을 하니 그만 슬퍼지기도 했다.

그날 일을 끝내고 센터를 나서는데 호세는 아직도 정원 한쪽 자기 벤치에 앉아 있다. 그는 속으로만, 조용한 입 모양으로만 자기 시를 읽어보고 있다.

나는 그쪽으로 걸어가 그의 앞에 선다. 잠시 뒤 내가 거기 있다는 것을 알아차리고 그가 고개를 든다.

네게 행운을 빌어주고 싶었단다. 나는 수화를 한다.

안 오세요?

늦게라도 가보기는 할 텐데 초반부는 보지 못할 거야.

저는 나중에 해요, 호세가 수화를 한다.

알아.

그는 고개를 끄덕인다.

괜찮니?

네. 왜요?

슬퍼 보여서, 나는 수화를 한다.

그가 멈칫하더니 나를 보며 미소를 짓는다. "그렇군요." 그가
말한다. "선생님도 그래요."

나를 떠나고 몇 주 뒤 로런은 내게 장문의 편지를 보내왔다.
그 교수와 자기의 불륜의 시작에서부터 그녀가 우리의 "대화 단
절"이라고 칭한 것에 이르기까지, 우리 관계에서 잘못되었던 모
든 것을 상세히 열거하는 내용이었다. 그녀는 내가 자기에게 소
원했고 내가 내 생각에만 빠져 있었다고 나를 비난했다. 그녀는
내가 자기 말을 들으려는 노력을 한 적이 없고, 그저 나와 같이
있는 것이 전부라고 생각했으며, 우리는 사실상 말을 하지 않고
도 지낼 수 있었다고 주장했다. 그녀는 내가 자신에게 필요한 것
을 주지 않았으며, 그저 현재 상태에만 만족했다고 주장했다. 그
녀는 내가 좀더 적극적이기를, 덜 수동적이기를 원했다고 했다.
그녀는 내가 자기처럼 무언가를 원하기를, 우리를 위한 미래를
그리기를 원했다고 했다.

당신은 스물여섯이나 됐으면서 마리화나나 피우려 들고 비디오게
임이나 하려 드는 남자야, 라고 그녀는 편지 말미에 썼다. 그런 건

내가 상상한 삶이 아니야. 그런 다음 그녀는 사랑하는 로런으로부터, 하고 서명했고 자기에게 연락하지 말라는 간략한 추신을 덧붙였다.

그러나 나는 그녀에게 연락을 했다, 몇 주 후에. 늦은 밤이었고 나는 마리화나에 취해 몽롱한 상태였으며 그녀의 편지 내용에 대해 조목조목 반박하는 메일을 썼다. 그녀의 주장은 모두 설득력이 없고 사실무근이며, 자기 행동을 정당화하기 위해 내 과거 행동을 이용하고 있다고 썼다. 나는 네가 말한 전형으로 전락하고 싶지 않아, 마리화나와 비디오게임에 대한 그녀의 코멘트를 언급하며 나는 말미에 이렇게 적었고, 그런 다음 사랑하는 마이클로부터, 하고 서명했다.

나는 메일을 전송하자마자 후회했고 다음날 다시 읽어보고는 우울해졌다. 철자가 틀린 것과 오타들은 말할 것도 없고 온통 불합리한 추론과 그릇된 논리로 가득했다. 편지를 쓸 때는 확신이 넘쳤지만, 이제 와 다시 읽어보니 유치한 자기방어일 뿐이었다. 다시 쓸까, 사과를 하고 첫번째 메일을 쓸 때는 마리화나 때문에 그랬다고 설명할까 싶었지만, 그래봐야 나에 대한 그녀의 확신을 재확인시켜주는 것밖에 되지 않을 터였다.

대신 나는 그 메일을 삭제하고 그녀의 답신을 기다렸다. 그러나 그녀에게서 답신 같은 것은 오지 않았다.

가끔씩 나는 내가 린 같았으면 더 낫지 않았을까 하는 생각이 든다. 남편이 바람을 피웠을 때 그녀는 복수나 보복을 하려 들지 않았다. 그저 자신의 일상을 이어나갔고, 그러다, 수차례의 카운슬링과 대화 끝에 그에게 이혼을 요구했다. 깨져버렸던 거야, 그녀는 내게 말했다. 이미 깨져버린 걸 어떻게 도로 붙이겠어. 그러나 그녀에게 왜 화를 내지 않았냐고 물었을 때 그녀는 그저 미소를 지으며 말했다. "결혼을 깨는 것은 두 사람이야, 허니. 나는 그 두 사람 중 하나였고."

　호텔의 안내 데스크에 도착하자 안내원이 내게 412호에 묵고 계시는 손님은 이미 나가셨고, 내게 쪽지가 하나 남겨져 있다고 알려준다. 나는 그 쪽지를 건네받고 펴본다. 큰 대문자로 린은 **"저녁식사는 취소됐어"**라고 써놓았고, 조그만 글씨로 그 아래쪽에 "바에 있을게"라고 덧붙였다.

　안내원에게 바의 위치를 묻자 그는 엘리베이터 근처 복도를 가리킨다.

　이국적인 폴리네시아 조각상들이 장식된 어두운 바의 뒤쪽, 린은 조그만 유리 테이블에 혼자 앉아 커다란 잔에 담긴 다이키리를 마시고 있다.

　"무슨 일이에요?" 나는 말한다.

"저녁식사는 취소됐어." 그녀는 어깨를 으쓱한다.

"아버지는 뵀어요?"

"아니." 그녀는 고개를 젓는다.

"쪽지를 남기셨던가요?"

"응."

"뭐라고 하세요?"

"저녁식사는 취소됐다고."

"그게 다예요?"

"아니. 시내 외곽에 있는 무슨 고깃집에서 고객인가를 만난다고. 아주 중요한 일이라고. 내가 이해해주기를 바라고 떠나기 전 내일 아침에 아침식사를 할 수 있으면 좋겠다고."

"농담이죠."

린은 고개를 젓는다.

"원래 이래." 그녀가 말한다. "내 인생은 늘 이런 식이었어."

"열심히 준비했는데 다 헛것이 됐네요."

그녀는 미소를 짓는다. "앉아. 나는 좀 취했어."

나는 자리에 앉아 여종업원을 부른 다음 린이 마시는 것을, 그게 뭐든, 달라고 한다. 폴리네시아 무용수처럼 옷을 입은 여자는 예의바르게 미소를 짓고 고개를 끄덕인다.

"데이트 신청을 해보지 그래?" 여종업원이 가자 린이 말한다.

"스물두 살이나 됐을까 싶은데요, 뭐."

"우리 아버지는 상관 안 했는데." 그녀는 이렇게 말하고 웃는다.

나는 그녀의 손을 잡고 미소를 짓고, 그런 다음 우리 둘은 뒤쪽에 있는 무대를 둘러본다. 재즈 트리오가 공연 준비를 하며 악기를 조율하고 있다.

여종업원이 내가 주문한 음료를 놓고 가자 린이 말한다. "할말이 있어."

"네. 말해봐요."

"나, 델핀하고 막 헤어진 것 같아."

"언제요?"

"오늘 오후, 여기 오기 직전에."

"쇼가 끝날 때까지 기다린다고 했잖아요."

"델핀이," 그녀는 말한다. "델핀 때문이야."

"얘기하고 싶어요?"

"아니, 별로." 그녀는 폭포 쪽을 바라보더니 한동안 시선이 얼어붙어 있다. "그녀가 내 일기를 읽고 있었던 것 같아. 얼마나 됐는지는 모르겠지만 읽고는 있었어."

"그러니까 알고 있었군요."

"응."

"뒤통수를 맞았네요." 내가 이렇게 말하자 린이 웃는다. 그런 다음 자기 잔을 들어 한참을 입가에 두고 조금씩 마신다.

"그래서 뭐래요?"

린은 어깨를 으쓱한다. "뭐, 몰라. 늘 하던 말. 내가 거짓말쟁이라고, 내가 당신을 사랑한다고. 나는 레즈비언인 적이 없었다고, 뭐 그런 말."

나는 웃는다. "이제, 그나마 기분은 좀 나아졌어요?"

"아니." 그녀는 말한다. "더 안 좋네."

잠시 후 그녀가 자기 아버지가 남긴 쪽지를 테이블 너머로 밀어준다. 그녀는 그 위에 검은색 가위표를 크게 그려넣었고 밑에 있는 아버지 이름에는 줄을 그어 지워버렸다. 쪽지 내용은 기본적으로 그녀가 한 말과 같았다. 조금 더 신경쓴 느낌의 단어들이긴 했지만.

"있잖아요," 나는 말한다. "우린 그래도 유럽에 갈 수 있어요."

그녀는 미소를 짓는다. "돈은 누가 대는데?"

"내가요." 나는 이렇게 말하고, 테이블 너머로 손을 뻗어 그녀의 손을 꼭 잡아준다.

그녀는 나를 보고 웃고 나는 쪽지를 접어 그녀에게 되민다.

"이제 우린 뭘 하죠?"

"당신이 원하는 거. 그런데 일단은 여기서 나가야겠어." 그녀는 테이블 위에 지폐 몇 장을 올려놓고 오늘밤은 자기가 산다고 한다.

호텔을 나가는 길에, 린은 안내 데스크에 들러 자기 아버지가
남겨놓은 쪽지를 도로 맡긴다. 그리고 안내원에게 반드시 아버
지에게 전해달라고 부탁한다. 그런 다음 나를 보며 윙크를 한다.
"보복이야." 그녀가 말한다. "멋지지 않아?"

식당을 나온 후, 나는 린에게 자바하우스에 들러 낭송회 마지
막 부분을 들어도 되겠느냐고 묻는다. 그녀는 물끄러미 나를 보
더니 고개를 끄덕인다.

"물론." 그녀는 말한다. "안 될 거 없지."

"지난번 그 학생이에요. 안 그랬으면 신경쓰지 않았을 테지만."

그녀는 미소를 짓고 차창 밖을 내다본다. 나는 그녀가 무슨 생
각엔가 잠긴 것을 알 수 있다. 스쳐지나는 휴스턴 거리의 풍경이
어른어른 밝다. 네온 불을 밝힌 다이키리 바들, 문신 가게들, 타
코 전문 멕시코 식당들.

"당신이 지금보다 열 살 더 많든가 내가 지금보다 열 살만 더
어렸으면 좋았을걸. 그럼 우린 결혼할 수 있었을 텐데."

나는 미소를 짓는다. "그랬어도 그러지 않았을 거예요."

"당신이 어떻게 알아?"

"정말 원한다면 내가 열 살 어린 건 그다지 중요하지 않았을

테니까요."

그녀는 나를 보고 미소를 짓고는 고개를 돌린다.

"하지만 당신, 그런 생각 해본 적은 있어?" 그녀가 잠시 후, 창밖을 보며 말한다.

"그런 생각이라뇨?"

"우리 생각. 당신과 나에 대해서, 우리가 데이트를 한다면 어떻게 될까 하는 생각."

"난 당신 말 잘 듣잖아요."

"진지하게."

"그럼요. 생각하죠."

"나도 그래." 그녀는 이렇게 말하고 고개를 끄덕인다. "그게 내가 알고 싶었던 전부인 것 같아." 그런 다음 그녀는 나를 보고 미소를 짓는다. 차 안에 긴장감이 흐른다.

나는 이 순간 내가 그녀에게 손을 뻗어 그녀를 만질 수도 있음을, 그녀의 손을 꽉 잡을 수도 있음을, 그러면 그녀 역시 내 손을 꽉 잡아줄 것임을 느낀다. 우리는 길가에 차를 세울 수도 있을 것이고 그러면 그녀는 내게 키스를 할 것이다. 나는 이 모든 것을 느끼지만, 왠지 그래선 안 될 것만 같고, 나는 다만 그 모든 것이 술 때문임을, 린에게 찾아든 갑작스러운 외로움 때문임을, 혼자 빈집으로 돌아가야 하는 그녀의 두려움 때문임을 안다.

우리는 자바하우스에 도착한다. 거리로, 웃음소리와 박수 소리가 따뜻하고 축축한 공기와 뒤섞이며 쏟아지고 있다. 린이 안으로 들어가기 전에 담배를 피우자고 한다.

"보모에게 전화를 해야겠어." 담뱃불을 붙여주자 그녀가 말한다. "아홉시까지 가겠다고 했거든."

"네." 나는 이렇게 말하고 내 담뱃불을 붙인다.

린은 집에 전화를 하기 위해 길을 건너고 나는 도로변의 야자나무들 아래 서서 창문 너머로 시를 읽는 학생들을 바라본다. 나는 그들이 무슨 소리를 하는지는 알 수 없지만 청중 가운데서 간간이 터져나오는 웃음소리와 다정하게 이어지는 박수 소리는 들을 수 있다. 가게 안쪽은 따뜻하게 불이 밝혀져 있고, 호의가 느껴지고, 그 빛이 내 가슴을 따뜻하게 채운다.

린 쪽으로 고개를 돌린 나는 그녀가 전화기에 대고 말을 하면서 극적인 몸짓을 하는 것을 본다. 나는 이러다 다 끝나버리겠다는 뜻으로 시계를 가리켜 보이고, 그녀는 내게 손을 흔들어 보인다. 잠시 후 통화를 마친 그녀가 돌아온다. 안쪽을 들여다보며 창가에 서 있을 때 그녀가 내게 팔짱을 낀다.

안쪽으로, 호세가 일어나, 청중 사이를 어색하게 헤치고 연단을 향해 걸어가는 모습이 보인다. 다른 학생들이 환호성을 지르고 호세는 그들에게 손을 흔들어 화답한다.

"저기 호세예요." 린에게 말하자 그녀가 고개를 끄덕인다.

"안으로 들어가자." 그녀가 말한다.

"아뇨. 안 그래도 돼요."

그리고 나는, 안쪽을 들여다보는 동안, 그녀에게 팔을 두르고 그녀를 꼭 껴안는다.

호세는 마이크를 잡고 마이크에 대고 무슨 말인가를 한 다음, 연단 뒤에 서서 자신이 낭송할 시를 꺼낸다. 나는 후원자들의 표정으로 그들이 그가 무슨 소리를 하는지 알아듣지 못한다는 것을 알 수 있지만, 그것은 중요하지 않다.

이 순간 내게 중요한 것은, 그녀가 내게 허락하는 동안 그녀를 곁에 안고, 그곳에 린과 함께 서 있다는 사실이다. 그렇게 우리 둘은 다만 멀리서 지켜본다. 호세의 입술을, 갑작스레 치몰리는 그의 이맛살을, 아무도 알지 못하는 언어를 말하여 자신을 둘러싼 세계와 소통할 수 없는 한 소년을.

폭풍

누나는 언제나 내게 어떤 영향력이 있었다. 어려서 누나가 병원을 들락거릴 때도, 그때도, 나는 누나의 조언이 없으면 아무런 행동을 하지 못했다. 나는 누나가 하라면 뭐든지 했고, 누나가 하라는 말은 뭐든지 했다. 그렇게 세월이 흐르다, 누나가 임신 문제에 대해 말을 하는 사람은 항상 나였고, 누나가 한 학기 동안 서른 살 먹은 영화 교수와 함께 살 때 감싸준 것도 나였고, 불가피하게 어머니에게서 누나를 방어하고 보호해준 것도 나였다. 그래서 지난여름 누나가 약혼자인 리처드 없이 혼자서 미국으로 돌아온다고 파리에서 전화를 걸어왔을 때 그 전화를 받은 사람이 나였다는 것은 극히 자연스러운 일이었다. 전화는 자정 무렵, 잠이 든 직후에 걸려왔지만, 전화기 저편으로 누나의 목소리를 듣는 순간 나는 뭔가가 잘못됐다는 걸 알았다. 누나는 여행 얘기를 상세하게 했지만, 리처드 소식이나 그가 자기와 함께 돌아올 수 없는 이유에 관해서는 입을 다물었다. 다음날 저녁 비행기로 필라델피아에 도착할 예정이고, 비행기는 혼자 탈 것이라고만 했다. 누나는 말했다. "리처드 없이 돌아갈 거야."

다음날 밤, 보슬비가 내리는 바람에 주간 고속도로의 흐름은 원활하지 못했다. 마침내 내가 공항으로 들어섰을 때, 에이미 누나는 프레임형 배낭 두 개에 기대, 수하물 찾는 곳 밖에 있는 연석 위에 앉아 있었다. 누나는 며칠째 잠을 못 잔 사람처럼 창백하고 지쳐 보였다. 머리는 반다나로 감싸 올렸고 대서양을 건너온 탑승객들처럼 멍한 표정을 하고 있었다. 나는 누나를 향해 손을 흔들었고, 나를 발견한 누나는 자리에서 일어나 무거운 배낭 두 개를 들어올려 차 트렁크에 실었다.

"죽고 싶어." 조수석으로 들어와 앉으며 누나가 말했다.

"누나 보니까 나도 좋네." 누나는 창밖을 보고 있었다.

"얘기할래?" 나는 연석가에 세웠던 차를 움직이며 말했다.

누나는 고개를 저었다.

"진짜?"

누나는 고개를 끄덕였다.

공항을 빠져나오면서, 어머니의 집으로 가는 내내 긴 침묵이 이어질 것을 예감했다. 누나와 리처드 사이에 무슨 일이 있었던 게 분명했지만 나는 캐묻지 않을 작정이었다. 누나한테는 캐물어본들 소용이 없었다. 그래봐야 자기 안으로 더 숨어들어갈 뿐이었다. 그래서 나는 누나를 가만히 둔 채 침묵 속에서 차를 몰았고, 주간 고속도로로 접어들어 필라델피아 외곽의 푸른 농지를 지나, 어머니가 사는 울창한 언덕 지대를 향해 북쪽으로 향하고 있을 때, 누나가 차창을 내리고, 담뱃불을 붙이더니, 마침내 내게 그간의 얘기를 들려주기 시작했다.

누나는 침착하게 얘기를 시작했다. 스페인에서 싸웠다고 했다. 심각하게 싸운 것은 아니었지만 그래도 싸웠다고 했다. 호스텔이 어떻느니 누가 돈을 냈느니 하는 쓸데없는 일들 때문이었다고 했다. 하루아침의 문제는 아니었고 며칠 동안 감정이 쌓인 상태였다고 했다. 그렇게 싸우던 도중 리처드가 자리에서 일어나더니, 배낭을 내려놓고, 자기는 좀 걸어야겠다고 했다나. 바르셀로나 시내에 있는 기차역에 앉아 파리로 돌아가는 오후 급행열차를 기다리던 차, 리처드는 그렇게 사라져버렸고 누나는 홀로 남았다. 이십 분 후 급행열차는 떠났다. 그래서 그날 남은 내내, 사람들이 썰물처럼 빠져나가고 하늘은 어두워지는 동안, 누나는 그를 기다리며 멍하니 벤치에 앉아 있었다. 누나는 그가 일부러 사라져버린 것을 알고 있었다. 파리에서도 딱 그 짓을 했었다. 누나는 두 시간 가까이 카페에 홀로 남겨져 있었다. 누나를 벌주려는 거라고, 아니면 뭐가 됐든 자기 기분을 상하게 한 행동에 대해 죄책감을 느끼게 하려는 심산이라고, 누나는 생각했다. 그러나 그가 사라지고 없는 시간이 길어질수록, 그가 돌아와주었으면 하는 마음도 없어져갔다. 저녁 무렵, 야외 플랫폼 불빛 아래 웅크리고 있는 것은 누나와 몇 안 되는 스페인 가족뿐이었다. 누나는 다시 한 시간 동안 기차역에 죽치고 앉아 있다가, 리처드는 나타나지 않고 파리 북역으로 향하는 마지막 기차가 도착하자, 그것을 타기로 결심했다. 누나에게 둘의 배낭과 유레일 패스와 리처드의 돈이 다 있었다.

"맙소사, 진짜야?" 누나의 이야기가 끝나자 내가 말했다.

누나는 고개를 끄덕였다.

"리처드한테 여권은 있지?"

누나는 나를 보더니, 차창을 내리고 또다시 담뱃불을 붙였다.

"누나. 거기서 나오려면 여권이 있어야 해."

"나도 알아."

"돈은? 리처드, 돈은 있어?"

"없을걸."

나는 누나를 보았다.

"알아. 나도 알아. 내가 끔찍한 사람이라는 걸." 누나는 고개를 돌렸다. 그리고 열린 차창 밖으로, 언덕 저편으로 어두워지고 있는 늦저녁 하늘을 바라보았다.

"그 사람, 자기를 뭐라고 부르는지 알아?"

나는 누나를 보았다.

"릭. 파티에 갈 때마다 자기를 릭이라고 소개해. 믿어지니?"

나는 아무 말도 하지 않았다.

창밖으로 빗줄기가 세지고 있었고 차가 주간 고속도로를 빠져나가자 누나는 차창을 올리고 좌석에 몸을 기댔다. "릭이라는 이름의 사람과는 결혼하고 싶지 않아."

어머니가 사는 곳은 크고 하얀 식민지 시대풍 집으로, 필라델피아 외곽의 울창한 언덕 지대로 난 긴 사유 도로 끝에 숨은 듯이 자리하고 있었다. 아버지가 60년대 후반에 구입한 집이었는데, 아버지가 돌아가신 후로는, 각자의 생활이 아무리 바빠도, 에이미 누나와 나는 매해 여름 이곳으로 돌아와 8월의 긴 주말을 보내고 가는 것이 하나의 전통이었다. 우리 가족은 일반적인 의미로 본다면야 친밀했던 적이 없지만, 시간이 지나면서, 가족 모두 이 주말을 진지하게 받아들였고, 나름의 방식으로 매해 이 만남을 고대하게 되었다. 그해 여름 우리의 방문은 누나와 리처드의 다가오는 결혼식을 축하해주기 위한 자리로 계획되어 있었다. 나, 어머니, 어머니의 새 남편인 톰, 그리고 누나와 리처드가 올 예정이었다. 하지만 리처드는 스페인 어딘가에 발이 묶여 있었고, 톰은 듣자 하니 발에 부상을 입어 병원에 있었고, 엎친 데 덮친 격으로, 이번주 내내 심각한 폭풍이 동쪽 해안을 따라 올라오고 있었다. 카운티의 모든 비포장도로가 차단됐고, 강가를 따라 우회로가 생겼으며, 어머니가 사는 울창한 교외 지역에서는 경찰차들이 몇몇 샛길을 차단하고 있었다. 어머니 집으로 들어서자마자 우리는 일기예보를 들으며 부엌에 앉았다. 그리고 어머니와 톰이 돌아오지 못할 것이 분명해지자, 술잔을 들고 거실로 가 카드 게임을 하기 시작했다.

나는 집에 돌아오면 누나 기분이 나아질지도 모른다고 생각했다. 익숙한 주위 환경에서 얼마간의 위안을 찾게 되기를 바랐다. 그러나 집에 돌아와서도 누나는 입을 다물다시피 하고 있었다. 우리는 침묵 속에서 진 러미를 쳤고, 누나는 질 때마다 카드를 내려놓고, 한숨을 내쉬고, 일어나 술잔을 채웠다. 내 머릿속에선 여전히, 누나가 스페인에서 리처드에게 무슨 짓을 한 건지 온전히 정리하지 못하고 있었다.

솔직히 말해, 나는 리처드를 좋아하지 않았다. 처음 만났을 때부터 그가 어떤 의사가 되고 누나에게 어떤 남편이 될지 알았다. 그는 자신의 의대 시절 경험에 관해 길고 무료한 얘기를 늘어놓기 좋아하는 키가 크고 고압적인 남자였다. 그렇지만, 그를 우리 가족으로 받아들이는 것이 내키지 않았다 해도, 그가 외국에 버려졌고 아무도 그것에 대해 어떻게 해보려는 노력을 하지 않는다는 것은 마음에 걸렸다. 나는 언제나 누나가 만나는 남자들에게 연민 같은 것을 느꼈다. 일면식이 있기 전부터 암묵적인 이해가, 누나의 기분과 기질에 대한 위로의 끄덕임 같은 것이 있다고 할까. 누나는 사귀기에 절대 편한 사람이 아니었기에, 나는 누나를 만나는 남자들을 부러워해본 적도 없었다. 그러나 이번은 달랐다. 리처드는 누나가 결혼을 하게 될 남자였다. 두 달도 안 있어 그들은 부부가 될 터였다. 둘 중 누구라도 그 사실을 위태롭게 만들 일을 하고 싶어할 것이라고는 생각되지 않았다.

누나와 그 얘기를 하려고 몇 차례 시도해보았지만, 내가 리처드의 이름을 언급하면 그때마다 누나는 우는소리를 하며 리처드가 여행중에 자기를 짜증나게 했던 일들을 조목조목 꺼내놓았다. 그가 바욘*에 있는 식당에 누나의 선글라스를 놓고 온 것하며, 빅토르 위고의 무덤을 찾겠다며 하루종일 파리 시내를 끌고 다닌 것하며, 주문을 할 때마다 프랑스어를 고집했던 것하며. 누나는 그에 대해 과거 시제로 말했고, 마치 그 여행이 자기들이

---

* 프랑스 아키텐주에 있는 도시.

더이상은 나아갈 수 없는 전환 축이라도 되는 것처럼, 자기들 관계의 교착 지점이라도 되는 것처럼 말했다. 나는 아무 말도 하지 않았다. 침묵 속에 누나의 얼굴을 바라보며, 굳어 있는 안색이 풀리기를 기다렸다. 그러나 누나의 눈은 카드에만 집중한 채, 내내 아무런 감정도 내비치지 않았다.

마지막 게임을 끝내고 나는 누나가 자기 방으로 배낭 옮기는 것을 도왔고, 계단을 오르는 내내 시차 때문에 피곤하다고, 이틀 동안 한숨도 못 잤다고 투덜대는 소리를 들었다. 그리고 방문 앞에 다다랐을 때 누나는 들고 있던 배낭을 내려놓고 한숨을 내쉬었다.

나는 말했다. "마음이 안 좋다, 누나."

"네가 왜? 리처드가 망할 새끼인 건 네 잘못이 아니야."

나는 누나의 어깨를 만지며 말했다. "괜찮아질 거야."

"아니." 누나는 내 말을 정정했다. "괜찮아지지 않을 거야."

어머니가 자정 무렵에 전화를 했다. 톰과 거의 하루종일 병원에 있었는데 폭풍 때문에 밤도 거기서 보내야 할 것 같다고 했다. 괴로워하는 목소리였다. 어머니는 톰이 부상당한 얘기며 수술받은 얘기며 지금은 자고 있다는 얘기를 한참 동안 했다. 그런 다음 누나와 리처드는 어떠냐고 물었다. 나는 누나가 전화를 했었다는 얘기는 꺼내지 않았고 그럴 필요성도 느끼지 못했다. 그 해 초에 누나가 결혼식을 취소하겠다고 법석을 떨었을 때 눈물을 쏟기 직전까지 갔으니, 누나가 스페인에 리처드를 버리고 온 걸 알면 정신이 온전할 리 없었다. 어떤 광경이 펼쳐질지 빤했다. 어머니는 울고, 누군가는 문을 쾅 닫고, 부엌 바닥 타일에 집안 가보가 여지없이 부서지겠지. 나는 어머니가 어떤 식으로 나올지 정확히 알고 있었고, 그런 일이 벌어지는 현장에 있고 싶지 않았다. 그래서 다들 잘 있다고, 그래 보인다고 말했고, 톰은 상태가 좀 어떠냐고 물었다. 어머니는 아직 많이 힘들어하신다고 대답했다.

"너희들 모두 여기 있었으면 하셔." 어머니가 말했다. "너희를 계속 찾으신다."

어머니가 앞서 설명한 바에 따르면, 톰은 그날 아침 컨트리클럽에서 혼합복식 경기를 하다가 조그만 발뼈 하나가 골절됐다. 후에, 아직 진통제 치료를 받고 있는 동안, 그는 파트너였던 어머니를, 어머니가 자기 위치를 제대로 커버하지 못한 바람에 자기가 마지막 순간에 정처 없는 테니스공을 향해 돌진하게 했다며 비난했다. 예순네 살인 톰에게는 스무 개가 넘는 시니어 테니스 대회 타이틀이 있었다. 책장 하나 가득 우승컵이었고, 컨트리클럽에는 푹신한 베개를 연상시키는 그의 얼굴이 붙은 조그만 명

판이 있었다. 이번 부상은 그에게 중대한 차질이 될 터였고, 보나마나 이러저러하게 우리 모두에게 그 책임이 전가될 것이었다.

나는 그에게 안부를 전해달라는 말로 통화를 마친 다음, 뒤쪽 테라스로 걸어가 수영장 불을 켰다. 이제 빗줄기가 세져 있었고, 나뭇가지들은 바람에 휘청대고 있었으며, 수영장 물이 콘크리트 데크 위로 넘치고 있었다. 그러나 따뜻한 밤이었고, 폭풍이 치기는 했지만 익숙한 곳에 돌아와 있다는 사실에서 얻게 되는 위안 같은 것이 있었다. 뒤뜰 잔디밭 너머 저멀리로 내가 다니던 오래된 학교, 숲가에 서 있는 큼직한 석조 건물들이 보였고, 그 건너로 언덕 지대와 강으로 이어지는 골짜기가 보였다. 아버지가 돌아가신 이후, 우리가 혼자된 세월 동안, 이 풍경은 내게 이상한 향수를 불러일으켰다. 그것은 때로 다른 시대 다른 삶에 속한 풍경 같았다. 나는 아직도, 어린 시절 누나와 함께 그 잔디밭에 앉아 아버지가 일터에서 돌아오기를 기다리던 기억이 난다. 우리는 거의 매일 밤 그곳에 나가 앉아 있곤 했다. 해는 숲가로 떨어졌고 우리를 둘러싼 모든 것들이 어둠 속에서 아련해져갔다. 우리는 그 자리에 가만히 앉아, 웃고 떠들면서, 길가 저 아래서 아버지의 자동차 전조등 불빛이 보이기만을 기다렸고, 그 불빛이 보이면 아버지가 무사히 돌아왔다는 것을, 우리가 최악의 경우를 상상하며 두려워했음에도 불구하고 아버지가 집으로 돌아왔다는 것을 분명히 알게 되어, 마음을 놓곤 했다.

잠시 후 나는 수영장 불을 끄고 안으로 들어갔다. 이제 집안은 어두워져 있었다. 뒤쪽 계단을 오르고 있는데 누나 방에서 숨죽인 흐느낌이 새어나왔다. 나는 잠시 누나의 방문 앞에 서 있었다. 그러나 노크를 해보기도 전에 흐느낌은 멈췄고 누나가 말했다. "밖에 있는 거 알아."

"들어가도 돼?"

"아니." 누나가 말했다. "들어오지 마."

다음날 아침, 나는 일기예보를 들으며 늦도록 침대에 누워 있었다. 폭풍의 눈은 이제 우리를 빗겨갈 듯했지만, 방송에서는 여전히 심각한 뇌우를 경고하고 있었다. 밖을 보니 잔디밭 위에 커다란 물웅덩이들이 생겨나 있었고 자동차 진입로 가장자리를 따라 조그만 물줄기가 흘러가고 있었다. 차고 밖에는 어머니의 차가 서 있었는데, 집안에서는 아무 소리도 들리지 않았다. 나는 책을 읽으면서 다시 한 시간을 침대에 누워 있었는데, 열시쯤 되자 부엌에서 어머니와 누나의 목소리가 들려왔다. 무슨 얘기를 나누는지는 알아들을 수 없었지만, 어머니의 언성이 높아진 것으로 짐작건대, 누나가 리처드 얘기를 털어놓는 모양이었다. 잠시 후 뒷문이 쾅 닫히는 소리가 들렸고, 침실 창밖으로 보니, 누나가 어머니의 사브를 타고 빗속으로 나서고 있었다. 몇 분 뒤 아래층으로 내려갔더니 부엌은 휑했고 개수대에는 더러운 그릇들이 한가득 쌓여 있었다. 테라스로 이어지는 미닫이 유리문 너머로, 톰이 휠체어를 타고 수영장 근처의 판석 테라스를 왔다갔다하는 모습이 보였다. 그는 테니스를 칠 때 입는, 지금은 비에 젖은 흰색 운동복 차림이었고, 무릎까지 깁스를 하고 있었다.

누나처럼, 나도 톰을 좋아하기가 힘들었다. 그는 거의 일평생을 브린모어에 있는 명문 사립 고등학교 교장선생으로 지냈다. 그러나 어머니를 만나고 얼마 안 되어 조기 퇴직을 했고, 이후 '진정한 소명'이라는 테니스에 매진하기로 마음을 굳혔다. 누나는 처음부터 톰을 의심했다. 어머니 돈을 보고 접근했다는 게 누나의 이론이었다. 그러나 나는 그에게 마음을 열려고 노력했다. 그리고 실제로, 어머니의 결혼식 날 저녁때까지는 잘 참아주었다. 그날 그는 막판에 정신이 나가 자기 변호사에게 혼전 합의서를 작성하게 했다. 속이 뒤집히고 말도 안 되는 일이었던 건, 톰쪽에서 어머니 집으로 들어오는 것이었고, 그가 타고 다닐 차는 어머니 차인데다. 그가 갈망하는 테니스 트로피를 축적할 수 있는 것도 어머니의 회원권 덕택일 것이기 때문이었다. 사실, 바로 그 순간 그가 다리에 하고 있는 깁스의 비용을 댄 것도 어머니였다. 나는 그가 빗속에서 판석 테라스 위를 움직여다니려 용쓰는 모습을 지켜보다. 그가 수영장가에 도착하자 뒤로 돌아 거실로 나와버렸다. 그리고 옆쪽 포치로 나갔는데 거기 조그만 유리 탁자에 어머니가 홀로 앉아 있었다.

어머니는 담뱃불을 붙이고 텅 빈 시선으로 나를 바라봤다.

"괜찮으세요?"

어머니는 고개를 끄덕였고, 자기 옆에 와서 앉으라고 손짓했다. 어머니는 유리 탁자 너머로 담뱃갑을 밀어주었고 나는 한 개비를 뺐다.

"네 누나는 대체 왜 저럴까?" 어머니가 한숨을 내쉬었다. "모든 게 그냥 마음에 안 드는 걸까?"

"아니에요. 모든 게 싫은 건 아니에요. 그냥 리처드가 싫은 것 같아요."

어머니는 한숨을 내쉬었다.

나는 손을 뻗어 어머니 손에서 라이터를 집었다. 그리고 담뱃불을 붙였고, 우리는 아무 말 없이 오랫동안 그 자리에 앉아 있었다. 어머니와 내가 지나고 있던, 침묵으로 가득찬 그와 같은 순간들이 그 집에서 보낸 나의 전 생애였다. 내게 줄곧 어머니는 근본적으로 슬픈 여인이었다. 어머니는 여러 면에서 아버지가 자신의 삶에 남긴 부재를 채우는 방법을 발견하지 못했다. 고등학교 시절 이 년 동안 집에는 우리 둘밖에 없었고, 나는 내가 숙제를 하는 동안 부엌에 함께 앉아 계시곤 하던 어머니의 모습을 아직도 기억하고 있었다. 내가 고개를 들 때마다 어머니는 미소를 지어 보였지만, 나는 어머니의 눈을 보며 어머니가 전적으로 슬프다는 것을 언제나 알 수 있었다. 내 유년의 대부분 동안 어머니의 눈은 그러했는데, 지금의 어머니의 눈이 또 그랬다—어머니의 눈은 자신의 삶에 기쁨보다는 실망이 훨씬 많았다고 말하고 있었다. 얼마 후 나는 몸을 숙여 어머니의 손을 잡았다.

"괜찮아질 거예요. 그저 다툰 거예요. 신경이 날카로워져서 그래요. 결혼식을 앞두고 있어서."

"결혼식은 없을 거야."

"모르는 일이에요."

"누나가 그런 짓을 했는데, 리처드가 누나하고 결혼을 할 거라고 생각하니?"

"글쎄요."

"너 같으면 너를 스페인에 팽개쳐버린 사람하고 결혼을 하겠어?"

나는 어깨를 으쓱했다. 내게는 그 질문에 대한 답이 없었다.

어머니는 고개를 저었다. "리처드는 분명 안 그럴 거야."

그날 오후 늦게, 시내에 심부름을 갔다가 돌아와보니 개수대 위에 엘런이 전화를 했었다는 메모가 있었다. 엘런은 내가 근무를 시작한 지 얼마 안 되는 뉴욕의 비영리 예술잡지를 경영하는 이였는데, 만약 그녀가 집에까지 전화를 했다면 다급한 일이 생긴 게 분명했다. 메모에 전화번호는 없었기 때문에 맨해튼 사무실로 여러 번 전화를 해봤지만 응답이 없었다. 한 시간 정도 이렇다 할 성과 없이 그러다가 나는 냉장고에서 맥주를 하나 집어들고 부엌 식탁에 앉아 잡지를 읽었다. 몇 분 뒤, 프리츠 랑에 대한 기사를 훑어보는데 전화벨이 울렸고 엘런일 거라 생각한 나는 달려가 수화기를 집어들었다. 그러나 전화를 한 것은 그녀가 아니었다. 남자 목소리였는데 희미하고 멀게 들렸다. 전화기 잡음이 굉장히 심해서 나는 그 남자가 하는 말을 좀처럼 알아들을 수 없었다.

"여보세요?"

전화기에서 지지직거리는 소리가 들렸다.

"여보세요?"

"여보세요?" 목소리가 희미하게 되울렸다.

"리처드? 리처드예요?"

그리고 이어지는 뚜뚜 소리.

나는 식탁에 앉아, 방금 전 그 전화는 리처드였을까, 리처드가 다시 전화를 걸어오지 않을까 생각했다. 그러나 전화벨은 다시 울리지 않았고 나는 그 일은 얘기하지 않는 게 좋겠다고 생각했다. 말해봐야 어머니 기분만 상하게 할 텐데, 나는 이미 상해 있는 누구의 기분도 더 상하게 하고 싶지 않았다. 누나는 몇 시간 후, 앤 테일러 매장 로고가 박힌 큼지막한 가방 세 개를 들고 집으로 돌아왔다. 그리고 곧장 자기 방으로 올라가 저녁식사 때까지 방문을 잠그고 있었다.

일곱시쯤, 폭풍의 눈이 우리집을 지나갔다. 집을 뒤흔드는 폭풍의 힘이 느껴졌을 때 나는 부엌에 있었다. 개수대 창문 밖으로 번개가 지평선을 갈랐고 언덕배기에서 번쩍했으며, 그 너머로 짙은 먹구름이 밤하늘에 드리워져 있었다. 천둥이 우르릉 쾅쾅, 하더니 잠시 후 전기가 나가버렸다. 어머니는 촛불을 켜며 집안을 돌아다녔고 톰은 전기회사에 전화를 걸기 시작했으며, 나는 현관에서 손전등을 꺼내들고 내 방으로 올라갔다. 침대에 누웠는데, 딴생각을 하려고 해도 자꾸만 리처드 생각이 났고, 좀 전에 전화를 건 것이 그 사람이었을까 하는 의문이 가시지 않았다. 생각하면 할수록 마음이 무거웠고 마음이 무거워질수록 그의 부모님께 전화를 걸어보는 편이 좋겠다는 생각이 들었다. 자기 부모에게는 전화를 걸었을 수도 있었다. 그들이라면 그의 행방에 대해 뭔가 알 수도 있었다. 그들이라면 그를 스페인에서 나오게 할 수 있는 방법을 알지도 몰랐다. 그러나 그날 저녁식사 자리에서 이런 생각을 넌지시 꺼내놓자, 누나는 이런 상황에서 그분들게 전화를 한다는 것은 얼토당토않은 소리라고 했다.

"그분들은 날 좋아하지도 않아." 누나가 와인을 마시면서 말했다.

"그냥 그러면 어떨까 싶어서 해본 소리야."

누나가 신음하듯 말했다. "웃기는 생각이야."

우리 모두는 다이닝룸의 촛불 켜진 식탁에 앉아, 톰이 어둠 속에서 어찌어찌 만들어낸 닭고기 요리를 먹고 와인을 마셨다.

"누구도 그 양반들에게 일어난 이런 일을 겪어서는 안 된다." 톰이 식탁 끄트머리에서 공표했다. 그는 그때까지는—분명 어머니의 종용으로—입을 꾹 다물고 있었는데 이제 와인을 두 잔째 마시는 중이었고 아마 아무것도 개의치 않았을 것이다.

누나는 그의 말을 못 들은 척하고 말을 이었다. "그이더러 나와 결혼하는 것은 실수라고 하신 분들이야. 나와 결혼한 걸 후회하게 될 거라고 했어. 어떻게 그러실 수가 있어?"

"하지만," 톰이 미소를 지으며 말했다. "상황이 이렇게 되었으니, 그 양반들이 그것 보라고 하실 만한 충분한 증거를 만들어준 셈이지 뭐냐."

누나는 얼굴을 찌푸렸지만, 묵묵히 식사를 했다.

톰은 고개를 저었다. 그리고 의자 뒤로 몸을 기대고 앉아 팔짱을 꼈다. 그럴 때 보면 교직에 있을 때 어떤 교장이었을지 그림이 그려졌다. "내 생각에는……" 톰이 입을 열었다. 그러자 누나가 말했다.

"아실는지 모르겠는데요, 아저씨. 전 아저씨 생각 같은 거 전혀 관심 없거든요."

"에이미." 어머니가 말했다.

누나는 식탁에 포크를 내려놓고 일어섰다. "이 꼴을 좀 보세요, 어머니." 누나가 톰을 가리키며 말했다. "휠체어? 발가락 하나 부러졌다고 망할 휠체어를 타고 있잖아요."

"아저씨는 많이 아파." 어머니가 말했다.

"발가락이 아니고 복사뼈였다." 톰이 말했다.

"그거나 저거나."

"엑스레이 사진이라도 보여달라는 거냐?" 톰은 무슨 명백한 증거라도 된다는 듯이, 식탁 위에 깁스한 발을 올리며 말했다.

"아뇨, 그 입 좀 다물어달라는 거예요."

어머니는 급기야 울기 시작했다. 잠시 후 누나는 식사 자리를 박차고 나가 계단을 올라 사라졌으며, 톰과 나는 홀로 남아 서로를 바라보고 있었다. 내가 그 상황에서 무슨 은밀한 유머라도 발견해주길 기대하는지 톰이 내게 윙크를 했지만, 그가 입을 떼기도 전에 나는 실례하겠다는 말을 남기고 위층 내 방으로 올라와

버렸다. 그리고 담뱃불을 붙였다. 침실 사이에 벽이 있긴 했지만 나는 누나가 우는 소리를 들을 수 있었다. 누나는 당신이 미워, 당신이 미워, 라고 말하고 있었다. 톰에게 하는 소리인지 리처드에게 하는 소리인지는 알 길이 없었다.

나는 저녁식사 자리에서 누나 편을 들어주지 않은 것이 못내 마음에 걸렸다. 누나의 논리를 항상 이해하는 척해줄 수는 없었지만, 세월이 지나면서 누나의 기분을, 그 변덕스러운 기질을, 누나의 갑작스럽고 예측 불가능한 분노를 이해하게는 됐다. 그것은 아버지가 돌아가신 후 세월이 지나면서 천천히 누나의 마음속에서 자라난 것이었다. 가꾸기 힘든 씨앗, 우리 가족의 상담치료사는 그걸 그렇게 불렀다.

나는 침대에 일어나 앉아 우리 방 사이에 있는 벽을 두드렸다. 누나가 울음을 멈추고, 재채기를 하고, 내게 자기를 내버려두라고 했다.

"얘기할래?" 나는 벽 너머로 말했다.

"아니." 누나가 말했다. "얘기 같은 거 하고 싶지 않아."

나머지 저녁 시간은 회피의 시간이었다. 누나는 자기 방에서 나오지 않은 채 친구들에게 전화를 걸어 리처드 흉을 봤고, 톰은 거실에 물러나 앉아 휴대용 라디오로 일기예보를 들었으며, 어머니는 부엌에서 조지 엘리엇을 들추며 작은 촛불맡에 머물렀다. 나는 내 방에서 우리집을 지나는 폭풍 소리를 듣고 있었다. 자정 무렵 아래층으로 내려갔는데 톰이 라디오 앞에서 졸고 있었다. 내가 라디오 볼륨을 줄이자 그가 퍼뜩 깨어났다. 그러곤 미소를 지으며 내게 앉으라는 손짓을 했다.

나는 톰과 말을 섞고 싶은 기분이 아니었다. 사실 웬만하면 피하고 싶은 심정이었다. 그러나 그 순간 내게는 별다른 선택의 여지가 없어 보였고, 그래서 맞은편 소파에 앉게 되고 말았는데, 그는 US 오픈에서 누가 승리를 거머쥐면 좋겠느냐며 나를 다그치기 시작했다. 그는 술에 취한 상태였고 나는 그의 생각의 흐름을 따라가기가 힘들었다. 그는 '원숭이 얼굴' 샘프러스가 우승컵을 거머쥐지 못하는 일은 없을 거라고 했다. 여자 쪽으로는 힝기스를 선호했다. 이따금 그는 얘기를 중단하고, 자기 발이 아직 거기 있는지 재차 확인이라도 하려는 듯, 허리를 숙여 깁스를 톡톡 두드리곤 했다. US 오픈 얘기가 끝나자 화제는 자신의 경력으로 넘어갔다. 프로 연맹전에서 경기를 펼치고 싶었던 꿈, 삼십대 초반에 당한 비극적인 무릎 부상, 그리고 이후 시니어 챔피언으로서의 재등장. 테니스 경력에 관한 이야기는 도저히 결론 같은 것으로 이어질 성싶지 않았기에, 나는 잠시 후 자리에서 일어나, 솔직히 말해서 나는 테니스에 관심이 없다고 했다. 그는 잠시 나를 보고 있더니 눈살을 찌푸렸다.

"넌 테니스를 쳐야 해."

"어렸을 때 치고는 안 쳤어요."

"그럼 다시 치면 되겠구나."

나는 어깨를 으쓱했다. "봐서요."

톰은 다시 눈살을 찌푸렸다. 그런 다음 휠체어 바퀴를 굴려 거실 저편으로 가서는 술잔을 채우기 시작했다. 그리고 잠시 뒤 말했다. "있잖니, 좀 전에 있었던 일 때문에 나도 마음이 편치가 않다. 진심이다. 술이 들어가면 내 좋은 자질들이 영 드러나질 않아서 말이지. 누구보다 내가 잘 안다. 하지만 내가 네 누나를 사랑한다는 건 알아줬으면 좋겠구나. 나는 그 아이를 친딸처럼 생각하고 있어." 그리고 그는 헛기침을 하고 나를 보며 덧붙였다. "너는 내 친아들로 생각하고 있고."

나는 발밑을 쳐다봤다.

"나는 아이들이 없어봤잖니. 물론 교직에 있었고 교장선생 노릇을 했지만 그것하고는 완전히 다른 문제니까." 그는 내가 무슨 말이라도 해주길 기다리는 것 같았다. 나는 잠시 뒤 말했다.

"저기요, 시간이 늦었어요, 톰. 이제 가서 자야겠어요."

톰이 소파로 다가와 내 옆에 휠체어를 멈췄다. 혹시 내 쪽으로 몸을 기대와 포옹하려는 게 아닌가 염려가 됐지만, 그는 그저 내

어깨에 손을 올리고 미소를 지었다. 그리고 말했다. "테니스 치
는 것 말이다. 한번 생각을 해봐주면 좋겠다, 아들아."

다음날 점심때 리처드에게서 다시 전화가 걸려왔다. 우리는
모두 다이닝룸의 식탁에 둘러앉아, 누나가 전날 밤 행동에 대한
화해의 선물로 만든 칠면조 샌드위치를 집어들고 있었다. 그날
아침 집에 전기가 다시 들어온 터라 톰은 축하하는 차원에서 식
기세척기를 돌리기 위해 부엌으로 갔다. 리처드의 전화는 그가
받게 되었고 다이닝룸으로 돌아온 그는 곱지 않은 얼굴을 하는
누나에게 수화기를 내밀었다. 밖에서는 비가, 가벼운 여름비가
부슬부슬 내리고 있었지만, 누나는 수화기를 들고 테라스로 나
갔다. 톰은 휠체어 바퀴를 굴려 자기 자리로 돌아갔고 우리는 창
밖을 보지 않으려 애쓰면서 식사를 재개했다.

"두 달이야." 긴 침묵이 흐른 뒤 톰이 말했다. "다시 몸을 쓰려
면 두 달이 걸려."

"다행이에요." 어머니가 말했다.

"다행이라니? 두 달이면 여름 시즌 내내야. 토너먼트를 못해
도 세 개는 놓치게 된다고." 어조로 짐작건대 그는 아직도 자기
부상에 대해 어머니를 탓하고 있었다.

"가을에도 토너먼트가 열리지 않나요?" 내가 물었다.

"아니." 그가 고개를 저으며 말했다. "가을 토너먼트는 다 헛 짓거리야."

나는 창밖으로 고개를 돌렸다. 누나가 수영장가를 왔다갔다하며, 극적으로, 크게 팔을 휘두르고 있었다. 무슨 말이 됐건 리처드에게 좋은 말을 하고 있을 리 없었다. 잠시 후 통화를 마친 누나가 테라스로 통하는 미닫이 유리문을 열고 부엌으로 돌아왔다. 몸에서는 빗물이 떨어지고 있었고 눈가가 부어오른 것을 보니 운 모양이었다. 누나가 식탁에 앉을 때까지 아무도 아무 말도 하지 않았다. 그런데 참다못한 어머니가 말했다. "리처드는 괜찮다니?"

누나는 어머니를 보며 고개를 끄덕였다.

"스페인에서 나올 수 있대?"

누나는 다시 한번 고개를 끄덕였다.

"돈은 충분히 있는 게 확실하지?"

"제발요, 어머니, 리처드 걱정은 그만두세요."

"난 그냥 궁금해서."

"그이한테는 아무 문제없어요. 젠장, 아주 잘 있기까지 하다고요. 어머니가 걱정해야 될 사람은, 정말 궁금한 건지야 모르겠지만, 어머니가 진짜 걱정해야 될 사람은 바로 저라고요." 실례한다는 말도 없이, 누나는 자리에서 일어나 터덜터덜 부엌을 나갔고, 뒤쪽 계단으로 올라가버렸다.

톰이 고개를 저었다. "난 아무 말도 안 했어. 난 아무 말도 안 했다는 점을 분명히 하고 싶군."

어머니가 톰을 노려보더니, 자리에서 일어나 식탁을 치우기 시작했다. "차라리 잘됐어." 특별히 누구 들으라고 하는 소리는 아니었다. "어차피 결혼식 비용도 댈 수 없을 테니."

톰은 헛기침을 하더니 어머니를 응시했다.

"무슨 말씀을 하시는 거예요?" 내가 물었다.

"네 아버지 돈 얘기를 하는 거야."

나는 어머니를 보았다.

"톰이 투자에 실패했거든."

"잠깐." 톰이 입을 열었지만, 그가 미처 말을 잇기도 전에, 어머니는 밖으로 걸어나가 뒤쪽 계단으로 올라가버렸다. 어머니를 뒤따라갈 줄 알았는데 톰은 꿈쩍도 하지 않았다. 당황하고 겁먹은 표정으로 제자리에 앉아 있을 뿐이었다. 그는 내 쪽은 쳐다보지 못했다.

"얼마나 날리신 거예요?"

"어머니와 나 사이의 일이다." 톰이 눈길을 들지 못한 채 웅얼거렸다.

"톰, 얼마나 그러셨냐고요."

톰은 창밖을 내다보았다. 그러더니 아무 말 없이 휠체어를 돌려 다이닝룸을 나가버렸다.

남은 오후 시간, 나는 내 방에서 우리 가족의 느리고 꾸준한 종말의 과정을 반추하고 있었다. 아버지가 돌아가신 이후로는, 구름이, 정확히 우리집만한 크기와 모양의 구름이 우리에게 드리운 것 같았고, 우리 미래를 엮어낼 복잡한 요소들은 그 이전과는 전혀 달라질 것 같았다. 심리학자들이 어린 시절 누나와 내게 건넨 책들에는, 부모 중 하나가 죽게 되면 그 자식들은 절대 다시 행복해질 수 없다고 주장하는 사람들에 대한 이야기가 나왔다. 나는 이것이 누나의 경우라고 이해했고 가끔은 어머니의 경우라고 이해했다. 삶은 계속되지만 달라졌다. 더 물러졌고, 더 지루해졌다. 즐거움은 덜해졌고 고통은 그 구렁텅이의 깊이가 한없어진 듯하다. 그 구렁텅이로 빠지지 않을까 늘 경계를 해야 한다. 그날 오후 침대에 누워 있으면서 나는 누나가 자신의 삶의 대부분을 그 구렁텅이의 가장자리에서 보낸 것이 아닐까 하는 생각이 들었다. 부러 빠질 마음을 먹지는 않으나, 그것의 존재로 인해 늘 두려움을 느껴야 하는 구렁. 이제 누나는 마침내 그 안에 빠지기로 마음먹어버린 것 같았다. 그날 오후 전화벨이 쉴새 없이 울렸을 때 누나가 문가에 나와 서더니 내게 전화를 받지 말라고 했다. 리처드라고, 그와는 얘기하고 싶지 않다고.

아래층에서, 자신의 투자 건이 만천하에 공개되어버린 사실을 두고 톰이 어머니에게 애처롭게 불평하는 소리가 들려왔다. 그는 계속해서 말했다. "시장 사정이 아주 변덕스러워, 헬렌. 아직 속단하긴 이르다고."

"이 집에서는 그 얘기를 하지 않겠어요." 어머니가 어느 순간 말했고, 몇 분이 흘렀을까, 문이 쾅 닫히는 소리가 들렸으며, 나는 그 둘이 밖으로 나가 차고로 향하는 모습을 보았다. 어머니는 톰을 부축해 자기 차에 태웠고, 진입로에 휠체어를 남겨둔 채, 둘은 차를 타고 사라졌다.

계획대로라면 그날 밤은 누나와 리처드의 약혼 축하 자리가 될 터였다. 어머니는 그주에 미리 거나한 음식들을 주문해두었는데, 취소하는 것을 잊어버렸던지, 일곱시 정각이 되자 요리사 두 명이 현관문 앞에 나타나 음식이 담긴 큼지막한 쟁반들—연어 무스, 송아지 양념갈비, 구운 가지, 레드와인을 넣어 졸인 배가 놓인—을 내려놓았다. 음식은 번지르르하게 차려졌는데 정작 먹을 사람이 없었다. 나는 식욕이 없었기에 쟁반들을 다이닝룸에 놓아두고 위층으로 올라가 누나의 방문을 두드렸다.

"저녁 준비 다 됐어."

"배 안 고파." 누나가 방문 너머에서 말했다. 나는 잠시 제자리에 서 있다가, 문손잡이를 살짝 돌리고 안으로 들어갔다. 누나는 아래에는 파란색 추리닝을, 위에는 애머스트 대학* 운동복을 입고 앉아, 담배를 피우며 옛날 앨범을 넘겨보고 있었다. 잠시 후 누나가 고개를 들어 나를 보더니 미소를 지었다.

"우리 취해볼까?" 누나가 말했다.

어머니는 언제나 바에 술을 채워두었다. 어머니와 아버지는 젊은 시절 밤마다 술을 드셨다. 스트레이트로 스카치를 마셨고 여름의 주종은 진토닉이었다. 많은 사람들이 사교를 위해 술을 마셨지만, 우리 부모님은 밤을 위해 술을 마셨다. 저녁식사 전부터 한잔하기 시작해, 잘 시간이 다 되도록 음주가 이어졌다. 어머니는 톰과 결혼을 한 후에는 언젠가부터 술 마시는 양을 줄였지만, 누나와 나는 여전히 탠커레이 진 한 병과 희석 음료 몇 병은 마셔볼 용기를 낼 수 있었다. 비가 그친 터라 우리는 술과 잔을 들고 시원한 테라스로 나갔다. 누나는 취해본 지가, 진짜로 취해본 지가 정말 오래됐다며 오늘밤은 취하고 싶다고 했다. 누나의 기분이 안 좋은 것을, 조금은 될 대로 되라는 마음인 것을 알았지만, 나는 계속해서 잔을 채워주었고 누나는 계속 마셨으

---

* 메사추제츠주 애머스트에 있는 명문 사립대학.

며, 곧 우리는 어렸을 때 저질렀던 바보 같은 일들을 떠올리며 웃고 있었다. 누나 때문에 내가 진흙을 먹었던 일이며, 우리 때문에 집에 불이 날 뻔했던 일이며, 흰꼬리말벌의 둥지로 사과를 던지는 바람에 내가 열일곱 번이나 벌에 쏘인 일이며. 어느새 누나가 배를 잡고 웃었고 나는 누나의 기분이 좋아진 것을 보고 행복해져서는 의자에 몸을 기대고 앉아 있었다.

"있잖아," 누나가 테라스 바닥에 술잔을 내려놓으며 말했다. "너는 나를 받아준 유일한 사람이야, 앨릭스. 내 평생. 너는 나를 이해해준 유일한 사람이야."

"믿기 힘든데?"

"아니, 사실이야. 리처드조차도 나를 이해하지 못해. 못하고말고. 너같이는 안 돼." 누나는 수영장을 바라보았다.

"결혼식은 물건너갔다는 뜻으로 들리네."

누나는 미소를 짓더니, 자기 잔에 탠커레이를 다시 채웠다. "무슨 얘기 하나 해도 될까?"

"그럼."

"좋아. 하지만 듣고 나서 구시렁댔다가는 아랫도리가 성하지 못할 줄 알아."

"오케이, 접수했어."

누나는 담뱃불을 붙이고 의자에 기대앉았다. "내가 그이를 버린 게 아니야. 그이가 나를 버렸어."

"무슨 소리야?"

"리처드 말이야. 스페인에 있을 때. 나하고 결혼하는 문제를
좀 생각해봐야겠다고 했어. 그날 기차역에서, 여권하고 돈을 좀
챙겨서는, 자기는 혼자 여행을 좀더 하고 싶다는 거야. 배낭하고
다른 건 다 두고 갔어. 좀 떨어져 있어보는 게 좋겠다면서."

"이전에 한 얘기는 다 지어낸 소리란 말이야?"

누나가 고개를 끄덕였다.

"누나."

"알아. 아까 오후에는 마드리드에서 전화를 걸었더라고. 내가
보고 싶다고, 자기가 한 짓을 믿을 수 없다고 했어. 용서해달라
고 비는 중이야. 하룻밤 혼자 지내고 보니 공황 상태가 된 거지."
누나는 웃었다. "내일 첫 비행기를 타고 돌아온대."

나는 의자에 기대앉았다. "이거야 원."

"어머니한테는 말하지 마. 내 잘못이라고 생각하시는 게 나을
거야."

"응."

"흘려듣지 마. 아무 말도 해선 안 돼."

"알았다고."

누나는 고개를 끄덕이더니, 몸을 숙여 술잔을 들었다.

"그래서 이제 어떡할 건데?"

누나는 어깨를 으쓱하고 언덕 지대를 바라다보았다. "모르겠어. 앨릭스, 난 이제 서른이 다 됐어. 서른." 누나는 말을 멈추고 술을 조금 마셨다. "리처드와 나는 삼 년을 사귀었어. 삼 년을 꼬박. 그렇게 오랜 시간을 같이 지내면 누군가를 알게 돼. 익숙해져버리게 된다고. 그이가 완벽하다는 말을 하는 게 아니야. 말이야 바른 말이지, 망할 새끼처럼 구는 경우가 안 그런 경우만큼 있을 거야. 그런데 말이야, 작년부터 그이가 우리를 위해, 우리가 좀더 나이가 들었을 때를 위해 따로 돈을 모으기 시작했어. 그게 자꾸 발목을 잡아, 그이가 벌써 그렇게까지 생각하고 있었다는 사실이."

누나는 한숨을 내쉬고 몸을 기울여 내 어깨에 머리를 기댔다. "그래봐야," 누나가 잠시 뒤 말했다. "더 나쁜 일이 일어나겠어?"

나는 누나에게 팔을 둘렀고, 내게 온몸을 맡긴 누나의 무게감으로 기분이 좋아졌다. 누나가 내게 안긴 것은 아주 오래된, 몇 년 만의 일인 것 같았다. 나는 누나의 머리를 쓰다듬었고 손가락으로 머리카락을 쓸어넘겼다. 잠시 후, 바람이 불어오자, 누나가 내 가슴께로 얼굴을 묻고 눈을 감았다. 잠시 나는, 어린 시절 그곳에 앉아 아버지가 일터에서 돌아오기를 기다리던 지난날의 늦여름 오후로 돌아간 듯한 기분에 사로잡혔다. 언덕 아래로 아버

지의 자동차 전조등 불빛이 보일 때 누나가 미소 짓던 모습을,
나는 아직도 기억하고 있었다. 그것은 세상에서 가장 소박한 기
쁨처럼 보였다. 그 불빛, 자동차, 가장 사랑하는 사람이 집으로
돌아오고 있음을 안다는 그것은.

피부

클로이와 나는 아이스티를 마시며 조그만 스튜디오 아파트 바닥에 벌거벗고 누워 있다. 4월이고, 때아니게 따뜻해서, 창문들은 열어두었고 선풍기가 돌아가고 있다. 밖에는 보슬보슬 비가 내리고, 아래쪽 거리에서는 아이들이 미끄러운 쇄석 도로 위를 철벅거리는 소리가 들린다. 도미니카인 이웃들은 물웅덩이 같은 푸른 담배 연기를 피워올리며 웃고 있다. 클로이는 자신의 배꼽 위쪽 창백한 피부 위에 물기를 머금은 아이스티 유리잔을 올려놓고 내게 영원히 자기를 떠나지 않겠다는 약속을 하라고 한다. 그녀가 좋아하는 놀이다. 나는 그녀의 어깨에 키스하고 약속의 말을 한다. 우리는 스물세 살 동갑이고 갓 결혼했으며, 지금부터 육 개월 후에는 이 바리오*를 떠나 휴스턴 북부에 있는 아담한 집으로 들어갈 것이다. 새로운 삶을 향한 하나의 제스처로서, 우리는 조그만 검은색 래브라도를 입양하여 잭이라고 이름 지을 것이며, 사흘 후, 잭을 아주 많이 사랑하기 때문에, 친구 삼으라고 또다른 녀석—이번에는 암캉아지로—을 사올 것이다. 우리에게는 널찍한 포치와 그네가 생길 것이고, 매일 밤 개들과 더불어 포치에 앉아 차가운 코로나 맥주를 마시며 쳇 베이커를 들을 것이다. 차고와 진입로와 앞뜰에 꽃 피는 재커랜더나무들이 있는 집에 살게 되다니, 하며 놀라워할 것이다. 일 년이면, 클로이는 예술 지구에 있는 갤러리에 새로이 취직할 것이다. 그리고 그녀의 스물네번째 생일이 지나고 사흘째 되는 날 밤, 여느 밤과 다를 바 하나 없이 그녀는 일터에서 돌아올 것이고 부엌 식탁 내 맞은편에 앉을 것이다. 그녀의 손은 축축해져 있을 것이고 머리카락은 헝클어져 있을 것이다. 굉장히 심각한 얼굴을 하고 있어 나는 한순간 그녀가 내게 장난을 친다고 생각할 것이다. 그녀는 담뱃불을 붙이고 눈을 감을 것이다. 그녀는 내 손을 잡고 내게 해야 할 말이 있는데 어떻게 말을 해야 좋을지 모르겠다고 할 것이다. 그날 밤 늦게, 그녀는 캘리포니아에 사는 자기 어머니에

---

* barrio. '지구'나 '지역'을 뜻하는 에스파냐어로, 미국 도시 내 에스파냐어 사용자 거주 지역을 일컫는다.

게 전화를 걸 것이고 나는 부엌에 앉아, 담배를 피우며, 집 저편에서 전화기에 토해내는 그녀의 울음소리를 듣고 있을 것이다. 우리 둘 다 그날 밤 잠을 자지 않을 것이다. 우리 사이에는 많은 말이 오가지 않을 것이다. 우리는 서늘한 어둠 속에 마치 이방인들처럼 누워 있을 것이다. 그리고 다음날 아침, 서로에게 눈길을 삼간 채, 허리케인의 끝자락을 통과해 휴스턴 외곽의 작은 병원으로 차를 몰 것이다. 그곳에서 나는, 우리가 막 서명함으로써 포기한 아이에게 지어줄 수 있었던 이름들을 떠올리며, 어두운 방안에 홀로 앉아 있을 것이다

이것이 앞으로 일어날 일이다. 그러나 오늘 오후, 부드러운 라임색 카펫 위 그녀의 벌거벗은 몸 옆에 누워, 비와 웃음소리를 들으며, 나는 다만 클로이의 피부에 대해 생각하고 있다. 그녀의 이름처럼 서늘하고 부드러운, 내 젊은 아내의 창백한 피부. 바깥 거리에서 음악 소리가 커지고 클로이가 내 쪽으로 몸을 굴린다. 맨 먼저 나의 가슴에 키스하고 차츰차츰 아래로 내려간다. 나는 눈을 감는다. 조금 후면 우리는, 매일 밤 그러하듯이, 우리의 조그만 매트리스 위에서 함께 잠이 들 것이다. 창문 밖 종려나무들을 흔들고 지나는 바람 소리를 들으면서, 우리는 잔인한 짓과는 거리가 먼 사람들이라는 안개 속의 꿈을 믿으면서.

코네티컷

그 여름, 아버지는 병원에서 퇴원한 후 코네티컷 연안의 마크세트섬에 있는 우리 가족의 여름 별장으로 옮겨갔고, 내 유년 시절의 대부분을 그곳에서 보냈다. 아버지는 연중 내내, 황량한 겨울이 와도, 해변 끝에 있는 지붕널을 덮은 조그만 회색 집들 사이에서 지내며 섬 밖으로 나오지 않았다. 누나와 나는 코네티컷 동부에서, 어머니가 물려받은 집에서 자랐고, 몇 주에 한 번씩 페리를 타고 섬으로 가 아버지를 만나곤 했다. 방문은 짧은 경우가 많아 몇 시간을 넘길 때가 전혀 없었으며, 방문의 목적도 대개는 아버지에게 필요한 약품을 가져다주거나 이후에는 아버지가 혹여, 어머니가 '침체기'라고 부르는 국면으로 접어들지 않았는지 확인하는 데 있었다. 누나와 나는, 아버지는 회복기에 있다고, 당신 삶의 어떤 것들을 해결하기 위해 자기만의 시간을 갖는 중이라고 들었다. 섬으로 가는 긴 여정에서 어머니는 우리에게 그렇게 설명하곤 했다. 그러나 누나도 나도 상황이 그보다는 심각하다는 것을 이해했던 것 같다.

우리는, 나름의 방식으로, 우리 삶에 아버지가 부재하는 것에 익숙해져갔다. 평소와 다름없이 수술을 집도하던 와중에 아버지가 정신적으로 무너진 지 일 년이 지났다. 어머니가 차를 몰아 보스턴 외곽에 있는 병원으로 아버지를 모셔갔고, 의대 동료였던 아버지 친구 중 한 분이 아버지에게 인생의 거의 대부분 잠재되어 있던 정신병이 발병했다는 진단을 내렸다. 이런 모든 일이 일어난 지 일 년이 되어가던 그때, 혼자 살기 위해 섬으로 들어간 아버지의 결심은 우리 삶에 구멍을 남겼으나, 우리는 그 구멍에 대해 말하지 않았다. 나는 당시 열세 살이었고 너무 어려 아버지의 병을 완전히 이해하지는 못했지만, 누나나 어머니와는 달리, 어쩐지 직감적으로, 아버지의 마음에 생겨난 일이 영속될 것 같다고 느꼈다. 어머니는, 그로부터 몇 년이 흐른 뒤에도, 계속해서 아버지의 상태를 '일시적인 침체'라고 칭했다. 친구들에게도 아버지가 그저 어려운 시기를 보내고 있다고만 했다. 마치 어느 날 갑자기 아버지가 변신하여, 스물두 살의 당신과 결혼했던 바로 그 남자로 되돌아올 수 있으리라 믿기라도 하는 것처

럼. 이제 나는 어머니의 그런 태도와 말들이 깊고 불확실한 죄의
식에서 자라났다는 것을 이해한다—어머니는, 누나와 나처럼,
아버지에게 일어난 일에 대해 당신 탓을 했다. 그러나 나는 또
한, 어머니가 마음속으로 정말로 그렇게 믿은 것은 아니며, 어쩌
면 우리 가운데 제일 먼저, 아버지가 예전의 모습을 되찾으리라
는 현실적인 희망을 버렸을지도 모른다는 것을 안다. 나는 아버
지를 찾아갈 때마다, 우리가 떠나오기 직전, 어머니가 아버지의
손을 잡던 모습을 기억하고 있다. 어머니는 마치 아버지가 갑자
기 사라지지나 않을까 두려워하는 듯했다. 섬을 떠나 본토로 돌
아오는 페리에서, 어머니는 아무런 말이 없었다. 어머니는 그저
조용히 신문을 읽었고, 누나는 워크맨으로 음악을 들었으며, 나
는 뱃고물 어디쯤 자리를 잡고 바다 저편의 그 섬이 수평선 너머
로 사라질 때까지 바라보고 있었다.

우리가 살던 집은, 외할아버지가 40년대 후반에 지은 집이었
는데, 마을 외곽 사유도로의 끄트머리에 있는 작은 언덕 위에 자
리하고 있었다. 우리 소유지 서쪽에 있는 숲 저편으로는 컨트리
클럽의 골프 코스 경계 지역이 보였고, 정확히 맞은편으로, 시
골 풍경을 따라 몇 킬로미터 정도 이어지다 마을로 연결되는 도
로가 나 있었다. 그 도로를 따라 2킬로미터 정도 거리에 누나와

내가 아주 어릴 적부터 다닌 엘슨이 있었다. 엘슨은 사립 기숙학교였는데, 나는 학교를 지척에 두고 살게 된 것이 여러모로 득이 많다는 사실을 일찌감치 간파했다. 다른 학생들처럼 기숙사에서 자지 않아도 됐거니와, 시기 선택에 신중을 기하기만 한다면 한 달에 몇 차례 정도는 축구장 뒤편에 있는 숲속으로 몰래 숨어들어가 남들보다 일찍 집에 갈 수 있었다. 울창하게 들어선 나무들을 따라가면 도로에 닿았고, 그런 일이 지나치게 잦지만 않으면, 아무도, 선생님들조차도, 내가 없어진 것을 눈치채지 못했다. 누나와 달리—누나는 중간고사 때마다 일등을 놓치는 법이 없었고, 학교 역사상 그 어떤 필드하키 선수보다 골을 많이 넣어 학교 신문에 꼭꼭 사진이 실렸으니까—나는 엘슨에서 그다지 알려진 학생이 아니었다. 친구들이라야 점심시간에 옆자리에 앉게 해주는 수줍은 필리핀계 여자아이 둘이 다였고, 교무직원들과 선생님들 사이에서도, 나는 그저 조용하지만 특이한 학생, 능력에 걸맞은 성적이 나오지 않는 학생의 전형으로 통할 뿐이었다. 실상 나는 우리 반 학생들 가운데 누구 못지않게 열심히 공부했는지도 모른다. 그러나 나는 수업에 집중이 잘 안 됐고 정보 처리 능력에 문제가 있었다. 머릿속으로 들어온 것들이 뭐랄까, 엉뚱한 방향으로 흘러가버리는 것 같았다.

좌우간, 나는 남들보다 일찍 귀가하는 과업을 예술의 경지까지 승화시켰다. 나는 적기가 찾아오기를 애타게 기다렸고 한 달에 서너 차례 기쁨을 누렸다. 5교시 종이 울리면, 나는 다른 학생들이 각자의 교실로 줄지어 들어갈 때까지 기다렸다. 그런 다음 학교 뒷문으로 살그머니 빠져나와, 잰걸음으로 운동장을 가로지르고, 학교를 빙 두르고 있는 돌담 뒤쪽 숲속으로 숨어들었다. 거기서부터는 이런저런 표지물들—구스타브슨 씨네 빨간 벽돌, 레버링스 씨네 새 테니스코트—의 도움을 받으며, 익숙한 영역에 들어설 때까지 직감에 따라 길을 찾아갔다. 마침내 우리 집 뒤쪽 잔디밭 끄트머리, 나무 몇 그루가 서 있는 곳에 도착하면 나는 진입로에 어머니의 차가 없다는 확신이 들 때까지 그늘 속에 숨어 기다렸다. 화요일과 목요일은 언제나 안전했다. 그 두 날은 어머니가 평소 어울리는 사람들과 컨트리클럽에서 브리지 게임 하는 걸 좋아했다. 금요일도 썩 안전한 편이었는데, 어머니가 마을에 있는 헌혈의 집에 자원봉사를 하러 가는 날이었기 때문이다. 그러나 월요일과 수요일은 늘 위험했다. 이 점을 언급하는 이유는, 내가 학교에서 일찍 돌아온 어느 날, 어머니가 이웃에 사는 벤틀리 부인의 손을 잡고 있는 모습을 본 바로 그날이, 나의 열세 살—내가 말하고 싶은 그해—가을의 어느 수요일이었기 때문이다.

벤틀리 씨 부부는 아버지가 아프기 전까지만 해도 부모님과

막역한 사이였는데, 이웃에 사는 다른 가족들처럼 우리를 모른 체하지는 않았어도, 지난해에는 우리집에 발길을 뚝 끊다시피 했었다. 특히 벤틀리 부인은 서서히 어머니의 삶에서 빠져나가 버린 것 같았다. 그래서 그 부인이 어머니의 손을 잡고 있는 모습을 보자 나는 놀라지 않을 수 없었는데, 그 부인이 어머니의 손을 잡고 있는 태도에서 우정 이상의 내밀한 친밀감이 느껴졌기 때문에 더더욱 그랬다. 그것은 소년이었던 아버지가 소녀였던 어머니의 손을 잡고 있는 모습을 봤을 때의 느낌이었고, 매해 가을 컨트리클럽 무도회에서 그곳에 처음 나온 커플들이 손을 잡고 있는 모습을 봤을 때의 느낌이었다. 그 둘은 서로의 손을 꼭 잡은 채 다년생 식물들이 자라는 정원을 행복하게 거닐고 있었고, 그러다 산울타리에 가까워질 무렵 어머니가 벤틀리 부인의 어깨를 만졌고 벤틀리 부인은 어머니의 허리에 팔을 감았으며, 이어 두 사람은—두 명의 젊은 연인들처럼—우리집 뒤쪽 테라스 언저리에서 서로를 껴안았다.

짐작건대, 그들은 거기, 우리집 뒤쪽 테라스에서 남몰래 포옹을 나눈다면 완벽하게 안전하다고 여겼을 것이다. 우리집은 양편에 빽빽하게 들어선 가문비나무들에 가려 잘 보이지 않았고, 어떤 경우에도, 그 시간에, 누가 숲으로 숨어드는 일은 드물었기 때문이다. 하지만 지금 생각해보면, 그들이 개의했을지 모르겠다. 마음 한편에서는 세간의 이목에 들키기를 바랐던 것이 아닐까 싶기도 한 것이다. 바야흐로 우리 나라에 새 시대가 시작되던 시기였던지라—70년대였다—전에는 눈살이 찌푸려졌던 많은 일들이, 코네티컷의 교외에서조차도, 이제는 눈살이 찌푸려지지 않고 있었다. 그러나 내게는, 당시에는, 더없이 소름끼치고 타락한 행동처럼 생각되어, 나의 어머니가, 어렸을 적 나를 수영장까지 태워다주던 여자, 자전거를 타고 자기 잔디밭에 들어왔다고 나를 혼냈던 여자, 크리스마스 파티가 열렸을 때 우리집에 앉아, 아마도 와인을 과하게 마신 탓에, 평소보다 4옥타브는 높은 목소리로 캐럴을 불러대던 여자를 안고 또 안는 모습을 지켜보는 동안, 나무에 단단히 의지하지 않으면 서 있기가 힘들 정도였다.

그전까지는 벤틀리 부인에 대해 언짢은 마음을 품어본 일이 없었다. 부인은 언제나 부모님의 친구분들 가운데 가장 가식이 없는 축에 속했다. 그런데 갑자기, 10월 오후의 부드러운 회색 햇살 속에서, 내 머릿속에는 그 부인이 내게 했던 온갖 끔찍한 말들이 떠올랐다. 그 부인은 번번이 내게 자기네 뜰에 우리 개 위니가 들어가지 못하게 하라고 훈계했고, 핼러윈 축제 날마다 번번이 집에 없었다. 벤틀리 부인과 그 남편에게는 딸이 두 명 있었다. 한 명은 나와 동갑내기로 버몬트주에 있는 기숙학교에 다녔고, 켈리 누나보다 두 살 위인 다른 한 명은 타지 대학생이었다.

어렸을 때는 우리가 그 집 아이들과 같이 놀았는데, 나중에 아이들이 성장하자, 그 부모가 저녁마다 우리집에 건너와 칵테일을 마셨다. 벤틀리 박사는 뒤뜰에서 아버지와 테니스 얘기를 화제로 삼았고, 벤틀리 부인과 어머니는 부엌에서 의류 카탈로그를 뒤적였다. 그때까지만 해도 문제될 게 전혀 없었다. 두 여자의 우정은, 중년 부인들 사이에 생기는 대부분의 우정이 그렇듯이, 공통 관심사, 이러저런 소문, 아이들의 학교 성적이나 남편의 무심함에 대한 걱정거리들을 토대로 삼고 있었다. 그 둘은 친했지만 내밀한 관계는 아니었다. 그 관계에 육체적인 요소는 포함되어 있지 않았다. 사실 그때까지 나는 그 둘이 포옹하는 모습을 본 적이 없었다―아버지에게 병이 생긴 후에도, 몇 주가 지나도록 그 둘은 한 번도 서로를 안아본 적이 없었다. 이런 이유로, 나는 집 뒤쪽 테라스에서 어머니와 벤틀리 부인이 나눈 포옹―여러 차례에 걸친 열정적인 포옹―이 위로의 마음에서 비롯되지 않았다는 것을 알 수 있었다. 그것은 상실을 경험한 사람을 위로하는 따뜻한 포옹이 아니었다. 그것은 그다음 해에 내가 국어 선생님이 과제로 내준 『채털리 부인의 연인』에서 읽게 될 포옹이었다. 사회통념에 어긋나는 포옹이었다. 사랑의 포옹이었다.

열세 살짜리 남자아이가 그런 것을 구분해낼 수 있을까, 당신은 그렇게 생각할지도 모르겠다. 나의 어머니와 벤틀리 부인은 그저 어느 늦가을 오후 서로를 위로하고 있었던 것이 아닐까, 그렇게 생각할지도 모르겠다. 정직하게 말하자면 나 자신도 확신은 할 수 없다. 나는 그때껏 어머니의 성생활에서 대해 과도한 관심을 가져본 적이 분명 없었다. 어머니와 다른 여자들의 관계를 놓고 의혹을 품어본 적도 분명 없었다. 그날 이전에는 머릿속에 그런 생각을 떠올려본 적이 없었다. 나의 어머니는 헌신적인 아내였고 다정한 어머니였다. 그건 내가 알았다. 그러나 어머니가 그날 벤틀리 부인의 손을 잡은 방식은 분명 사람들 눈에 띄어서는 안 됐다. 그리고 그날 오후 늦게 내가 마침내 숲속 은신처에서 나와 부엌문을 통해 집안으로 들어갔을 때, 어머니는 벤틀리 부인이 집에 들렀다는 말을 하지 않았다. 그날 하루 무얼 하셨느냐는 나의 물음에도, 어머니는 그저 어깨를 으쓱하며, 몇 가지 일을 하고, 부엌 청소를 하고, 다년생 식물들의 화단에 진달래를 몇 그루 심었다고 했다. "달리 재미있는 일은 없었어"라고 했다. 그래서 나는, 어머니가 내 이마에 키스하려고 몸을 숙이자 나도 모르게 어머니를 홱 피하게 됐고, 나 때문에 마음이 상한 줄 알면서도, 부엌에서 나와 내 방으로 뛰어올라가버리고 말았다.

그날 밤, 나는 갑자기 몸이 안 좋은 척하면서, 그래서 저녁을 건너뛰면서, 내리 몇 시간을 침대에 누워 있었다. 아래층 부엌에서 어머니와 누나의 웃음소리가 들렸고, 나는 침대에 누워 그 웃음소리를 들으며 아버지 생각을 했다. 자기만의 섬에 홀로 있는 아버지 생각을 했다. 내가 본 것을 봤다면 아버지는 무슨 생각을 했을까. 아버지는 시끄럽거나 공격적인 사람이 아니었다. 정신병 진단을 받기 전에도, 아버지는 온화하고 부드럽게 말하는, 인내심과 섬세함으로 환자들을 놀라게 하는 그런 의사였다. 아버지는 좋은 사람이었고, 나는 그런 일이 생겼다고 해서 아버지가 과도하게 흥분하거나 폭력적으로 변하는 모습을 상상할 수 없다. 아버지는, 여자의 마음이란 원래 종잡을 수 없는 것이라고 생각하며, 아내들을 이해하려는 노력을 전혀 기울이지 않으면서, 다만 여자들이 하는 말이나 행동에는 자기들이 절대 이해하지 못할 것들이 있다는 바를 인정해버리는 세대에 속하는 남자였다. 그러니 그 사건을 대수롭지 않은 일로 여기며, 어머니와 관련하여 자신이 절대 이해하지 못할 것들 가운데 하나로 간주하고 넘어가버렸을지도 모른다. 어쩌면 일말의 위기의식조차도 느끼지 않았을 것이다. 그러나 내게는, 벤틀리 부인과 나눈 어머니의 비밀스러운 포옹이 우리 가족의 근간을 뒤흔드는 위협으로 다가왔다. 켈리 누나에게 말할까, 내가 목격한 내용을 알려줄까, 하는 생각을 한두 번 한 것이 아니다. 그러나 내가 아는 누나는 그저 웃어넘길 확률이 높았다. 나를 정신 나간 녀석이라고 부르며,

내가 내놓은 최신의 도착적인 이론에 관한 소식을 들고 어머니에게 달려가 일러바칠 게 뻔했다. "스티븐이 무슨 생각을 하는지 아세요? 글쎄, 엄마하고 벤틀리 아줌마하고 레즈비언이라네요!"

결국 나는 나 혼자 알고 있는 것이 최상이라는 결론을 내렸다. 어쩌면 모든 일이 다 지나갈 수도 있었다. 어쩌다 한 번 일어난 일일 수도 있었다. 누구나 약해지는 때가 있잖아, 나는 그렇게 생각했다. 누구나 혼란에 빠지는 때가 있는 법이야. 어쩌면 어머니를 유혹한 것은 벤틀리 부인이었을 수도 있었다. 어쩌면 둘은 레드와인을 너무 많이 마셨던 것일 수도 있었다.

나는 이런 식으로 내 이론들의 방향을 정하기로 했다. 그러나 이어지는 몇 주 동안, 지나가는 불안이었기를 바랐던 나의 마음은 활동을 중단하지 않았다. 오히려 어머니를 향한 감각의 날이 곤두서다시피 했다. 나는 어렸을 때 곤충들을 관찰하던 방식으로 어머니를 연구했고, 모든 미묘한 움직임 하나하나를 날카롭게 인식했으며, 충분히 오랜 시간을 두고 응시한다면 반드시 숨겨진 어떤 비밀이 드러날 것이라고 확신했다. 그러나 어머니에게서는 평상시와 다른 점을 거의 발견하지 못했다. 어머니는 지금까지와 다를 바 없는 일상을 이어갔고, 온화한 얼굴 아래 감춰진 것은 아무것도 없어 보였으며, 앞치마를 두른 골격 아래 어두운 욕망이 도사리고 있는 것 같지도 않았다. 어머니는 그저 어머니처럼 보였다. 아버지의 부재 상황에 대해, 언제나 그랬듯이, 조금 착잡해하고, 다소 힘겨워하는 원래 모습 그대로였다. 저녁이면 어머니는 희미한 부엌 불빛 아래서 책을 읽거나 대학 입학 원서를 작성하는 누나를 도와주면서 우리와 함께 집에 머물렀고, 낮에는, 내가 아는 한, 지금까지의 일상을 이어갔다.

그러나 매일 학교에서 돌아와 어머니에게 결코 길지 않은 키스를 하면서도, 나는 슬쩍 어머니의 머리 냄새를 맡아보곤 했다. 아마도 어떤 단서―벤틀리 부인의 향수 냄새, 늦은 오후의 점심을 함께 먹으며 그들이 곁들인 와인 냄새―를 찾게 될지도 모른다고 생각했던 모양이다. 돌이켜보면, 그 시절 내가 마음속에서 공들여 만들어낸 환상들은 아마도 그 둘 사이에 실제로 있었던 일보다 훨씬 비도덕적이었을 것이다. 나는 그날 오후 이후에도 두 사람이 만남을 이어갔다는 것을 안다. 만나서 하는 일이 길에서 마주친 다른 어머니들이 하는 사교 행위가 아니었다는 것을 안다. 그러나 그들의 교제가, 당신이 그것을 뭐라 부르든 간에, 열세 살짜리가 마음속에서 상상한 정도까지 진행됐으리라고는 생각되지 않는다. 다만, 그들은 그저, 10월의 그날 오후에 그랬듯이, 뜰을 함께 거닐고, 손을 잡고 얘기를 나누며 오후 시간을 보냈으리라. 그들이 자기들이 어떤 행동을 하고 있는지 인지하지 못했다거나, 자기들의 행동이 이웃 사람들의 눈에 '비정상적으로' 보이리라는 것을 몰랐다고 가정하는 것은 순진한 생각일 것이다. 그러나 함께 오후를 보내는 동안 그 문제에 대해 깊이 생각하지 않으려 했거나, 헤어져 따로 있을 때에도 그 문제는 완전히 잊어버리려고 애를 썼을 가능성은 있을 것이다.

내가 교장 선생님으로부터 어머니, 그리고 7학년 선생님 세 분이 동석하게 될 면담에 참석하라는 내용의 편지를 받은 것은 이 시기 혹은 그 직후였다. 교장 선생님은 편지 말미에 서명을 한 다음 어머니에게 전하는 말씀을 남겼다. 반드시 참석해주시기 바랍니다. 상황이 굉장히 위급합니다.

매학기 나의 중간 평가 면담 시간에 선생님들이 돌아가며 내 결점을 지적하는 동안 나는 어머니와 함께 교장실 한구석에 앉아 있곤 했다. 선생님들은 내게 기본적인 수학 원리를 이해하는 데 문제가 있다고 했다. 역사 시간에는 걸핏하면 한가롭게 분수로 산책을 가고, 미술 시간에는 그리라는 그림 대신 다른 그림만 그린다는 등등의 얘기를 했다. 선생님들 대부분이 내가 어떤 능력에 결함이 있거나 나의 어떤 부분이 '비정상적으로' 보인다는 데 동의했다. 일장연설이 끝나면 선생님들은 어머니에게, 내게 방과후 과외를 받게 하거나 이제부터라도 학교생활 도우미 교사를 정기적으로 만나게 하는 것이 어떻겠느냐고 제안하곤 했다.

교장 선생님은 혼자서 고개를 끄덕이고, 오크나무 책상을 발로 톡톡 차면서 면담 시간 내내 창밖을 바라보며 있곤 했고, 그러다 선생님들의 말이 다 끝나면 그는 고개를 돌리고, 나에게 상황의 심각성을 이해하느냐고 물었다. 교장 선생님은 나의 안 좋은 학과 성적을 언제나 '상황'이라고 칭했다―"현상황은 결코 만족스럽지 못한 방향으로 전개된 것처럼 보인다"라고 할 때의 그 상황. 나는 고개를 끄덕이고 이해한다고 말했다.

그러면 교장 선생님은 이렇게 덧붙였다. "계속해서 성적이 이런 수준으로 나오면 전학을 권유해야 한다는 것도 이해하느냐?"

다시, 나는 고개를 끄덕였다. 교장실에는 잠시 침묵이 흐르곤 했다. 이윽고 나는 선생님들 한 명 한 명에게 돌아가며 사과를 하고 내가 새로운 방향으로 나아가고 있는 것 같은 느낌이 든다며, '상황'에 대한 전망이 밝아 보인다는 다소 애매하지만 낙관적인 진술을 하곤 했다. 그러면 선생님들 사이에서 웅성거리는 소리가 들렸고 마침내 다 같이 고개를 끄덕였다. 어머니와 내가 교장실을 나가도 좋다는 신호였다. 나는 어머니가 나를 도우미 교사에게 보낼 리 없다는 것을 알고 있었다. 어머니는, 비록 성적이 형편없긴 했어도, 내가 누구보다 열심히 공부한다는 것을 이해하는 듯했다. 면담이 끝나고 나와서 어머니는 내 어깨에 팔을 두르고 주차장을 가로지르며 말하곤 했다. "있잖아, 스티븐.

저 사람들 좋아하지 않아도 돼."

　나중에, 집으로 오는 길에, 나는 어머니 옆에 앉아 창밖을 바라보곤 했다. 나는 섬 집에 혼자 앉아 있을 아버지 생각을 했고, 어머니는 간혹 손을 뻗어, 내가 무슨 생각을 하고 있는지 다 안다는 듯이 내 손을 잡아주곤 했다. 그러고는 말했다. "걱정 마. 네게는 그런 일 일어나지 않아."

　그러나 그날 저녁, 어머니는 내게 이렇게 말해주지 않았다. 그저 말없이 차를 몰았고, 나는 그 옆에 앉아, 어머니의 얼굴, 엄한 표정을 바라보았다. 차는 이웃들의 거리를 내달렸다. 우리집 진입로가 가까워질 무렵 어머니가 길에 차를 세우더니, 잠시 후 다시 차를 움직여 벤틀리 씨네 집으로 향했다. 어머니는 엔진을 끄고 금방 돌아오겠다고 말한 다음 차에서 내렸다. 나는 어머니가 벤틀리 씨네 포치로 이어지는 긴 보도로 걸어가는 모습을 지켜보았다. 어머니가 차가운 밤공기를 맞으며 거기 서 있는 동안, 나는 어머니가 왜 그곳에 왔는지 무엇을 원하는지 확신하지 못한다는 것을 느낄 수 있었다. 한참 후, 마침내 어머니가 그 집 문을 두드렸고 벤틀리 부인이 문을 열었다. 어머니는 크게 흐느끼며 벤틀리 부인에게 몸을 맡기고 그녀를 껴안았다. 벤틀리 부인은 어머니를 위로하는 것처럼 보였고, 어머니의 귓가에 무언가를 속삭이는 것 같았지만, 나는 그 말의 내용을 알 수 없었다.

어머니가 마침내 차로 돌아왔을 때, 나는 그녀가 울고 있었다는 것을 알 수 있었다. 우리집을 향해 가고 있는데 어머니가 그냥 나를 보았다. 그리고 한숨을 쉬었다. "네가 노력해서 나아지면 좋겠어, 스티븐." 어머니는 말했다. "우리 모두 나아지려고 노력하는 것이 중요하다고 생각해." 무슨 뜻인지 정확히 알지는 못했지만, 나는 어쨌거나 고개를 끄덕였고, 차에서 내려 집으로 걸어가면서 어머니의 손을 잡고 그러겠노라고 말했다.

"나아지려고 노력할게요. 약속해요."

지금에야, 십오 년이 지나서야, 나는 내 어머니와 벤틀리 부인이 연인 관계였다고 확실히 말할 수 있게 되었다. 그러나 이것을 아는 것은 그간 얻게 된 작은 실마리들을 통해서다─언젠가 어머니의 서랍장에서 발견한 연서, 어머니 침대의 매트리스와 스프링 사이에 끼어 있던 벤틀리 부인의 사진. 그리고 한번은, 고등학교에 다닐 때, 밤중에, 어머니는 내가 잠을 자는 줄 알았겠지만, 그 둘이 통화하는 내용을 들었다. 그러나 그때는 그 모든 상황에 연루된 것이 어머니에게 거의 아무런 영향도 끼치지 않는 것처럼 보였다. 적어도 겉으로 보기에는 그랬다. 테라스에서의 일이 있고 거의 한 달이 지났을 무렵, 추수감사절이 긴 주말이 되어서야, 처음으로 나는 어머니가 벤틀리 부인과 사랑에 빠졌음을, 벤틀리 부인 역시 내 어머니와 사랑에 빠졌음을 깨달았다.

나는 지금도, 그날을 생생히 기억하고 있다. 아침에만 해도 해가 환하고 산들바람이 불고 가을인데도 때아니게 따뜻하더니, 늦은 오후, 초대한 손님들—벤틀리 씨 부부와 올리앤더 씨 부부—이 우리집에 도착한 즈음에는, 살랑살랑 불던 산들바람이 차가워졌고 하늘은 구름으로 뒤덮이더니 잿빛으로 변했다. 켈리 누나와 남자친구인 채드 윈터스는 뒤뜰에 있는 테니스 장비 보관실 뒤에서 황홀경에 빠져 있었다. 나는 아직도 그들이 돌려 피우던 마리화나의 타들어가던 빛을, 옅은 저녁 하늘을 배경으로 밝은 오렌지색 반딧불이처럼 반짝이던 그 빛을 기억한다. 아래층에서는 어머니가 부엌에서 올리앤더 부인과 담소를 나누며 웃고 있었고, 벤틀리 박사와 올리앤더 씨는 거실에서 축구 경기를 시청하고 있었다. 집에 다른 소리는 들리지 않았다. 칠면조를 구우면서 끼얹는 진한 육즙 냄새와 올리앤더 부인이 디저트용으로 가지고 온 달콤한 호두파이 냄새뿐이었다. 벤틀리 부인은 오지 않았고—적어도 그때까진—내가 마침내 내 방에서 내려와 소파에 등을 대고 누워 있는 벤틀리 박사에게 인사를 했을 때도, 그는 자기 부인이 오지 않은 것에 대해 전혀 언급하지 않았다. 그저 미소를 지으며, 따뜻하고 삼촌 같은 태도로 잔을 들어올리고 나서, 다시 텔레비전으로 눈길을 돌렸다. 한때 일요일마다 아버지와 골프를 쳤던 올리앤더 씨도 비슷하게 내게 무관심한 것 같았다. 텔레비전 화면에서 눈도 떼지 않은 채 어느 팀을 더 좋아하는지—노트르담인지 미시간인지—물었고, 내가 축구에 대해서는 거의 모른다고 하자, 그저 미소를 짓고는 맥주를 들이켰다.

부엌에서는 〈라 트라비아타〉의 안정된 리듬이 라디오에서 우렁우렁 울리는 가운데, 어머니와 올리앤더 부인이 각각 콘푸딩 만들 준비를 하고 그레이비소스를 젓고 있었다. 올리앤더 부인은 나를 보자 미소를 짓고 누나를 많이 닮았다고 말한 다음, 어머니와 하던 이야기를 계속했다. 자기 부부가 막 팔려고 내놓았다는 버몬트의 통나무집에 대해서였다. 그제야, 내게 분명하게 느껴지는 것이 있었다. 올리앤더 부인과 있을 때 어머니는 분명 달라 보였다. 벤틀리 부인과 달리, 올리앤더 부인은 지극히 평범한 용모였다. 지금도, 그 부인의 얼굴을 떠올리려 하면, 내게는 그저 하얀색이 보일 뿐이다. 흐릿한 금발 아래 이목구비가 생각나지 않는다. 정말 특징 없는 얼굴이었고 성격도 꼭 그와 같은 듯했다. 반면, 벤틀리 부인의 얼굴은 최소한 관심이 갔다. 더이상 매력적이지는 않았지만, 그 부인에게는 눈에 띄는 얼굴—긴 코, 각진 턱—의 흔적이 남아 있었고, 한때 사람들을 돌아보게 만들었던 여자의 자신감이 묻어났다. 만약 어머니가 벤틀리 부인에게 육체적으로 매료된 것이라면 그것은 아마도 이런 이유 때문이었을 것이다.

　좌우간, 그날의 저녁식사 자리에서는 벤틀리 부인에 대한 언급이 없었다. 벤틀리 박사는 둘 다 짬이 안 나 연휴에 집에 오지 못했다며 두 딸의 이야기를 장황하게 늘어놓았지만, 아내에 대해서는 아무 말도 하지 않았다. 벤틀리 부인은 아버지처럼 되어버린 것 같았다. 다른 사람들이 있는 자리에서 그 존재가 인정되지 않는 사람 말이다. 뒤뜰에서의 그날 오후 이래, 어머니와 벤틀리 부인 사이에 무슨 일이 있었음을 처음 깨달은 것이 아마 그때였던 것 같다.

　몇 주 후면 나는 벤틀리 부부의 이혼 소식을 듣게 될 터였고, 비도덕적인 사유가 컨트리클럽의 남 말하기 좋아하는 부인네들에게서 엘슨의 남 말하기 좋아하는 여자애들 사이로 옮겨 퍼질 것이었다. 벤틀리 부인이 다른 여자와 살기 위해 뉴욕으로 이사를 갔다더라, 하는 추문이. 그러나 당시만 해도, 그런 내용을 알고 있는 사람은 겨우 몇몇, 아마도 당시 저녁식사 자리에 있던 어른들밖에 안 됐고, 벤틀리 박사가 변덕스러운 행동—기분이 자꾸 바뀌고 화장실을 들락거렸다—을 보인 것은 그래서였으며, 밤이 깊어가면서 어머니가 점차 실망낙담하는 태도를 보인 것 역시 그래서였다. 벤틀리 박사에 버금가게 잔을 채우고 또 채우면서 어머니는 눈에 띄게 말수가 줄어들었고, 급기야 마음이 딴 데 가 있는 사람처럼 보였다. 어머니의 슬픔은 벤틀리 부인의 부재와 상관이 있는 것 같았고, 식사가 계속되고 올리앤더 씨가 대학 시절 축구선수 생활을 했던 얘기를 되풀이할 즈음에는 더 이상 사람들이 자기를 어떻게 생각하는지 신경쓰지 않는 것 같았다. 한번은 자리에서 일어나 밖으로 나갔다가 십 분 후에 돌아왔는데, 울어서 눈이 붓고 충혈돼 있었다. 어머니는 원래 손님들을 능숙하고 품위 있게 대접하는 분이었지만, 그날은 그저 사람들이 어서 가주었으면 하고 바라는 듯했다. 올리앤더 부인의 호두파이가 식탁에 나왔을 때, 그때까지도 미소를 짓고 있는 사람은 켈리 누나와 채드뿐이었다.

파이는 허둥지둥 해치워졌고, 곧이어 올리앤더 부부가 갑자기 피곤하다는 핑계를 대며 가버리는 바람에, 식탁 저쪽 끝에 불안하게 취한 상태로 있는 벤틀리 박사와 함께 남은 사람은 어머니와 나뿐이었다. 채드와 켈리 누나는 양해를 구하고 먼저 자리를 뜬 참이었다. 위층 누나 방에서 시끄러운 소리가 들려왔다. 그들은 〈지기 스타더스트〉의 B면을 크게 틀어놓았다.

"저게 대체 뭐냐?" 벤틀리 박사가 식탁 저편에서 투덜거렸다.

"데이비드 보위예요."

"누구?" 박사는 이맛살을 찌푸렸다.

"아들은 식탁 좀 치워주지 않을래?" 어머니가 말했다. 잠시 뒤, 감을 잡은 나는 남은 파이를 들고 부엌으로 갔다.

나는 거기에 계속 있었다. 개수대 앞에서, 뜨거운 물을 틀어놓고, 부엌 문 저편에서 들리는 소리에 귀를 기울이면서, 벤틀리 박사가 취한 목소리로 어머니에게 자신의 실패한 결혼생활과 레즈비언 부인에 대해 우는소리를 하는 동안. 대화 내용은 거의 알아듣지 못했고, 다만 벤틀리 박사가 가끔씩 하는 냉소적인 발언과 이어지는 어머니의 부드러운 장담이 들릴 뿐이었다. 어느 순간 나는 흐느끼는 소리를, 벤틀리 박사의 흐느낌을 들었다. 그다음에는 어머니가 그를 문가로 안내하는 소리를 들었다. "미안합니다." 벤틀리 박사는 연신 이렇게 말했다. "정말 미안해요." 내가 뜰로 나가기로 결심한 건 그때였다.

밖은 이미 어둑해져 있었고 잔디밭 너머로는 거의 아무것도 보이지 않았다. 우리 개 위니는 서늘하고 어두운 그늘에 누워, 어머니가 던져준 뼈다귀들 가운데 하나를 씹으며, 살짝 몸을 떨고 있었다. 아버지가 떠난 이후로는 아무도 위니에게 큰 관심을 쏟지 않았다. 녀석은 한창때의 아버지를 상기시키는 존재가 되어버렸다. 녀석은 어디를 가든 아버지를 따라다니던 개, 거실에 있는 아버지 의자 옆에 앉아 있던 개, 매일 일터에서 돌아오는 아버지를 맞이하던 개였다. 그래서인지 가끔은 위니 녀석 역시 변해버린 것 같기도 했다. 녀석은 더이상 아버지와 있을 때처럼 활기차 보이지 않았다. 그러나 여전히 순종적이고 충직하긴 했는데, 그날 밤에는 내가 불러도 무시해버렸다. 뜰 뒤쪽의 그늘 속에서 좌우로 흔들거리며 나타났어야 할 녀석의 너부데데한 형체 대신 내가 본 것은, 잰걸음으로 우리 잔디밭을 가로질러 오는 벤틀리 부인의 모습이었다.

"그 사람, 내 남편, 아직도 안에 있니?" 벤틀리 부인이 나를 향해 걸어오며 조용한 목소리로 물었다.

"아뇨." 나는 다소 충격에 사로잡힌 채 말했다. "막 가셨어요."

그녀는 고개를 끄덕였다. "네 어머니하고 얘기를 좀 해야 해."

"안에 계세요."

벤틀리 부인은 고개를 끄덕이고 천천히 테라스의 불빛 속으로 걸어들어갔다.

"내가 미쳤다고 생각하겠구나. 쌀쌀한데 이 밖에 서 있었으니."

"글쎄요."

"요사이 나는 내가 아니란다." 벤틀리 부인이 웃었다. "그래서 네 어머니를 보러 온 거야."

"안에 계세요." 나는 다시 말했다. "홀에요."

벤틀리 부인은 그때 나를 보며 다정하게 미소 지었다. 뭔가 더 하고 싶은 말이 있어 보였다. 그러나 잠시 후 부인은 그저 내 손을 톡톡 두드리고는 테라스 문을 지나 부엌으로 들어가, 나의 어머니, 그녀의 사랑이 기다리고 있는 복도로 향했다.

　그 소문이 마침내 학교를 발칵 뒤집어놨을 때, 거기에는 벤틀리 부인이 뉴욕에서 같이 살기 위해 떠났다는 그 미지의 여자에 대한 내용도 포함되어 있었다. 어떤 사람들은 자기들이 마을에서 이 여자를 봤다고 주장했고, 시간이 지나자 굉장히 생생하고 자세하게 그 여자를 묘사할 수도 있게 되었다. 검은 생머리에, 피부는 창백하고, 눈은 파란색이었다. 배우나 예술가라고 믿는 사람들도 있었다. 그 여자는 이스트빌리지에 살았고 시간이 남을 때는 터키석으로 장신구를 만들었다. 누구의 상상력으로부터 이 여자가 탄생된 것인지는 모르겠지만, 나는 그녀가 실존인물이었다고는 믿지 않는다. 벤틀리 부인에게는 허구의 연인, 남다르고 어린 누군가, 내 어머니와는 아주 달라서, 코네티컷 동부의 평화로운 교외에 사는 남편에게서 자신을 유혹해낸 여자가 우리 어머니일 것이라는 의심이나 생각을 할 여지가 전혀 없는 누군가를 만들어내는 편이 더 쉬웠을 것이다. 분명 그런 식이 더 쉬웠을 것이다. 부인의 남편에게도 더 쉬웠을 것이고, 내 어머니에게도 더 쉬웠을 것이고, 물론 그녀 자신에게도 더 쉬웠을 것이다. 그래서 그녀는 떠났고, 그날 밤 이후 우리는 다시는 그녀를 보지 못했다. 내 아버지처럼, 벤틀리 부인 역시, 한순간에 사라져버린 많은 사람들 가운데 하나, 우리 마을의 유령이 되었다. 나는 다시는 그 부인을 보지 못했지만, 가끔씩 맨해튼 주소로 익명의 발신자가 보낸 편지가 오던 것은 기억하고 있다. 첫번째 편지는 그날 밤 이후 일주일 정도 지났을 때였고, 다른 것들은 몇 달 동안 간헐적으로 이어졌다. 어머니는 언제나 이 편지들을 따로 챙기거나 지갑 속에 넣어두거나 하면서, 절대로 우리 앞에서 봉투를 열지 않았다. 그리고 나중에, 내가 이 연서들을 찾으려는 필사적인 노력으로 어머니의 책상 서랍을 뒤지곤 했을 때도 나는 아무것도 발견하지 못했다. 다른 것들도 있었다. 어머니가 당신 방에서 받곤 하던 늦은 밤의 전화들, 때로 누나와 내가 받으면 뚝 끊어지던 전화들. 한번은, 그해 봄이었는데, 누나와 내가 아버지를 방문하기 위해 섬으로 간 동안, 어머니는 기차를 타고 뉴욕으로 가서 주말을 보내고 오기도 했다. 어머니는 대학 동기인 오랜 친구가 마을에 온 참에 뉴욕에 가서 주말을 함께 보내고 올 계획이라고 했다. 그러나 그 주말여행에서 돌아왔을 때, 어머니는, 아버지가 처음 아팠을 때 꼭 그랬던 것처럼, 침울하고 넋이 나가고 마음이 딴 데 가 있는 사람처럼 보였다. 그때 나는, 어머니가 벤틀리 부인을 만나러 갔다 온 것이고, 그들이 한때 나누었던 내밀한 관계는 이제 끝이 난 것이라고 확신했다.

나는 내 아버지에 대한 어머니의 사랑을 한 번도 의심해본 적이 없지만, 어머니가 젊었을 때와 똑같은 마음으로 아버지를 다시 사랑했다고 믿는다는 말은 하지 않겠다. 동시에, 나는 내 어머니가, 아버지를 사랑했던 마음으로 벤틀리 부인을 사랑했다고도 믿지 않는다. 혼자 지내다보니 어머니는 그저 친밀함을, 어떤 종류가 됐건 친밀한 관계를 원했을 가능성도 있지만, 그리고 어머니가 다른 여자를 마음에 둔 적이 있다고는 생각지 않지만, 나는 정말 어머니가 벤틀리 부인을 진심으로 사랑했다고 믿으며, 내가 이것을 아는 이유는 다만, 그날 밤 늦게, 내가 뒤뜰에 있다가 집안으로 들어갔을 때, 어머니와 벤틀리 부인이 복도에서 하는 얘기를 들었기 때문이다. 어머니의 목소리는 조용하고 조심스러웠지만, 벤틀리 부인은 이성적으로 조절할 수 없을 만큼 흥분하여 큰 소리를 내고 있었다. 위층에 있던 누나와 채드는 핑크 플로이드의 〈더 다크 사이드 오브 더 문〉으로 넘어가, 아마도 어둠 속에서 서로의 몸을 더듬고 있었을 텐데도, 어머니는 내가 그들과 함께 있으리라고 생각했는지, 아니면 나에 대해서는 완전히 잊어버렸는지, 잠시 후 조용조용한 소리로 말하는 걸 그만두었고, 그래서 나는 집안을 울리는 어머니의 말을 전부 다, 단어 하나하나까지도 알아들을 수 있었다. "안 가도 돼요." 어머니는 이렇게 말하고 있었다. "가지 말고 문제를 해결해봐요."

벤틀리 부인은 울고 있었다. "준, 내가 대체 무슨 짓을 한 걸까요?"

"안 가도 돼요." 어머니가 다시 말했다. "상황이 그렇게까지 나쁘지는 않아요."

"나빠요. 끔찍해요."

몇 분 뒤, 나는 현관문이 열리는 소리를 들었고, 그리고 잠시 후, 문이 닫히는 소리를 들었다. 나는 부엌에서 나갔다. 어머니는 복도 벽에 기대어 바닥에 주저앉아 있었다.

어머니는 울고 있었고, 내 앞에서도 자신을 추스르는 것이 불가능해 보였다.

"올라가렴, 스티븐." 어머니는 나를 보지도 않고 말했다.

"엄마." 나는 어머니를 향해 걸어갔다.

"스티븐."

"괜찮아요." 그때 나는 어머니에게 내가 어머니와 벤틀리 부인에 대해 다 알고 있으며, 그날 뜰에서 같이 있는 것도 봤고, 이해는 못하겠지만, 어머니가 그 부인을 사랑한다는 것도 알고 있다고 말하고 싶었다. 그러나 그 순간 어머니는 아무 말도 들으려 하지 않았다. 어머니는 그저 내가 자리를 피해주기만을 바랐다. 어머니가 내게 말했다.

"가, 스티븐."

그래서 나는 그렇게 했다.

몇 년 뒤 아버지가 섬에서 돌아왔을 때, 벤틀리 부인이나 벤틀리 박사 혹은 그들 사이의 일에 대해서는 일언반구 말이 없었다. 아버지는 그 사람들을, 우리 이웃들을, 오래전에 다 잊어버린 듯했다. 마치 그들은 아버지가 언젠가 본 영화 속의 배우들이었고 더이상 애써 기억하고 싶지 않다는 식이었다. 부모님은 그때부터, 예전처럼 파티에 가거나 저녁식사 초대를 하거나 컨트리클럽에서 골프를 치는 일은 거의 없이, 다소 외롭게 살았다. 지금 그분들은, 젊었을 때 아버지가 사둔 주식에서 생기는 변변찮은 수입을 가지고 조용히 살고 계신다. 의사들은 아버지 병이 섬에서 차도가 있었다고 믿었고, 세월이 흐르자 상태가 천천히 호전됐다고 생각하는 것 같았지만, 내가 보기에 아버지는 처음 발병했을 때와 달라진 것이 전혀 없이, 불안해했고 겁을 냈고 자신의 능력을 의심했으며, 더이상 어렸을 적 내가 알던 자신감 있고 당당한 사람이 아니었다.

어머니로 말하자면, 늦은 저녁 시간에는 스크래블 게임도 하고 책도 읽고, 아침마다 산책을 나가고, 아버지 건강 상태를 살피면서, 아버지와의 새로운 삶에 빠르게 적응해갔다. 외부 사람에게는 어머니가 요양 보호사나 간호사가 된 것처럼 보였을지도 모르겠고, 어쩌면 그것은 사실이겠지만, 그러나 어머니는 아무 불평 없이 자신의 의무를 다했고, 나는 어머니가 아버지와의 사이에서 일어난 일에 대해 후회하거나 회한에 차 있는 모습을 한 번도 보지 못했다.

그렇지만 나는, 그 저녁, 벤틀리 부인이 떠난 그 저녁이 자꾸만 떠오른다. 어머니가 이윽고 자신을 추스르던 모습, 부엌으로 들어가 설거지를 하던 모습, 방에서 내려온 누나에게 미소를 짓던 모습, 그리고 그후, 개수대가에 서서, 마치 누군가가 자기에게 와주리라고 아직도 믿는 듯이, 마치 저멀리 있는 그림자가 뜰의 가장자리에서 걸어나와 자기를 되찾아갈 것이라고 아직도 믿는 듯이, 그렇게 간절하게 서 있던 모습을 기억하고 있다.

지은이 **앤드루 포터**
1972년 미국 펜실베이니아주 랭커스터에서 태어났다. 뉴욕의 바사 대학교에서 영문학을 전공하고, 아이오와 대학교 작가 워크숍에서 예술학 석사학위를 받았다. 2008년에 출간한 데뷔작 『빛과 물질에 관한 이론』으로 단편소설 부문 플래너리 오코너상을 수상했으며, 장편소설 『어떤 날들』이 있다. 현재 트리니티 대학교에서 문예창작과 조교수로 재직중이다.

옮긴이 **김이선**
프랑스 투르 대학 언어학과를 졸업했으며 서강대학교 영문학과 대학원을 수료했다. 옮긴 책으로 『바늘구멍』 『저체온증』 『카미유 클로델』 『폴 스미스 스타일』 『보트 위의 세 남자』 『자전거를 탄 세 남자』 등이 있다.

문학동네 세계문학
빛과 물질에 관한 이론

1판 1쇄 2019년 5월 13일 | 1판 22쇄 2024년 11월 22일

지은이 앤드루 포터 | 옮긴이 김이선

책임편집 김영수 | 편집 강윤정 김봉곤 홍유진
디자인 김이정 이원경 | 저작권 박지영 형소진 최은진 오서영
마케팅 정민호 서지화 한민아 이민경 왕지경 정유진 정경주 김수인 김혜원 김예진
브랜딩 함유지 함근아 박민재 김희숙 이송이 김하연 박다솔 조다현 배진성
제작 강신은 김동욱 이순호 | 제작처 더블비(인쇄) 경일제책사(제본)

펴낸곳 (주)문학동네 | 펴낸이 김소영
출판등록 1993년 10월 22일 제2003-000045호
주소 10881 경기도 파주시 회동길 210
전자우편 editor@munhak.com | 대표전화 031) 955-8888 | 팩스 031) 955-8855
문의전화 031) 955-2696(마케팅) 031) 955-2679(편집)
문학동네카페 http://cafe.naver.com/mhdn
인스타그램 @munhakdongne | 트위터 @munhakdongne
북클럽문학동네 http://bookclubmunhak.com

ISBN 978-89-546-5616-0 03840

www.munhak.com